채
털
리
부
인
의
연
인

일러두기

• 이 책은 D. H. Lawrence, 『*Lady Chattery's Lover*』(Project Gutenberg Australia)를 참고했습니다.

채털리 부인의 연인

데이비드 허버트 로렌스 지음

살림

D. H. 로렌스와 그의 부인 프리다(Frieda von Richthofen)의 사진

D. H. 로렌스는 1885년 탄광 광부였던 아버지 존 아서 로렌스와 교사였던 어머니 리이더 비어즐 로렌스의 3남으로 태어났다. 그는 고학으로 1908년 노팅엄 대학을 졸업하고 교사가 된다. 26세가 되던 해인 1911년 폐렴에 걸려 교사직을 사임한 직후, 그는 그보다 네 살이 위였던 독일인 프리다 부인을 만나 사랑에 빠진다. 그녀는 노팅엄 대학교 은사의 부인이었다. 이미 세 자녀의 어머니였던 그녀는 로렌스의 사랑을 받아들여 둘이 함께 독일과 이탈리아로 사랑의 도피 행각을 한다. 1914년 함께 영국으로 돌아온 두 사람은, 부인이 전남편과의 이혼에 성공하자 정식으로 결혼했고, 이후 D. H. 로렌스가 세상을 떠날 때까지 부부로 지냈다.

노팅엄 근교에 있는 D. H. 로렌스의 생가

어려운 가정에서 태어난 그는 잠시 교사직에 종사하지만 폐렴으로 교사직을 그만두고 집필에 몰두한다. 그는 1913년 장편 『아들과 연인』을 발표해서 사람들의 주목을 받는다. 이어서 그는 1915년에 장편 『무지개』를, 1920년에 『사랑에 빠진 여인들』을 발표해 대가의 지위를 획득한다. 1925년 요양차 이탈리아로 건너간 그는 그곳에서 그의 대표작 『채털리 부인의 연인』 집필을 시작한다. 그는 1928년 이탈리아에서 『채털리 부인의 연인』을 발표한 후, 병세가 악화되어 베니스 병원에 입원했다가 1930년 3월 2일 사망했다.

D. H. 로렌스 농장의 가옥

D. H. 로렌스와 그의 부인 프리다가 생전에 함께 살았던 미국 뉴멕시코주 타오스 북부의 농장 가옥이다. 부부의 무덤과 마찬가지로 소박하기 그지없는 모습이 오히려 눈길을 끈다.

채털리 부인의 연인 **차례**

제1장

우리 시대는 기본적으로 비극적인 시대이다. 그렇기에 우리는 그것을 비극적으로 취급하지 않으련다. 이미 대변동이 일어났다. 우리는 폐허 한가운데 있으며 새롭게 작은 집을 짓기 시작했고 작은 희망을 가슴에 품기 시작하고 있다. 꽤나 어려운 일일 것이다. 이제 미래로 향한 순탄한 길은 없다. 우리는 돌아가거나 장애물을 기어오른다. 그 어떤 재난이 닥치더라도 우리는 살아야만 한다.

콘스탄스 채털리가 처한 상황은 대체로 그와 비슷했다. 전쟁이 그녀 머리 위 지붕을 날려버렸다. 그리고 사람은 살아가야 하고 배워야 한다는 것을 그녀는 깨달았다.

그녀는 클리퍼드 채털리와 1917년에 결혼했다. 클리퍼드는 한 달 간의 휴가를 얻어 귀국해 있었다. 그들은 한 달 동안 달콤한 밀월(蜜月)을 보냈다. 그런 후 그는 플랑드르 전선으로 돌아갔다. 6개월 후 그는 큰 부상을 입고 몸이 거의 만신창이가 된 채 후송되었다. 당시 콘스탄스는 스물세 살이었고 그는 스물아홉 살이었다.

삶을 향한 그의 의지는 대단했다. 그는 죽지 않았고 만신창이 상처도 다시 아문 것 같았다. 그는 2년 동안 의사의 손에 맡겨져 있었다. 의사는 그의 완치를 선언했고 그는 정상 생활로 돌아왔지만 허리 밑 하반신은 영원히 불구가 되었다. 때는 1920년이었다.

클리퍼드와 콘스탄스는 클리퍼드의 고향이자 영지가 있는 래그비 홀로 돌아갔다. 클리퍼드의 부친 조프리 경이 이미 세상을 떠났기에 클리퍼드는 준(準) 남작으로서 클리퍼드 경(卿)이 되었으며 콘스탄스는 채털리 부인이 되었다. 그들은 크게 넉넉하지는 않은 수입으로 쓸쓸한 곳에서 가정생활을 영위하게 된 것이다. 클리퍼드에게는 누이가 있었지만 출가한 상태였다. 그 외에 친척이라고는 없었다. 형이 한 명 있었지만 전사했다. 클리퍼드는 자신이 자식을 영원히 갖지 못하는 불구의 몸이라는 것을 알고 있었음에도 불구하고 어떻게든 채털리 가문의 이름을 지키기 위해 안개 자욱한 중부 지역 고향 땅으로 돌아온 것이다.

그는 실제로 기가 죽지 않았다. 그는 휠체어에 앉아 혼자 돌아다닐 수 있었고 소형 모터가 달린 전동 휠체어로 천천히 뜰 주변을 돌거나 멋지면서도 어딘가 음산한 장원(莊園)으로 들어가기도 했다. 그는 겉으로 내색은 안 했지만 내심 이 장원을 무척 자랑스러워했다.

그는 하도 극심한 고통을 겪었기에 고통을 이겨낼 능력을 어느 정도 터득하고 있었다. 이상할 정도로 밝고 명랑했으며 불그스름하게 화색이 도는 건강한 얼굴과 도전하는 듯 밝게 빛나는 그의 푸른 눈을 보고 있자면 거의 쾌활하다고까지 말할 수 있을 정도였다. 어깨는 넓고 건장했으며 손도 억셌다. 그는 값비싼 의상을 입었고 멋진 넥타이를 매고 있었다. 하지만 그의 얼굴 어딘가에는 경계하는 기색이 있었고 불구자의 공허감이 어렴풋이 드러나 있었다.

거의 목숨을 잃을 뻔한 그였기에 남아 있는 모든 것이 그에게는 더없이 소중했다. 그의 초조한 듯 빛나는 두 눈에는 큰 충격을 받은 후에 살아남은 데 대한 자부심이 또렷하게 드러나 있었다. 하지만 너무나 큰 부상을 입었기에 그의 내부의 무엇인가가 망가져 있었으며 감정의 일부분도 사라져버렸다. 비정함이라는 공백이 생긴 것이다.

그의 아내 콘스탄스는 부드러운 갈색 머리에 혈색 좋은 시골 여자 같았다. 그녀는 몸매가 다부졌으며 동작은 느렸지만 에너지가 넘치고 있었다. 그녀는 어딘가 놀란 듯한 큰 눈을 하고 있었으며 목소리는 부드럽고 달콤했으며 마치 시골에서 태어나 그곳을 갓 벗어난 여자 같았다.

하지만 실제로는 그렇지 않았다. 그녀의 부친은 왕립미술원 회원으로 한때 이름을 떨쳤던 멀컴 리드 경이었다. 그녀의 모친은 진보적 사회주의 단체의 하나인 페비안회의 교양 있는 회원이었다. 콘스탄스와 그녀의 언니 힐더는 예술가와 교양 있는 사회주의자 부모 사이에서 이른바 미학적으로 반(反)인습적인 교육을 받은 셈이었다. 두 자매는 부모를 따라 파리와 피렌체와 로마로 다니며 예술적 공기를 호흡했고 헤이그나 베를린에서 사회주의자들의 성대한 회합을 구경하기도 했다. 따라서 두 자매는 어린 시절부터 예술이나 이상적 정치 앞에서 조금도 주눅이 들지 않았다. 그런 것들이 마치 자연환경 같았던 것이다.

그녀들은 십대 중반 무렵이 되자 드레스덴으로 일종의 유학을 갔다. 그 무엇보다 음악을 공부하기 위해서였다. 자매는 그곳 생활이 너무 좋았다. 그녀들은 남학생들과 대등한 위치에서 토론도 하고 기타를 치며 숲속을 거니는 등 자유롭게 지냈다. 자유! 그것은 위대한 단어였다. 원기 왕성하고 목소리가 좋은 젊은이들과 아침에 외출해서 숲을 거닐면서 마음껏 좋아하는 행동을 할 수 있는 자유, 무엇보다 하고 싶은 말을 할 수 있는 자유! 그렇다, 가장 중요한 것은 무엇보다 내키는 대로 말을 할 수 있는 자유였다. 정열적으로 말을 주고받을 수 있는 자유였다. 사랑은 부수적으로 따라오는 사소한 것에 불과했다.

힐더가 열여덟 살, 콘스탄스가 열여섯 살이 되었을 때 둘은 연애를 경험했다. 함께 그토록 정열적으로 이야기를 나누고 그토록 힘차게 노래를 했던, 그토록 자유롭게 나무 밑에서 야영을 했던 젊은이들은 당연히 사랑을 원했다. 그녀들은 의심스러웠다. 하지만 사랑에 대한 이야기가 그토록 많은 것을 보면 대단히 중요한 것처럼 여겨지기도 했다. 게다가 남자들은 겸손한 태도를 보이면서도 사랑을 갈구하고 있었다. 그렇다면 도도하게 마치 선물이라도 주듯 응해줘도 괜찮지 않은가?

둘은 각자 가장 친근하게 논쟁을 벌였던 남자에게 선물을 주었다. 토론이나 논쟁은 더없이 중요했다. 그에 비해 사랑을 하거나 관계를 맺는 것은 잠시 원시로 복귀하는 것이었고 일종의 여흥일 뿐이었다. 둘은 그 후 상대방을 전보다 덜 사랑하거나 심지어 미워하게 되었다. 마치 상대방이 자신의 사생활과 내적인 자유를 침해한 것 같았기 때문이었다. 그녀들은 소녀로서의 삶의 위엄과 의미를, 절대적이고 완전하며 순수하고 고결한 자유를 획득하는 데 두고 있었던 것이다. 소녀의 삶에 그보다 더 의미 있는 것이 무엇이 있단 말인가? 낡고 탐욕스러운 관계와 예속을 털어내는 것 외에 무엇이 있단 말인가?

사실 아무리 감상적으로 미화하더라도 섹스와 관련된 것들은 가장 오래된 더러운 관계나 예속의 하나일 뿐이다. 그것을 찬미한 시인들은 대부분 남성이었다. 여성들은 그보다 더 훌륭하고 더 고귀한 것이 있다는 것을 늘 알고 있었다. 여성의 아름답고 순수한 자유는 그 어떤 성적인 사랑보다 한없이 경이로운 것이다. 한 가지 불행한 것은 이 점에 있어서 남성들이 여성들보다 훨씬 뒤쳐져 있다는 것이다. 남성들은 마치 개처럼 섹스에 열중하고 있다.

하지만 여성은 양보해야 했다. 남자란 배고프다고 징징대는 어린 아이와 같다. 여자는 남자가 원하는 것을 들어줄 수밖에 없다. 그러지 않는다면 남자는 어린아이처럼 심술을 부려서 지금까지의 기분 좋던 관계를 망쳐버릴 것이 분명하기 때문이다.

하지만 여성은 자신 내부의 자유로운 자아를 버리지 않고도 남자에게 양보할 수 있다. 섹스에 대해 읊은 시인이나 글로 쓴 작가들은 그 점을 별로 고려하지 않는 것 같다. 여성은 자신을 포기하지도 않고 남자를 받아들일 수 있다. 남자의 힘에 굴복당하지 않고도 그를 받아들일 수 있다. 아니 그보다는 차라리 남성에게 지배력을 행사하기 위해 섹스를 이용한다. 여성은 성적인 관계를 맺을 때 <u>스스로</u> 자제할 수 있으며 자신이 절정에 오르지 않았으면서도 상대방이 끝을 내게 할 수 있다. 그런 후에도 여자는 관계를 계속해 나갈 수 있고 상대방을 단순히 도구 취급하면서 절정에 이를 수 있다.

두 자매가 사랑을 경험했을 때는 전쟁이 임박해 있었고 그녀들은 서둘러 귀향해야 했다. 1913년 여름 그녀들이 귀향했을 때 힐더는 스무 살이었고 코니(콘스탄스)는 열여덟 살이었다. 부친은 둘 다 연애 경험을 했다는 것을 한눈에 알 수 있었다. 누군가 말했듯 L'amour avait passé par la(사랑은 그렇게 흘러갔도다)였다. 그는 경험이 많은 사람이었고 어차피 삶은 그렇게 흘러가게 되어 있다고 생각했다. 하지만 모친은 딸들의 삶이 그냥 그렇게 흘러가게 두지 않았다. 그녀는 딸들이 자유롭게 자기 성취를 이루기를 원했다. 무슨 이유에서인지 그녀 자신은 그런 식의 자아실현을 하지 못한 삶을 살았지만 딸들은 그러기를 원했다. 결국 딸들은 다시 자유로워졌고 드레스덴으로, 그녀들의 음악으로, 대학과 청년들에게로 되돌아갔다.

그녀들은 각자 자신의 청년들을 사랑했고 청년들은 온갖 정열을 다 바쳐서 그녀들을 사랑했다. 젊은이로서 생각하고 표현하고 글로 쓸 수 있는 모든 것들을 그 청년들은 그녀들을 위하여 생각하고 표현하고 글로 써서 보냈다. 코니의 남자는 음악가였고 힐더의 남자는 공학도였다. 그들은 오로지 그녀들만을 위하여 살았다. 그들의 정신 상태나 마음의 흥분 상태가 그러했다는 말이다.

이들 남녀에게는 사랑, 다시 말해 육체적 경험을 했다는 흔적이 뚜렷했다. 그 경험이 남자건 여자건 그 육체에 미묘하면서도 분명한 변화를 일으킨다는 것은 흥미로운 일이다. 여자들은 더 활짝 꽃피어난 것 같아지고 어딘가 원숙해지며 모난 부분이 부드러워지고 표정은 불안한 듯하면서도 당당해진다. 반면에 남자는 보다 차분해지고 내성적이 되며 어깨와 엉덩이 윤곽도 당당함을 잃고 주저주저하게 된다.

육체 내부에서 일어나는 성적 쾌감에 있어 두 자매는 수컷이 지닌 이상한 힘에 거의 압도당했다. 하지만 그녀들은 곧 냉정해져서 성적 쾌감을 단순한 하나의 감각으로 받아들였고 여전히 자유로울 수 있었다. 반면에 남자들은 성적 경험을 하게 해준 여자에게 감사하는 마음으로 영혼을 내주었다. 그런 후 마치 1실링을 내주고 6펜스를 얻은 것 같은 표정이 된다. 코니의 남자는 약간 골난 듯한 표정을 지었고 힐더의 남자는 약간 빈정거렸다. 하지만 남자는 원래 그런 법이다! 감사할 줄도 모르고 결코 만족할 줄 모른다. 그들을 받아주지 않으면 받아주지 않는다고 여자를 미워한다. 그리고 그들을 받아들이면 다른 이유로 여자를 미워한다. 별다른 이유도 아니다. 그들은 무엇을 손에 넣더라도 결코 만족할 줄 모르는 어린아이 같기 때문이다. 그러고는 여자가 그 무언가를 해주기를 원한다.

어쨌든 전쟁이 일어났다. 힐더와 코니는 모친의 장례식 때문에 지난 5월에 잠깐 다녀왔던 고향으로 서둘러 다시 돌아왔다. 1914년 크리스마스가 다가오기 전에 두 명의 독일 젊은이들은 전사했다. 그 소식에 마음은 이미 두 청년을 떠나 있었으면서도 두 자매는 눈물을 흘렸다.

두 자매는 켄싱턴의 아버지의 집, 더 정확히 말하자면 어머니의 집에서 살았다. 원래 그 집은 어머니 소유였다. 두 자매는 자유로운 케임브리지 그룹과 어울렸다. 그런데 힐더가 갑자기 자기보다 열 살이나 위인 그룹 내 어느 남자와 결혼해버렸다. 재산도 많았고 정부에서 꽤 괜찮은 자리를 차지하고 있으며 철학 에세이도 끼적거리는 인물이었다. 부부는 웨스트민스터에 있는 아담한 집에 살면서 정부 관료들로 이루어진 사교계 사람들과 어울렸다. 그들은 정부 최고위층들은 아니었지만 영국 내 진정한 지식 계급에 속하는 사람들이었으며 자신들이 무슨 말을 하고 있는지 알고 있는, 혹은 알고 있다고 생각하는 사람들이었다.

코니는 가벼운 전시 노역(勞役)을 하면서, 플라넬 바지를 입은 채 모든 것을 조롱하는 케임브리지의 비타협적인 사람들과 어울렸다. 그리고 그녀가 친구로 지내는 남자들 중에 스물두 살 된 클리퍼드 채털리가 있었다. 그는 본 대학에서 탄광 기술을 공부하다가 급히 귀국한 참이었다. 그는 본으로 유학 가기 전에 케임브리지에서 2년을 보낸 적이 있었다. 그는 이제 어느 멋진 연대의 중위가 되었다. 제복을 입은 그는 이제 모든 것을 전보다 더욱 그럴 듯하게 비웃을 수 있었다.

클리퍼드 채털리는 코니보다 상류층이었다. 코니가 부유한 지식층에 속한 데 반해 그는 귀족이었다. 대단한 명문은 아니었지만 귀족인 것은 분명했다. 그의 부친은 준(準) 남작이었으며 그의 모친은 자작(子爵)의 딸이었다.

하지만 클리퍼드는 코니보다 좋은 환경에서 자라났고 '사교계'에 출입했지만 훨씬 더 촌스럽고 소심했다. 그는 좁은 '큰 세계', 말하자면 지주들의 귀족 사회에서는 마음이 편했지만 중하류 층과 외국인들 무리로 이루어진 보다 큰 다른 세계에 들어가면 수줍고 초조해졌다. 솔직히 말한다면 그는 그들 사이에서는 얼마간 두려움을 느꼈다. 자신을 비호해주는 두터운 보호막을 두르고 있으면서도 마치 그 보호막이 사라진 것처럼 느낀 것이다. 이상한 이야기처럼 들리겠지만 오늘날 우리 주변에서 흔히 벌어지고 있는 현상이다.

바로 그 때문에 콘스탄스 리드 같은 여자가 보이는 자신에 찬 모습이 그를 매혹시켰다. 이렇게 혼돈에 빠진 바깥 세상에 대해 자기 자신을 추스를 수 있는 능력은 코니가 클리퍼드보다 월등했다. 게다가 그는 자신이 속한 계급에 대해 반항심을 갖고 있었다. 반항심이라는 말이 너무 강하다면 젊은이들이 전통이나 권위에 대해 품기 마련인 반감을 갖고 있다고 하는 편이 옳을 것이다. 그는 권위에 관련되는 모든 것, 예컨대 모든 것을 두고 보자는 식의 정부도 우스꽝스러웠고 군대도, 늙다리 장군들도, 전쟁도 우스꽝스러웠다. 그리고 그런 것들 곁에 있는 자기 자신도 우스꽝스러웠다. 하지만 코니처럼 다른 계급에 속한 사람들은 그 무언가에 열심이었고 그 무언가를 믿고 있었다. 그들은 먹을 것에 대해, 징집의 공포에 대해, 설탕과 아이들에게 줄 과자에 대해 진지하게 고민했다.

1916년 클리퍼드의 형 허버트 채털리가 전사했고 클리퍼드가 상속자가 되었다. 클리퍼드는 그 사실조차 겁이 났다. 그는 조프리 경의 자식으로서, 또한 래그비가의 자손으로서의 자신이 중요한 존재라는 사실에 너무 깊이 빠져 있어서 그로부터 빠져나올 수는 없었다. 하지만 들끓고 있는 이 넓은 세상의 눈으로 볼 때 그 사실 또한 우스꽝스러웠다. 그런 마당에 그가 래그비가의 상속인이 되어 책임을 지게 된 것이다. 그건 무서운 일이 아닌가? 엄청난 일인 동시에 터무니없는 일이 아닌가?

하지만 그의 부친 조프리 경의 입장에서는 결코 터무니없는 일을 저지른 것이 아니었다. 맏아들이 죽자 그는 창백한 얼굴로 긴장한 채 조국과 자신의 지위를 구하기 위해 굳은 결심을 했다. 그는 클리퍼드가 결혼해서 후손을 낳기를 원했다. 클리퍼드는 이 모든 것이 우스꽝스러웠지만 거역할 힘이 없었다. 클리퍼드보다 열 살이 위인 누이 엠마는 이 결혼을 반대했다. 이 결혼으로 남매간의 돈독한 관계가 깨질 것을 염려한 때문이었다.

결국 클리퍼드는 코니와 결혼했다. 둘은 한 달 간 신혼여행을 했다. 그 끔찍했던 1917년의 일이었고 두 사람은 마치 침몰하는 배에 함께 타고 있는 것처럼 친밀해졌다. 클리퍼드는 결혼 때까지 숫총각이었다. 그리고 그에게 섹스 문제는 별로 큰 의미가 없었다. 섹스 문제만 제외한다면 그들은 사이가 매우 좋았다. 코니는 섹스와 남자의 '만족'을 초월해 있는 듯한 이런 관계에 약간은 기쁨을 느끼고 있었다. 어쨌든 클리퍼드는 대부분의 남자들과는 달리 자신의 '만족'을 채우는 데 별로 열중하지 않았다. 그렇다, 둘 사이의 친밀감은 그보다 훨씬 깊은 것이었고 더 사적인 것 같았다. 섹스란 우연한 것이나 부수적인 것에 지나지 않았다. 섹스란 유기체가 행하는 이상하고 쓸모없는 행위로서 그 꼴사나운 모습을 끊임없이 보여주지만 실제로는 하등 필요 없는 것이었다. 하지만 코니는 아이를 갖고 싶었다. 오로지 시누이인 엠마에 대한 자신의 지위를 강화하기 위해서였다.

그런데 1918년 초 클리퍼드는 중상을 입고 귀향했던 것이며 아이는 아직 없었다. 조프리 경은 애통함을 이기지 못해 세상을 떠났다.

제2장

코니와 클리포드는 1920년 가을 래그비가의 저택으로 돌아왔다. 동생의 배반을 여전히 불쾌하게 생각하고 있던 엠마 채털리 양은 이미 집을 나가 런던의 작은 아파트에서 살고 있었다.

래그비 저택은 갈색의 석조 고택이었다. 18세기에 짓기 시작해서 계속 증축해온 결과 마침내 별다른 특징 없이 이런저런 건물들이 빽빽하게 들어선 곳이 되고 말았다. 저택은 참나무 고목들이 군집해 있는 꽤 아름다운 장원(莊園)에 둘러싸인 언덕 위에 자리 잡고 있었다. 그러나 오호라, 바로 인근에 테버셜 탄광의 굴뚝으로부터 연기가 뭉게뭉게 피어오르고 있었으며, 좀 더 멀리 축축하고 안개 긴 언덕 위에는 테버셜 마을의 조잡한 집들이 즐비하게 늘어서 있었으니! 테버셜 마을은 장원의 문

근처로부터 시작해서 거의 1.5킬로미터 가량 길게 흉측한 모습으로 이어져 있었다. 제멋대로 지어진 검은 슬레이트 지붕의 더러운 집들이 황량하고 추하게 늘어서 있었던 것이다.

코니는 켄싱턴이나 스코틀랜드의 언덕, 혹은 서섹스의 구릉지에 익숙해 있었다. 그녀에게는 그런 것들이 바로 영국이었다. 그녀는 눈앞의 탄광과 철광 촌의 추악한 모습에 흘낏 눈길을 주었을 뿐 조금도 마음에 담지 않았다. 그것은 믿을 수 없는 것이었고 생각해서는 안 되는 것이었다. 그녀는 그 모든 것에 그저 심드렁했다.

클리퍼드는 런던보다는 래그비가 좋다고 고백했다. 이 고장에는 이곳만의 냉혹한 의지가 감돌고 있었고 사람들은 근성이 있었다. 하지만 코니는 그밖에 내세울 게 무엇이 있는지 의심했다. 이곳 사람들은 눈 뜬 장님에 정신이 나가 있는 게 틀림없었다. 그들은 이곳의 풍광처럼 메마르고 볼품이 없었으며 불친절했다. 젊은 영주가 귀향했는데도 환영 행사도 없었고 마을 대표자가 맞이하지도 않았으며 심지어 꽃 한 송이 보내오지도 않았다.

래그비 저택과 테버셜 마을 사이에는 전혀 교류가 없었다. 래그비 저택이 탄광 소유주인데도 불구하고 마을 사람들 중에는 모자를 만지거나 허리를 굽혀 인사하는 사람들도 없었다. 광부들은 이들을 그저 빤히 쳐다볼 뿐이었다. 그들 사이에는 넘을 수 없는 간극이 있었고 각기 서로를 은근히 원망하고 있었다. 코니는 마을 사람들이 보내는 냉랭한 분위기가 처음에는 고통스러웠다. 하지만 이내 마음을 다잡았으며 그런 것이 오히려 강장제 구실을 했다. 그리고 서로 간에 '제발 나를 이대로 내버려 둬'라고 호소하는 것 같은 그곳 분위기에 익숙해졌다. 클리퍼드는 아예 그들을 상대하지 않았으며 코니도 남편처럼 행동하는 법을 곧 익혔다.

어쩔 수 없이 그들과 상대해야 할 경우, 클리퍼드는 다소 거만했고 그들을 멸시했다. 사실 클리퍼드는 자신과 다른 계급의 사람들 누구에게나 대체로 그런 태도를 보였다. 그는 그들과 사이좋게 지내려는 시도는 전혀 하지 않은 채 자신의 입장만을 확고하게 견지했다. 하지만 그런 그를 마을 사람들이 특별히 미워했다고 볼 수는 없다. 그는 사람들이 좋아하지도, 그렇다고 싫어하지도 않는 유형의 사람이었다. 그는 탄광 갱구나 래그비 저택처럼 그냥 존재하는 사물의 일부분이었을 뿐이었다.

그런데 불구가 된 클리퍼드는 이제 극도로 소심해졌으며 자의식이 강해졌다. 그는 하인 외에는 그 누구도 만나기를 꺼려

했다. 밤낮으로 휠체어에 앉아 있지 않으면 안 되었기 때문이었다. 하지만 그는 전과 마찬가지로 복장에는 세심한 주의를 기울였다. 그는 값비싼 양복에 최고급 넥타이를 맸으며 상반신만 보면 전처럼 멋지고 인상적이었다. 게다가 그의 차분하면서도 망설이는 듯한 목소리, 대담하고 확신에 차 있는 것 같으면서도 놀란 것 같기도 하고 망설이는 것 같기도 한 눈빛은 그가 겉보기에는 오만하고 냉정하지만 속으로는 자기를 내세우지 않는 겸손함과 섬세함을 지니고 있음을 보여주고 있었다.

코니와 클리퍼드는 서로 간에 초연한 현대적인 관계로 맺어져 있었다. 클리퍼드는 불구가 되었다는 충격으로 마음에 큰 상처를 입었기에 마음 편히 가볍게 지낼 수 없었다. 그는 파손된 물건이었다. 그리고 코니는 그런 그에게 열정적으로 매달렸다.

하지만 그녀는 남편이 세상 사람들과 너무 유리되어 있다고 느낄 수밖에 없었다. 어떤 의미에서 광부들은 그가 소유하고 있는 사람들이었다. 하지만 그는 그들을 사람이라기보다는 사물로 보았다. 그들을 생명의 일부라기보다는 탄광의 일부로서, 자신과 어울려 살아가는 사람이라기보다는 가공되지 않은 현상으로 보았던 것이다. 하지만 어떤 의미로 그는 그들을 두려워하고 있었으며 또한 불구가 된 지금 그들에게 자신의 모습을 보인다는 것을 참아낼 수 없었다. 그리고 그들의 야릇하고 투박한 삶은 마치 고슴도치의 삶처럼 부자연스럽게 보였다.

말하자면 그는 그들에게 멀리 떨어진 채 관심을 보이고 있었다. 하지만 그 관심은 현미경을 들여다보거나 망원경으로 먼 곳을 바라보는 것과 같은 것이었다. 그는 래그비가의 사람들, 누이 엠마 외에는 접촉이 거의 없었다. 코니조차도 자신이 실제로 클리퍼드와 접촉하고 있다는 느낌을 받을 수 없었다.

그럼에도 불구하고 클리퍼드는 전적으로 그녀에게 의지하고 있었다. 그는 단 한순간이라도 그녀 없이는 지낼 수 없었다. 덩치도 크고 건강했지만 그는 무력했다. 그는 휠체어와 전동휠체어로 혼자 어디든 갈 수 있었지만 혼자 있을 때면 마치 실종된 존재 같았다. 그는 자신이 존재한다는 것을 확인하기 위해 코니를 필요로 했다.

그럼에도 불구하고 그에게는 야심이 있었다. 그는 소설을 쓰기 시작했다. 그가 알고 있는 사람들에 대한 대단히 사적인 이야기였다. 다소간 빈정거리는 투의 재기 넘치는 글이었지만 이상하게도 아무 의미가 없었다. 관찰력은 비범했고 독특했다. 하지만 그 작품에는 구체적인 사람들의 접촉이 없었고 모든 것이 진공 속에서 벌어지고 있는 일 같았다. 하긴 인공조명 하에 거의 모든 것이 이루어지고 있는 것 같은 요즘인 만큼 그 소설은 이른 바 현대적인 삶, 혹은 현대인의 심리에 대해서 기묘한 식으로 진실을 말하고 있다고 볼 수 있을지도 모르겠다.

클리퍼드는 자신의 이야기에 거의 병적일 만큼 민감했다. 그는 모든 사람들이 자신의 작품을 최고라고 평가해주기를 원했다. 그의 작품들은 가장 현대적인 잡지들에 발표되었으며 칭송을 받기도 했고 비난을 받기도 했다. 그러한 비난은 클리퍼드에게 마치 칼로 쑤시는 듯한 아픔을 주었다. 그에게는 그의 전 존재가 자신의 소설에 들어 있는 것 같았다.

코니는 최선을 다해 그를 도왔다. 처음에는 짜릿한 전율도 맛보았다. 그는 집요하게 모든 내용들을 그녀에게 이야기해주었으며 그녀는 온 힘을 다해서 그에 응해야만 했다. 마치 그녀의 온 영혼과 육체와 성(性)을 동시에 일깨워 그의 이야기 주제 속에 몰입해야만 하는 것 같았다. 바로 그 때문에 그녀는 짜릿한 전율을 느낀 것이며 이야기에 빨려 들어갔던 것이다. 어쨌든 클러퍼드 채털리의 작품은 오로지 자신 안에 칩거해 있을 뿐 다른 기준은 아무것도 없었다. 그 작품은 전에 존재했던 사상이나 표현과는 아무런 유기적 연관이 없었다. 그것은 채털리의 순전히 사적인 책, 이 세상에서 정말 새로운 그 무엇일 뿐이었다.

어느 날 코니의 아버지가 돌연 래그비를 방문했다. 그는 코니와 단둘이 있을 때 말했다.

"클리퍼드의 글 말이다. 꽤 재치가 있어. 하지만 그 안에는 아무것도 없어. 얼마 가지 못할 거야."

코니는 이 건장한 스코틀랜드 기사를 멍하니 바라보았다. 그 안에 아무것도 없다니! 그게 무슨 뜻일까? 평론가들도 칭찬하고 클리퍼드도 유명해졌고 돈도 벌어들이는데……. 아버지는 무슨 뜻으로 클리퍼드의 글 속에 아무것도 없다는 말씀을 하시는 걸까?

코니가 래그비 저택에서 두 번째 겨울을 지내고 있을 때 그녀의 아버지가 다시 그곳을 방문해서 딸에게 말했다.

"애야, 네가 환경 때문에 드미 비에르주(demi-vierge, 반[半] 처녀)로 지내지 않았으면 좋겠다."

"반 처녀라고요!" 코니가 어물어물 반문했다. "왜요? 왜 안 돼요?"

"물론 네가 좋다면야 어쩔 수 없지!" 아버지가 황급히 말했다.

그는 클리퍼드와 단둘이 있을 때 이미 비슷한 이야기를 했었다.

"코니가 반 처녀로 지내는 건 그 애에게 어울리지 않는 것 않군."

"반 처녀라고요?" 클리퍼드는 뜻을 명확히 하기 위해 영어로 되물었다. 그는 잠시 생각에 잠겼다가 얼굴을 붉혔다. 그는 불쾌하다는 듯 화를 냈다.

그가 굳은 목소리로 물었다.

"그게 왜 코니에게 어울리지 않는다는 말씀이지요?"

"그 애가 점점 뼈만 앙상하게 야위어가고 있어. 본래 그런 몸매가 아니었는데……. 그 애는 본래 정어리처럼 매끈하게 빠진 몸매가 아니야. 스코틀랜드의 건장한 송어였어."

"물론 반점이 없는 송어겠지요." 클리퍼드가 되받았다.

클리퍼드는 언젠가 코니와 이 '반 처녀' 건에 대해 상의를 하고 싶었다. 하지만 자기가 먼저 이야기를 꺼낼 수는 없었다. 그는 그녀와 너무 가까운 동시에 충분히 가깝지 않았다. 둘은 마음으로는 일체였다. 하지만 육체적으로는 서로 존재하지 않는 것과 마찬가지였고 둘 중 그 누구도 육체적 범죄 문제로 이야기를 끌고 갈 수 없었다. 둘은 너무 가까웠으면서도 동시에 아무런 구체적 접촉이 없는 사이였다.

하지만 코니는 아버지가 그에게 뭔가 말했고, 클리퍼드에게 무슨 생각이 있으리라고 짐작했다. 그녀는 자기가 반 처녀로 지내건 화류계 같은 짓을 하건 그가 모르거나 직접 목격하지만 않는다면 아무 상관도 않으리라는 것을 알고 있었다. 눈에 보이지 않는 것, 마음으로 알지 못하는 것은 존재하지 않는 것과 같다.

코니와 클리퍼드는 오로지 클리퍼드와 그의 작품에 모든 것을 쏟아 붓는 모호한 생활을 2년 동안 했다. 그들의 관심은 오로지 그의 작품에만 쏠려 있었다. 그들은 고통스러운 작품 구상에 대해 이야기하고 씨름하면서 마치 무언가가 실제로 일어나고 있는 듯, 그 공허 속에 무슨 일이 실제로 일어나고 있는 듯 느끼고 있었다.

그때까지는 그런 것이 삶이었다. 공허 속의 삶이었다. 나머지는 존재하지 않았다. 래그비가 거기 있었고 하인들이 있었지만……, 하지만 그것들은 유령이었고 실제로 존재하는 것이 아니었다. 코니는 가끔 장원으로 산책을 나가서 고독을 즐기며 가을에는 낙엽을 발로 차기도 하고 봄에는 앵초꽃을 따기도 했다. 하지만 그 모든 것은 꿈일 뿐이었다. 혹은 실재의 환영일 뿐이었다. 자신은 소설 속에 등장하는 인물이었으며 자신이 꺾고 있는 꽃은 그림자나 기억, 혹은 단어일 뿐이었다. 그녀에게는 실체가 없었고, 아무것도…… 아무런 접촉도 없었다. 공허하기 짝이 없으며 오래 지속되지도 않을 그 이야기 그물만 끝없이 짜내며 지내야 한단 말인가! 오, 괴로움은 이제 그것으로 족하리라! 이제 현실이, 실재가 출현할 때도 되지 않았는가!

클리퍼드에게는 친구가, 아니 친구라기보다는 그냥 아는 사람들이 많았다. 그는 그들을 래그비로 초대했다. 온갖 종류의 사람들이었다. 비평가도 있었고 작가도 있었으며 그의 작품에 대한 호평에 일조하려는 사람들도 있었다. 그들은 래그비가에 초대받은 데 대해 아첨을 했으며 찬사를 보냈다.

그녀는 이 모든 사람들의 호스티스였다. 그녀는 이따금 클리퍼드의 귀족 친척들의 호스티스 역할도 했다. 부드럽고 혈색이 좋으며 시골 여자 같은 그녀, 살짝 주근깨가 있으며, 푸른 눈에 갈색 곱슬머리, 부드러운 목소리의 그녀, 억세면서도 여성다운 허리의 그녀는 약간 구식처럼 보였고 '여자다운' 여자로 보였다. 그녀는 소년처럼 가슴이 밋밋하고 엉덩이가 볼품없는 정어리 같은 여자가 아니었다. 그녀는 맵시가 있다고 하기에는 너무 여성다웠다.

따라서 이미 젊다고 할 수 없는 남자들은 그녀에게 더없이 친절했다. 하지만 그녀가 조금이라도 그들과 시시덕거리는 모습을 보이면 클리퍼드가 얼마나 괴로워할 것인지 잘 알고 있었기에 그녀는 그들을 조금도 자극하지 않았다. 클리퍼드는 자부심이 너무나 강한 사람이었다. 클리퍼드의 친척들도 그녀에게 친절했지만 그녀는 그들 그 누구에게도 마음을 열지 않았다. 그는 그들 누구와도 실질적인 관계를 맺지 않았다.

시간이 흘러갔다. 무슨 일이 일어나도 아무 일도 일어나지 않은 것과 같았다. 코니가 참으로 맵시 있게 모든 접촉을 피하고 있던 때문이었다. 그녀와 클리퍼드는 그들의 관념 속에서, 그의 책 속에서 살았다. 사람들을 접대하고, 또 접대하면서……. 집에는 늘 사람들이 붐볐다. 시계가 7시 반에서 8시 반으로 바뀌듯이 세월이 흘러갔다.

제2장

31

제3장

하지만 코니는 자신이 점점 더 불안해져가는 것을 알 수 있었다. 그 누구와도 맺어져 있지 못한 데서 비롯한 불안감이 그녀를 미친 듯 사로잡았다. 팔다리를 움직이고 싶지 않을 때 갑자기 제멋대로 꿈틀거리는가 하면 편안하게 쉬고 싶을 뿐 허리를 꼿꼿하게 세우고 싶지 않을 때 갑자기 등이 빳빳하게 펴지는 때가 있었다. 모두 불안감에서 온 것이었다. 그 불안감은 그녀의 몸속 어디든, 심지어 그녀의 자궁 속까지 퍼져나가 그녀를 사로잡고 있었기에 거기서 벗어나기 위해 물속에 풍덩 뛰어들어 어디론가 헤엄쳐 가고 싶은 기분이었다. 그 불안감에 그녀의 가슴은 자주 아무 이유 없이 격하게 뛰었다. 그녀는 점점 더 야위어갔다.

그렇다, 그것은 분명 불안감이었다. 그녀는 장원을 가로질러 달려 나가고 싶었고 클리퍼드를 내팽개치고 고사리 덤불에 납작 엎드리고 싶었다. 그녀는 막연하나마 자신이 어떤 식으로건 산산조각 나고 있다고 느꼈다. 그녀는 자신이 그 어느 것과도 절연되어 있음을 느꼈다. 실체를 가진, 생명 있는 세상과의 접촉을 잃고 살아가고 있었던 것이다. 오로지 클리퍼드와 그의 책, 존재하지 않는 것……. 그 안에 아무것도 없는 것, 그것뿐이었다. 공허에서 공허로 이어질 뿐……. 그녀는 막연히 그것을 알고 있었다. 하지만 아무런 방도가 없었다. 마치 돌에 머리를 부딪는 것과 같은 짓일 뿐…….

그녀의 아버지가 다시 경고했다.

"애야, 왜 애인을 두지 않는 거니? 세상에서 좋은 것은 다 맛봐야 해."

그해 겨울 마이클리스가 그곳에 와서 며칠 머물렀다. 희곡으로 미국에서 큰 성공을 거둔 아일랜드계 젊은이였다. 그는 멋진 사회극을 써서 한때 런던 사교계에서 열광적인 환영을 받기도 했다. 하지만 자신들이 이 보잘것없는 더블린 출신 쥐새끼에게 농락당했다는 것을 차츰 깨닫고 런던 사교계는 그를 극도로 혐오하게 되었다. 그는 야비한 놈의 대명사가 되고 말았다. 게다가 그가 반영주의자라는 것도 드러났으며 그것은 그 어떤 더러운 범죄보다도 더 죄질이 나빴다. 그는 치명상을 입고 쓰레기 더미에 내팽개쳐진 시체 꼴이 되고 말았다.

클리퍼드는 30대의 이 청년이 생애 가장 불우한 처지에 처해 있을 때 그를 초대했다. 클리퍼드는 조금도 망설이지 않았다. 아마도 수백만 명의 사람들이 그의 작품을 접했을 것이고 세상으로부터 버림받은 이 국외자를 이럴 때 래그비에 초대하면 더없이 고맙게 여기리라. 그가 자신에게 감사하는 마음을 간직하게 된다면 자신이 미국에서 명성을 쌓는 데 도움이 되리라!

마이클리스는 운전기사와 하인 한 명을 대동한 채 산뜻한 자동차를 타고 제시간에 도착했다. 그는 그야말로 도시풍의 멋쟁이였다. 이 사내를 보자마자 클리퍼드의 촌놈 기질이 꿈틀 반발했다. 하지만 클리퍼드는 그에게 매우 정중하게 대했다. 말하자면 그의 놀라운 성공에 정중했던 것이다. 이른바 성공이라는 암캐-신(神)이 반은 겸손하고 반은 오만한 마이클리스의 뒤꿈치에서 으르렁거리며 그를 보호하고 있었고 클리퍼드를 완벽하게 위협하고 있었다. 클리퍼드는 성공이라는 암캐-신이 자신을 받아들여주기만 한다면 기꺼이 몸을 팔 준비가 되어 있었던 것이다.

마이클리스는 런던의 일류 양복점, 모자가게, 이발소, 구둣방의 손을 빌렸음에도 불구하고 결코 영국인이 아니었다. 그렇다, 그는 결코 영국인이 아니었다. 그의 얼굴은 밋밋하고 창백했으며 행동거지도 어색했다. 게다가 악의와 불만을 또렷하게 드러내고 있었다. 그는 자신이 속하지 않는 영국 상류사회로 편입되기를 간절히 원하고 있었지만 돌아온 것은 발길질과 증오뿐이었다. 그럼에도 불구하고 이 더블린의 잡종개가 하인과 함께 멋진 자동차를 타고 나타난 것이다.

코니는 그의 무엇인가에 마음이 끌렸다. 그는 허세를 부리지도 않았고 자기 자신에 대한 환상을 품고 있지도 않았다. 그는 클리퍼드가 궁금해하는 것에 대해 요령 있고 짤막하게, 그리고 아주 실질적으로 대답했다. 과장하거나 덧붙이지 않았다. 그는 자신이 쓸모가 있어서 래그비에 초대받았음을 잘 알고 있었고, 그렇기에 마치 대사업가라도 되는 듯 질문을 받기만 했으며 가능한 한 감정을 낭비하지 않은 채 대답을 했다.

코니는 엄청난 대성공을 거두고서도 우수에 잠긴 듯한 이 이상한 사내가 정말로 의아하게 여겨지지 않을 수 없었다. 그는 미국에서만도 5만 불의 수입이 있는 것으로 알려져 있었다. 이

따금 그가 미남으로 보일 때도 있었다. 그가 곁눈질을 하거나 아래쪽을 내려다볼 때, 혹은 그의 얼굴이 햇빛을 받을 때면 그의 커다란 눈과 활처럼 이상하게 휜 눈썹, 꽉 다문 입은 마치 상아로 조각한 흑인 가면을 씌워 놓은 듯 묵묵히 모든 것을 인고하는 것 같은 아름다움을 느끼게 해주었다. 그의 그런 모습을 바라보며 코니는 갑자기 그 사내를 향해 동정심이 이는 것을 느꼈다. 그 감정은 연민과 반발심이 뒤섞인 감정으로서 거의 사랑에 가까운 충동이었다. 국외자! 오, 국외자! 게다가 세상 사람들은 그를 비열한 놈이라고 부르고 있다! 그가 비열하다면 클리퍼드는 그 얼마나 더 비열하며 고집쟁이로 보이는가! 얼마나 더 어리석은가!

마이클리스는 자기가 그녀에게 인상 깊은 남자로 보였다는 것을 이내 눈치챘다. 그는 약간 튀어나온 담갈색의 큰 눈을 무심한 듯 그녀에게 던졌다. 그녀를 평가하고 있었던 것이며 그녀에게 준 인상의 깊이를 재고 있었던 것이다. 그는 영국인과 있을 때면, 심지어 사랑을 나눌 때도 자신이 국외자라는 느낌을 버릴 수 없었다. 그렇지만 여자들이 가끔 그에게 반한 경우도 있었다. 심지어 영국 여자들도…….

마이클리스는 아침 식사를 침실에서 했다. 클리퍼드는 점심 때까지 나타나지 않았다. 커피를 마신 후 마이클리스는 들떠 있었고 시간을 어떻게 보내야 할지 안절부절못했다. 11월의 맑은 날씨였다. 래그비에서는 드문 일이었다. 그는 우울한 장원을 내다보았다. 제길! 기막힌 곳이로군!

그는 셰필드로 드라이브나 해야겠다고 생각하고 하인을 채털리 부인에게 보내 함께 갈 의사가 있느냐고 물었다. 하인은 그녀의 거실로 올라와줄 수 있겠느냐는 답을 갖고 돌아왔다.

코니의 거실은 이 집 중앙 부분 가장 높은 층인 4층에 있었다. 클리퍼드의 거실은 1층에 있었다. 마이클리스는 거실로 올라와달라는 채털리 부인의 요청에 기분이 좋았다. 그는 무턱대고 하인의 뒤를 따랐다. 그는 주변 사물에 무심한 사람이었고 눈길을 주지 않는 사람이었다. 코니의 방에 들어서자 그는 르누아르와 세잔의 썩 잘 그려진 독일 복제품을 둘러보았다.

"참 쾌적한 방이로군요." 그는 이를 드러내며 이상한 웃음을 짓고는 말했다. 마치 웃는 게 힘들어 보이는 것 같은 웃음이었다. "맨 꼭대기에 방을 정하시다니 참으로 지혜로우십니다."

"저도 그렇게 생각해요." 그녀가 말했다. 어쨌든 래그비 저택에서 그녀의 개성이 드러나 있는 유일한 장소였다. 클리퍼드도 그 방을 본 적이 없었다. 그녀는 사람들을 그 방에 거의 들이지 않았다.

　이제 그녀와 마이클리스는 불가에 마주 앉아 이야기를 나누었다. 그녀는 마이클리스에 대해서, 또한 그의 부모 형제에 대해서 물었다. 그녀는 남들에 대해 늘 호기심을 갖고 있었고 동정심이라도 불러일으키는 사람 앞에서는 계급의식 같은 것은 깨끗이 사라졌다. 마이클리스는 조금도 꾸밈없이 솔직하게 모든 것을 털어놓았다. 다만 사납고 무심한 수캐 기질을 약간 드러냈을 뿐이었으며 자신의 성공에 대한 복수심 어린 자부심을 보여주었을 뿐이었다.

　"왜 그렇게 외로운 새처럼 지내세요?" 코니가 그에게 물었고 그는 갈색 눈을 크게 뜨고 탐색하듯 그녀를 바라보았다.

　"그런 새들도 있는 법이지요." 그가 대답했다. 이어서 그는 친근하게, 하지만 비꼬듯이 말했다. "보자 하니 부인께서도 외로운 새 같은데요."

　코니는 놀란 듯 잠시 생각에 잠겼다가 말했다.

　"어떤 면에서는 그럴지도 모르지요. 하지만 당신처럼 전적으로 그렇지는 않아요."

　"제가 전적으로 외로운 새란 말씀이신가요?" 그가 마치 치통이라도 앓는 듯 야릇한 웃음을 지으며 반문했다. 정말로 쓴 웃음이었으며 그의 눈은 변함없이 우울한 기색을 띠고 있었다. 마치 자제하는 것 같기도 하고 환멸에 찬 것 같기도 했으며 공포에 사로잡혀 있는 것 같기도 했다.

"그렇지 않아요?" 코니가 숨이 가쁜 듯 되물었다. "실제로 그렇잖아요."

그녀는 그가 무서울 정도로 호소력 있게 자신을 잡아끌고 있음을 느끼고 하마터면 마음의 균형을 잃을 뻔했다.

"맞아요. 부인 말씀이 옳습니다." 그는 고개를 돌려 옆을 바라보다가 시선을 아래로 떨구었다. 오늘날은 찾아보기 어려운 저 고대 민족의 야릇한 부동성(不動性)에 사로잡혀 있는 것 같았다. 코니가 넋을 잃고 그를 바라볼 힘조차 갖지 못하게 된 것은 그 때문이었다.

그는 모든 것을 똑바로 바라보고 모든 것을 기록이라도 하려는 듯한 눈길로 그녀를 올려다보았다. 그와 동시에 밤에 들리는 어린아이의 울음소리와 같은 울음소리가 그의 가슴에서 터져 나와 그녀에게 전달되었고, 그녀의 자궁을 자극했다.

"그렇게 제 생각을 해주시다니 정말 감사합니다." 그가 짧게 말했다.

"당신 생각을 하면 안 되나요?" 코니는 숨을 헐떡이며 겨우 말했다. 그는 짧게 쉿 소리를 내며 웃음을 흘렸다.

"네, 바로 그겁니다! …… 잠시 부인의 손을 잡아도 되겠습니까?" 그가 느닷없이 물었다. 그는 마치 최면이라도 걸듯 그녀를 똑바로 바라보았다. 그녀의 자궁을 직접 자극하는 듯 호소력 있는 눈길이었다.

그녀는 아찔했다. 그녀는 정신이 몽롱해진 채 그를 물끄러미 바라보았다. 그는 그녀 쪽으로 와서 그녀 옆에 무릎을 꿇고 그녀의 두 발을 움켜쥔 다음 그녀의 무릎에 얼굴을 파묻은 채 꼼짝 않고 앉아 있었다. 그녀는 멍하니 눈앞이 흐려졌다. 그녀는 그의 부드러운 목덜미를 놀란 눈으로 내려다보면서 그의 얼굴이 자신의 넓적다리를 지그시 누르는 것을 느꼈다. 너무나 당황한 가운데에서도 그녀는 뜨거운 열정에 휩싸여 훤히 드러난 그의 목덜미를 다정하게 어루만지지 않을 수 없었다. 그는 깊은 전율에 휩싸여 몸을 부들부들 떨었다.

이어서 그가 크게 뜬 눈을 빛내며 무서운 호소력을 담은 눈길로 그녀를 올려다보았다. 도저히 저항할 길 없는 눈길이었다. 그녀의 가슴으로부터 응답이, 거대한 열정이 그에게로 흘러갔다. 무엇이건 다 줄 수밖에 없었다.

그는 탐색하는 듯한 다정한 연인이었다. 그는 억제할 수 없는 듯 몸을 떨었지만 동시에 냉정을 잃지 않고 바깥에서 나는 소리에 온통 귀를 기울였다.

그녀에게 그것은 자신이 그에게 몸을 바쳤다는 것 외에는 아무 의미도 없었다. 마침내 그는 더 이상 떨지 않은 채 얌전히, 아주 얌전히 누워 있었다. 그녀가 동정의 손길로 그녀 가슴에 놓인 그의 머리를 쓰다듬었다.

그는 몸을 일으켜 그녀의 손에 입을 맞춘 후 슬리퍼를 신은 그녀의 발에도 입을 맞추었다. 이어서 그는 침실 반대편 끝으로 걸어가서 그녀에게 등을 돌린 후 잠시 서 있었다. 얼마 동안 침묵이 흘렀다. 이윽고 그는 몸을 돌리고 다시 난롯가에 앉아 있는 그녀 곁으로 왔다.

"이제 저를 미워하게 될 겁니다." 그가 당연하다는 듯 나지막이 말했다. 그녀는 재빨리 그를 바라보았다.

"왜 그래야 하지요?" 그녀가 물었다.

"다들 그런 법이니까요." 그는 이내 정신을 가다듬고 말했다. "말하자면 여자들은 대개……."

"당신을 미워하다니요. 그럴 리가요." 그녀가 마치 화를 내듯 말했다.

"압니다. 네, 알아요. 그냥 말이 그렇다는 거지요. 당신은 저를 정말로 고맙게 대해주시는군요." 그는 비참한 말투로 말했다. 그녀는 지금 이 순간 그가 왜 비참해야 하는지 알 수 없었다.

이윽고 그가 한숨을 내쉬며 다시 말했다.

"저를 미워하시지 않는다고 생각해도 되겠습니까?"

"아니 미워하다니요! 당신은 멋진 분이세요."

"오," 그가 격한 어조로 말했다. "저를 사랑한다고 말씀해주시기보다 그런 말씀을 해주시기를 원했습니다. 저는 셰필드에 가서 점심을 들고 차 마시는 시간에나 돌아오겠습니다."

그는 코니의 손에 입을 맞춘 후 밖으로 나갔다.

"아무래도 그 젊은 친구, 참을 수 없을 것 같아." 점심 식사 때 클리퍼드가 말했다.

"왜요?" 코니가 물었다.

"겉만 번지르르하지 비열한 놈이야. 언젠가 우리를 골탕 먹일 놈이야."

"사람들이 너무 푸대접을 해서 그런 거 아닐까요?" 코니가 말했다.

"그래? 당신은 그 친구가 친절하다고 생각하는 모양이로군."

"저는 그가 너그러운 사람인 것 같아요."

"너그럽다고? 누구에게?"

"잘 모르겠어요."

"알 리가 있나. 당신은 파렴치한 것을 너그러운 걸로 잘못 알고 있는 거야."

코니는 말문을 닫았다. '내가 정말 잘못 본 걸까? 그럴 수도 있지.' 하지만 그의 파렴치가 그녀에게는 매력이었다. 클리퍼드 같으면 멈칫거리며 겨우 몇 발자국 떼어놓을 곳을 그는 성큼성큼 걸어갔다. 그는 바로 그런 방법으로 세상을 정복했던 것이며 클리퍼드 역시 그러고 싶어 했다. 수단과 방법……? 마이클리스가 쓴 수단과 방법이 클리퍼드의 방법보다 야비한 것일까? 오로지 성공만 염두에 둔다면 마이클리스는 성공이라는 암캐-신을 먼저 손에 넣은 수캐 중의 수캐라고 할 수 있다. 그렇다면 마이클리스는 의기양양하게 꼬리를 치켜세울 수 있는 것 아닌가? 그런데 이상한 것은 마이클리스가 결코 꼬리를 치켜세우지 않는다는 사실이었다.

그는 오랑캐꽃과 백합을 한 아름 안고 차 마시는 시간에 맞춰 돌아왔다. 여전히 꼬리를 축 늘어뜨린 모습이었다. 코니는 혹시 상대방을 방심하게 만들기 위해 쓴 가면은 아닐까 생각했다. 너무나 자연스러웠기 때문이었다. '그는 정말 가련한 개에 불과할까? 하지만 어쨌든 그건 여자들을 향해 쓰고 있는 가면은 아니야. 오로지 남자들, 그들의 오만함과 뻔뻔함을 향한 걸 거야.'

코니는 그를 사랑하고 있었다. 하지만 그녀는 남자들끼리 대화를 나누게 내버려두고는 무심한 듯 자수만 놓고 있었다. 마이클리스는 그야말로 완벽했다. 전날과 똑같이 우울하고 세심하며 초연한 청년이었다. 주인과 여전히 거리를 둔 채 필요한 정도 내에서 간단하게 말상대가 되어주고 있었다. 코니는 그가 아침의 일을 잊어버린 거나 아닌가 생각했다. 하지만 그는 자신의 처지를 알고 있었다. 국외자로서 태어나 국외자로 그 자리에 있음을……. 그는 연애가 자기 자신을 바꿀 수 있다고 보지 않았다. 그 누구도 황금 목걸이를 걸어주려 하지 않는 주인 없는 개 처지에 연애를 한다고 해서 안락한 사교계의 개가 될 수 없음을 그는 잘 알고 있었다.

홀에 촛불을 밝힐 때 그는 기회를 잡아 그녀에게 말을 걸었다.

"오늘 가도 될까요?"

"제가 가겠어요." 그녀가 말했다.

"오, 좋습니다."

그는 오랫동안 초조하게 기다렸다……. 그리고 그녀가 왔다.

그는 몸을 떨면서 이내 흥분해버리는 종류의 연인이었다. 금세 절정에 달했으며 바로 끝내버렸다. 그의 벗은 몸은 이상하게 어린애같이 무방비적인 면이 있었다. 마치 어린아이 몸을 벗겨놓은 것 같았다. 그는 여성에게 일종의 동정심과 갈망을, 격렬한 육체적 욕구를 불러 일으켰다. 하지만 그는 그녀의 육체적 요구를 충족시키지 못했다. 그는 언제나 허겁지겁 일찍 끝내버리고는 그녀의 가슴 위에서 오그라들었다. 그리고 여자가 당황하고 실망해서 어쩔 줄 몰라 하는 동안 뻔뻔함을 되찾고 누워 있었다.

하지만 그녀는 상대방의 절정이 지나간 뒤에도 그를 자기 몸안에 넣어둘 줄 알게 되었다. 그럴 때면 그는 너그러웠고 이상할 정도로 힘이 좋았다. 그녀가 능동적이 되어……, 격렬할 정도로 열정적으로 능동적이 되어 절정에 이를 때까지 그는 굳건히 그녀 안에 있었고, 그녀에게 모든 것을 다 맡겼다. 그리고 여자가 흥분의 절정에 이르렀을 때 그는 자부심과 만족감을 느꼈다.

"아, 너무 좋아요." 코니가 떨리는 목소리로 속삭였다. 그런후 그녀는 얌전히 그에게 매달려 있었다. 그는 자신의 고독에 잠긴 채 그렇게 누워 있었다. 어쩐지 자랑스러웠다.

제3장

45

그는 그곳에 사흘밖에 머물지 않았다. 그는 클리퍼드에게 첫 날과 조금도 다름없는 태도로 대했으며 코니에 대해서도 마찬 가지였다. 그의 외양은 조금도 무너지지 않았다.

그는 코니에게 편지를 보냈다. 여전히 애처로운 우수를 담고 있는 편지였지만 가끔은 재치가 있었고 성(性)과는 상관없는 애 정을 보여주기도 했다. 하지만 희망이라고는 전혀 없는 애정이 었으며 거리감을 여전히 느끼게 하는 애정이었다. 그는 희망이 라고는 갖지 않는 사람이었으며 희망을 갖지 않기를 원하고 있 었다. 그는 희망을 증오했다. 그는 어디에선가 'Une immense esprance a traversé la terre'(거대한 희망이 지상을 지나갔도다, 프랑스 19세기 낭만주의 시인 뮈세의 시 구절-옮긴이 주)라는 시 구절을 읽은 적이 있었다. 이에 대해 그는 다음과 같은 주석을 달았다.

'그리고 그것은 가질 만한 가치가 있는 것들을 모두 수장(水 葬)해버렸으니!'

코니는 그를 결코 이해할 수 없었지만 그를 사랑했다. 그리 고 그의 '희망 없음'이 자기에게 줄곧 반영되고 있음을 느꼈다. 그녀는 희망 없는 가운데 사랑할 수는 없었다. 그리고 희망이 라고는 가질 줄 모르는 그 사람은 결코 진정으로 사랑할 수 없 었다.

그들은 상당 기간 관계를 지속했다. 편지를 주고받았으며 가끔 런던에서 만나기도 했다. 그녀는 그의 절정이 끝난 뒤에 자신이 능동적으로 이끌어내는 육체적, 성적 쾌감을 원하고 있었다. 그리고 그도 그녀에게 그 쾌감을 주고 싶었다. 그것만으로도 둘은 충분히 맺어질 수 있었다.

코니는 래그비 저택에서 무척 쾌활해졌다. 그리고 자신의 모든 쾌활함과 만족감을 클리퍼드를 자극하는 데 사용했다. 클리퍼드는 그 시기에 가장 좋은 작품들을 쓸 수 있었으며 이상하게도 왠지 모를 행복감에 젖었다. 그는 마이클리스의 수동성이 코니 안에서 불러일으키는 관능적 만족감의 과실을 거둬들이고 있었다. 하지만 그는 그런 것을 알 리가 없었으며 만일 알았다면 결코 고맙다고 말하지는 않았을 것이다.

그러나 그토록 쾌활하고 자극적이던 코니의 나날들은 얼마 가지 않아 완전히 사라졌고 그녀는 다시 의기소침해졌으며 성마르게 되었다. 오, 클리퍼드는 사라진 그것들을 그 얼마나 그리워했던가! 만일 그가 모든 것을 알았다면 코니와 마이클리스가 다시 맺어지기를 간절히 원했을지도 모를 일이었다.

제3장

제4장

코니는 믹(마이클리스를 사람들은 그렇게 불렀다)과의 관계가 희망이 없으리라는 것을 늘 예감하고 있었다. 그러면서도 다른 남자들은 그녀에게 아무런 의미가 없었다. 그녀는 클리퍼드에게 매달렸다. 그는 그녀의 삶으로부터 많은 것을 원하고 있었고 그녀는 그것을 그에게 주었다. 그런데 그녀도 남자의 삶으로부터 많은 것을 원하고 있었고, 클리퍼드는 그것을 주지 않았다. 아니, 줄 수 없었다. 가끔 발작적으로 마이클리스를 만나기는 했다. 하지만 그녀가 예감하고 있듯이 언젠가는 끝장이 날 것이다. 믹은 무슨 일이건 끝까지 가는 인간이 아니었다. 그 어떤 관계건 끊어버리고 다시 홀가분하게 외로운 개가 되는 것이 그의 본성이었다. 그는 언제나 '그 여자가 나를 버렸어'라고 말했지만 실은 그것을 그 스스로 요구하고 있었다.

클리퍼드는 점점 더 유명해졌고 돈도 벌어들였다. 사람들의 내방이 잦아졌다. 코니는 늘 손님들을 접대했다. 하지만 그들은 훌륭한 물고기가 아니라 고등어나 정어리였고 가끔 메기나 장어가 섞여 있을 뿐이었다.

손님들 중에는 정기적으로 자주 찾아오는 사람들이 있었다. 클리퍼드와 케임브리지 동창들이었다. 그중에는 군대에 남아 여단장이 된 토미 듀크스가 있었다. 그는 "군대에서는 사색할 시간이 많아. 생활전선에서 싸우지 않을 수 있게 해주지"라고 말하곤 했다.

아일랜드인인 찰스 메이도 있었는데 그는 별에 관한 과학적인 글을 발표하곤 했다. 또 작가인 해먼드도 있었다. 모두 클리퍼드와 동년배였다. 말하자면 당대의 젊은 지식인들이었다. 그들은 모두 정신적인 삶에 대한 믿음을 간직하고 있었다. 거기서 벗어나는 것들은 모두 사적인 것으로서 아무 의미가 없었다. 그들 중 그 누구도 몇 시에 화장실에 가느냐고 묻지 않았다. 그것은 오로지 당사자에게만 관심 있는 일일 뿐이었다. 그 외에 일상사에 관한 일들, 예컨대 돈은 얼마나 버는지, 아내를 사랑하는지, 연애를 하고 있는지 등에 대해서도 마찬가지였다.

"성 문제에 관한 한 가장 중요한 핵심은," 아내와 두 자식
이 있지만 타이프라이터와 더 가깝게 지내는 해먼드가 말했다.
"거기엔 핵심이 없다는 사실이야. 엄밀히 말해 문젯거리도 없
어. 누구나 화장실에 가는 사람을 뒤따라가지는 않지. 그런데
왜 여자가 누워 있는 침실로 따라 들어간단 말인가? 문제가 있
다면 바로 거기에 있는 거야. 거기 아무런 관심도 기울이지 않
는다면 아무 문제도 없는 거야. 아무 의미도 없고 핵심도 없는
거야. 그저 그릇된 호기심일 뿐이지."

"옳은 말이야. 맞아. 하지만 누군가 줄리아를 사랑하게 된다
면 자네는 부글부글 끓을걸. 그런 일이 계속되면 아마 폭발하
고 말걸." 찰리 메이가 말했다.

줄리아는 해먼드의 아내였다.

"왜 꼭 그래야 하지? 그자가 우리 집 응접실에서 오줌을 눈
다면 화를 내겠지. 그런 짓을 할 곳은 따로 있으니까."

"그렇다면 줄리아가 어디 은밀한 곳에서 연애를 해도 상관
않겠단 말인가?"

줄리아와 아주 가볍게 불장난을 한 적이 있던 찰리 메이가
약간 빈정거리는 투로 물었다. 그러자 해먼드가 거칠게 그의

말을 막고 말했다.

"물론 신경이 쓰이겠지. 섹스는 나와 줄리아 사이의 개인적인 일이니까. 다른 사람이 사적인 일에 끼어든다면 가만히 있을 수는 없지."

"사실," 깡마른 데다 주근깨가 있는 토미 듀크스가 말했다. "자네는 소유 본능이 강한 데다 자기주장에 집착하고 있고 성공을 바라고 있네. 나는 군대에 정착해서 세상을 밖에서 바라보다보니 남자들에게 자기주장과 성공을 향한 열망이 그 얼마나 터무니없을 정도로 강한가를 알게 되었어. 그런 게 너무 발달했어. 우리들의 개성이라는 것도 온통 그쪽을 향해 있지. 그리고 자네 같은 사람들은 아내의 후원이 있으면 더 잘 되리라고 생각하고 있어. 자네가 질투를 한다면 그 때문이야. 자네에게 섹스란 그런 거야. 성공을 가져올, 자네와 줄리아 사이의 작은 발동기 같은 것. 모든 게 성공을 위한 본능과 연관되어 있는 거야. 말하자면 모든 것이 그 위에서 돌아가는 회전 축 같은 거지."

해먼드는 약간 감정이 상한 것 같았다. 그는 자신의 정신이 고결하고 시류에 편승하는 사람이 아니라고 은근히 자랑하고 있었다. 그럼에도 불구하고 그는 성공을 원하고 있었다.

"옳은 말이야. 돈 없이는 살 수 없지." 천문학자 메이가 말했다. 그는 독신이었다. "제대로 살아가려면 돈이 어느 정도 있어야지. 하지만 거기다가 섹스라는 딱지는 붙이지 않는 게 좋겠군. 우리가 누구하고나 자유롭게 이야기를 할 수 있듯이 우리 마음을 끄는 여자가 있으면 누구하고도 연애를 할 수 있는 것 아닌가?"

"음란한 켈트족의 말이로다!" 클리퍼드가 말했다.

그러자 메이가 반박했다.

"음란하다고! 그래, 그게 왜 나쁜가? 여자와 동침한다고 해서 여자와 춤을 추거나 날씨 이야기를 하는 것보다 그녀에게 더 해가 된다고 말할 근거가 어디 있나? 생각 대신에 감각을 나누는 것 아닌가? 내 말이 틀렸나?"

"토끼처럼 문란하도다!" 해먼드가 말했다.

"안 될 이유가 어디 있나? 토끼가 뭐가 나빠? 토끼가 신경질적이고 혁명적인 '인간'보다 나쁠 게 뭐 있나? 그저 신경질적인 혐오감에 가득 차 있는 인간보다 말일세." 메이의 말이었다.

"그렇더라도 우리는 토끼가 아니야." 해먼드가 말했다. "우리에게는 정신이란 게 있어. 자네 그렇게 섹스에 굶주려 있는 것 같은 말만 하지 말고 결혼을 하게."

"수도승처럼 개집에 묶여 있으라고? 이보게, 다 썩어빠진 짓이고 타협하는 거야. 나도 가끔 여자가 필요하지. 하지만 여자가 절대적인 것처럼 허풍을 떨거나 그 문제를 갖고 이러니저러니 단죄하고 금지하는 것은 거부해. 마치 옷가방에 붙여놓은 이름표처럼 내 이름과 주소를 달고 다니는 여자를 곁에 둔다는 건 부끄러운 짓이야."

줄리아의 불장난 건으로 인해 해먼드와 메이는 상대방을 조금도 받아들이지 않고 맞섰다. 그들이 그런 논쟁을 벌일 때 클리퍼드는 별로 끼어들지 않았다. 그는 결코 앞으로 나서지 않았다. 별로 중요하다고 생각해본 적이 없는 문제였기에 혼란스러울 뿐 정리가 되지 않았다. 그는 얼굴을 붉혔다. 언짢은 기색이었다. 그런데도 군인인 토미 듀크스가 굳이 그를 끌어들였다.

"그런데 자네 생각은 어떤가, 클리퍼드. 자네는 성이 남자의 성공과 관련 있다고 생각하는가?"

클리퍼드가 더듬더듬 말했다.

"글쎄, 나는 별 생각이 없어. 굳이 말하자면 '결혼은 결혼으로 끝낸다' 정도랄까. 하지만 부부간에 정말로 아낀다면 중요한 문제겠지."

"어떤 식으로 중요하단 말인가?" 토미가 집요하게 물었다.

"뭐, 서로 간의 친밀감을 완벽하게 해주는 정도겠지." 클리퍼드는 마치 여자가 그런 문제에 대해 말하듯 어색하게 우물거렸다.

그러자 토미가 말했다. 그도 미혼이었다.

"그래, 나와 찰리는 섹스가 언어처럼 일종의 소통 수단이라고 생각하지. 그러니까 일종의 섹스 대화 같은 거야. 내가 어떤 여자와 섹스 대화를 시작한다면 그녀와 침대로 가서 제때에 그 대화를 끝내는 게 자연스러운 일이야. 불행히도 나와 그런 특별한 대화를 시작하겠다는 여성이 없어서 나는 혼자 침대에 들 수밖에 없어. 뭐, 그렇다고 별로 나쁠 것도 없어. 어쨌든 그런 일이 있기를 원하기는 하지. 알게 뭔가? 어쨌든 나는 천문학 계산 때문에 방해받을 일도 없고 써야만 하는 불후의 명작도 없어. 그냥 군대에 숨어 사는 한 인간일 뿐이지."

침묵이 흘렀다. 네 명의 사내는 담배를 피웠다. 그리고 코니는 뜨개질을 한 땀 한 땀 뜨고 있었다. 그렇다! 그녀가 그곳에 있었다! 그녀는 잠자코 있을 수밖에 없었다. 그녀는 이 고상한 정신주의자들의 너무 중요한 사색에 방해가 되지 않기 위하여 마치 쥐새끼처럼 얌전히 있어야만 했다. 그럼에도 불구하고 그녀는 반드시 그곳에 있어야 했다. 그녀가 없으면 그들은 그렇게 활발하게 이야기를 나눌 수 없었다. 생각이 그토록 자유롭게 떠오르지 않았던 것이다. 더욱이 코니가 없으면 클리퍼드는 서먹서먹해지고 예민해져서 마치 겁이라도 먹은 듯 말조차 제대로 하지 못했다. 그녀가 곁에 있으면 제일 잘 나가는 건 토미 듀크스였다. 마치 그녀의 존재가 영감이라도 주는 것 같았다. 그녀는 해먼드를 좋아하지 않았다. 이기적인 존재로 보였던 것이다. 그녀는 찰스 메이에 대해서는 그럭저럭 호감을 지니고 있었지만 별과 함께 사는 사람치고는 어딘가 지저분하고 칠칠치 못해 보였다.

얼마나 많은 저녁을 코니는 이들 네 사람의 정견 발표에 귀를 기울여야 했던 것일까? 그리고 때로는 이들 외에 한두 사람이 더 있기도 했다. 사실 그녀는 그들 이야기에 귀를 기울이는 것이 좋았으며 특히 토미가 그 자리에 있으면 더욱 재미있었다. 그들은 키스를 하고 몸을 부비는 대신 자신들의 마음과 정신을 홀딱 드러내고 있었다. 너무 재미있었다. 하지만 그 얼마나 차가운 마음들이란 말인가!

그들의 이야기를 듣고 있자면 약간 화가 날 때도 있었다. 그녀는 마이클리스를 존중하고 있었다. 그런데 그 이름만 나오면 마치 개새끼 같은 야심가나 가장 질이 나쁜 교양 없는 잡놈이라도 되는 듯 온갖 경멸을 퍼부어 댔던 것이다. 개새끼건 아니건, 잡놈이건 아니건 간에 그는 자신만의 결론을 향해 도약한 사람이었다. 그는 그들처럼 자신들이 수도 없이 지껄여대는 말들 주변을 빙빙 돌며 정신생활의 퍼레이드를 벌이지 않았다.

코니는 정신생활을 존중했고 짜릿한 전율을 맛보기도 했지만 그들은 도가 지나치다고 생각했다. 그들이 진지하게 토론을 했고 정직한 것도 사실이었다. 하지만 고양이처럼 잔뜩 웅크리고만 있을 뿐 한 번도 도약을 하지 않았다. 그들은 쉴 새 없이 그 무언가에 대해 이야기를 하고 있었지만 그녀는 그게 도대체 무엇인지 알 수 없었다. 그것은 믹조차도 분명하게 밝혀주지 않은 그 무엇이었다. 어쨌든 그들은 믹처럼 반사회적 인간도 아니고 국외자도 아니었다. 그들은 인류를 구원하는 문제, 최소한 인류를 가르치는 문제에 어느 정도 경도되어 있었다.

어느 일요일 저녁 화제가 다시 사랑으로 옮겨 가자 그들은 그야말로 호화찬란한 이야기 잔치를 벌였다.

"우리의 마음을 그 무언가 우리를 잡아끄는 곳에 묶어두는 이 굴레에 축복 있으리니!"(18~19세기 영국 시인 존 포세트의 시 구절-옮긴이 주) 토미 듀크스가 말했다. "나는 이 굴레가 무엇인지 알고 싶어. 지금 우리를 묶고 있는 굴레는 정신적 불화야. 그것을 빼버린다면 우리들을 묶어줄 수 있는 것은 아무것도 없어. 우리는 헤어지기만 하면 서로에 대해 욕지거리를 해. 이 세상 지식

인들이 다 그렇듯이 말이야. 하긴 옛날부터 그랬지. 나는 정신
적 불꽃을 발하지 않은 채 보리수나무 밑에 얌전히 앉아 있는
부처나 주일날 평화롭게 제자들에게 설교를 하고 있는 예수를
좋아한다고 말할 수밖에 없어. 맞아, 정신생활에는 뭔가 근본적
으로 그릇된 게 있어. 정신생활은 악의와 질투에 뿌리를 두고
있어."

"나는 우리가 그렇게 악의적이라고는 생각하지 않는데." 클
리퍼드가 항의했다.

"이보게, 클리퍼드, 우리들이 각자 상대방에 대해서 말하는
방법을 생각해 보게. 아마 그 점에서는 내가 최악이겠지. 나는
달콤한 말 속에 숨어 있는 악의를 정말 좋아한단 말이야. 그건
독 같은 거야. 자네가 얼마나 좋은 친구인지 내가 말하기 시작
하면 가엾게도 다들 자네를 동정하기 시작하지. 제발 자네들은
내게 악의적인 말을 해주기 바라네. 그래야 내가 자네들에게
뭔가 의미 있는 존재라는 것을 알게 될 테니 말일세. 내게 달콤
한 말을 하지 말아줘. 그러면 나는 끝장이니까."

"하지만 우리는 서로 마음속으로 좋아한다고 생각하는데."
해먼드가 말했다.

"그랬으면 한다는 뜻이로군. 하지만 우리는 등 뒤에서는 서

로를 욕하고 있어. 내가 제일 나쁜 놈이지."

이어서 해먼드와 듀크스와 메이 사이에서 지식과 정신생활에 대한 논쟁이 오갔다. 듀크스는 정신생활을 하는 순간 인간은 삶 전체와의 유기적 관계를 끊게 되는 것이며 선악과를 따먹는 범죄를 저지르는 셈이라고 말했다. 말하자면 다른 삶을 모두 포기하고 오로지 정신생활에만 몰두하는 것은 스스로 나무에서 떨어진 사과가 되는 것을 의미하며 땅에 떨어진 사과가 필연적으로 썩을 수밖에 없듯, 결국 악의적이 될 수밖에 없다는 논리를 펼쳤다.

클리퍼드의 눈이 휘둥그레졌다. 그에게는 모두 부질없는 소리였다. 코니는 소리 없이 속으로 웃고 있었다.

"그래, 우리는 모두 땅에 떨어진 사과란 말이지?" 해먼드가 약간 신랄하게 반문했다.

"그러면 우리들을 재료로 사과주를 만들면 되겠군." 찰리 메이가 말했다.

그때였다. 듀크스를 만나러 왔다가 그 자리에 함께 하게 된 베리라는 청년이 대화에 끼어들었다.

"그런데 볼셰비즘에 대해서 어떻게 생각하세요?" 요즘 그 문제에 열광해 있던 청년은 듀크스가 지식과 정신생활에 대해

일장 연설을 늘어놓자 그 질문을 던진 것이다.

그러자 듀크스 대신 찰리 메이가 대답했다.

"내게는 볼셰비즘이란 부르주아에 대한 최대의 증오로 보여. 그렇다면 부르주아란 뭐냐? 아직 정확히 정의가 내려져 있지 않지만 그 무엇보다 자본주의라고 보면 될 거야. 느낌이나 정서 같은 것도 부르주아적이라고 할 수 있어. 말하자면 볼셰비즘이란 느낌이나 정서 없는 인간을 창조하자고 부르짖는 거지. 부르주아에 대한 증오를 바탕으로 기계의 부품 같은 인간을 만들어내자고 주장하는 것, 그게 바로 볼셰비즘이야."

"맞아!" 토미 듀크스가 맞장구를 쳤다. "하지만 그뿐이 아니야. 산업 사회의 이상적 전체 모습을 기술한 것이지. 그건 견과류 껍질 속에 들어 있는, 공장 소유주의 이상 같은 거야. 물론 그 동력이 증오라는 것은 부정하겠지. 하지만 역시 증오야. 삶 전체에 대한 증오. 내가 보기엔 이 모두 정신생활의 일부이고 필연적인 논리 전개 과정의 하나야."

"나는 볼셰비즘이 논리적이라는 데는 반대해. 아예 중요한 대전제를 거부하고 시작하고 있다니까. 그건 오래가지 못할 걸. 증오로부터 시작되었으니 말일세. 반드시 반동이 있게 될 거야." 해먼드의 말이었다.

"우리는 오랫동안 기다려 왔어." 토미 듀크스가 다시 말을 받았다. "증오도 다른 모든 것들처럼 자라나는 거지. 그것은 삶에 관념과 깊은 본능을 강요하면서 필연적으로 오게 된 산물이야. 그 어떤 관념을 통해 우리에게 강요하고 있는 그런 감정 같은 것. 우리는 마치 기계처럼 그 어떤 공식에 따라 우리를 몰고 가고 있어. 논리적인 마음이 우리를 지배하고 있는 척하지만 우리들 안에는 증오만 있을 뿐이야. 우리는 모두 볼셰비키야. 위선적인 볼셰비키."

그러자 해먼드가 말했다.

"하지만 소련 방식 말고도 다른 여러 방식이 있지. 볼셰비키들은 진짜 인텔리가 아니거든."

"물론 아니지. 하지만 때로는 아둔한 게 지적(知的)일 수도 있어. 개인적으로 나는 볼셰비즘을 얼빠진 걸로 본다네. 하지만 동시에 내게는 우리의 서구 사회생활도 얼빠진 것으로 보여. 우리는 모두 갑상선 질환을 앓고 있는 것처럼 냉혹하고 천치처럼 열정이 없어. 거기에 이름을 붙이자면 바로 볼셰비키인 거야. 우리는 우리가 신이라고 생각하지……. 인간을 신이라고……. 볼셰비즘도 마찬가지야. 그런 식의 신이나 볼셰비키가 되지 않는 유일한 길은 인간이 되는 길뿐이야. 심장과 페니스를 가져야 해. 심장이고 페니스고 마찬가지거든. 둘 다 진실을 넘어서는 너무 훌륭한 것이거든."

"그렇다면 당신은 무엇을 믿고 계신가요?" 베리가 토미에게 진지하게 물었다.

"나? 머리로야 튼튼한 심장과 힘 있는 페니스를 믿고 있지. 살아 있는 지식을 믿고 있고 부인 앞에서 '빌어먹을!'이라고 외칠 수 있는 용기를 믿고 있지."

"당신은 그걸 모두 갖고 계신 게 아닌가요?" 베리가 다시 말했다.

토미 듀크스는 너털웃음을 터뜨렸다.

"아이고, 천사 같은 녀석! 그런 게 있다면! 그런 걸 가지고 있다면! 아니야. 내 심장은 감자처럼 마비되어 있고 내 페니스는 축 늘어진 채 고개를 들지 못해. 어머니와 숙모 앞에서 '빌어먹을!'이라고 외치기는커녕 그놈의 페니스를 싹둑 잘라버리고 싶을 지경이야. 게다가 나는 지식인이 아니야. 그냥 '정신생활자'일 뿐이지. 지식인이 될 수 있다면 정말 좋겠어. 그러면 정말 모든 것에서 생생하게 살아 있을 수 있을 거야. 진짜 지적인 사람에게는 페니스가 꼿꼿하게 고개를 쳐들고 '안녕하세요?'라고 인사할 거야. 르누아르는 페니스로 그림을 그렸다지…….

아니, 정말로 그린 거야! 그 아름다운 그림들을! 나도 내 페니스로 뭔가 할 수 있으면 좋겠어. 제길! 그런데 순 말뿐이니! 지옥에 또 다른 고통이 덧붙여진 거지. 소크라테스로부터 시작된 거야."

그때였다. 코니가 고개를 들고 느닷없이 말했다.

"세상에는 멋진 여자들도 있어요."

남자들은 분개했다. 그녀는 아무 소리도 못 들은 체 해야만 했다. 그들은 그녀가 그런 말을 그토록 가까이서 듣고 있음을 인정할 수 없었으며 그것을 인정해야 한다는 사실을 증오했다.

듀크스가 약간 능청스럽게 말했다.

"오, 맙소사!

그녀들이 내게 멋지지 않다면

제아무리 멋진들 무슨 소용 있으리!

정말입니다. 아무 희망이 없어요. 나는 여성과의 결합에서 떨림을 경험할 수 없어요. 여성과 마주쳤을 때 진정으로 마음을 끄는 여자가 한 명도 없어요. 억지로 그렇게 하고 싶지도 않아요. 오, 절대로 아니에요! 나는 지금 이대로 '정신생활'을 누리고 있을 뿐이에요. 내가 할 수 있는 유일한 정직한 일입니다. 여자와 이야기를 나누는 건 즐거워요. 하지만 그것은 순수함 그 자체이며 희망 없는 순수함입니다. 그래, 베리, 자네는 어떻게 생각하나?"

"순수한 채 있을 수만 있다면 훨씬 덜 복잡하겠지요." 베리가 대답했다.

"맞아. 삶이란 온통 너무 단순한 거지."

제5장

2월의 태양이 희미하게 빛나고 있는 어느 서리 내린 아침에 클리퍼드와 코니는 장원을 지나 숲으로 산책을 갔다. 클리퍼드는 전동 휠체어를 몰고 있었고 코니는 그 곁에서 걷고 있었다.

차가운 공기에서는 유황 냄새가 풍겼지만 둘 다 그 냄새에 익숙해 있었다. 가까운 지평선 부근에는 서리와 연기로 뿌옇게 된 안개가 끼어 있었고 그 위로는 푸른 하늘이 약간이나마 모습을 보이고 있었다. 마치 그 무슨 울타리 안에 내내 갇혀 있는 것 같았다. 언제나 울타리에 갇혀 있는 꿈이나 광란 같은 삶!

시린 빛의 서리가 내려 있는 장원 언덕 풀밭에서 양들이 기침을 하고 있었다. 삼림 입구로 이어지는 길이 예쁜 핑크색 리본처럼 나 있었다. 클리퍼드가 얼마 전에 탄광에서 나온 자갈

들을 채질해서 새로 깔게 해놓은 것이다. 지하에서 나온 바위나 폐물들을 태워서 유황을 제거하면 밝은 날에는 핑크빛을 띠었다. 코니는 지하에서 나온 이 폐물들이 내는 밝은 핑크빛이 언제나 좋았다. 제아무리 심한 바람이라도 좋은 것을 실어올 수 있는 법이다.

클리퍼드는 현관으로부터 이어지는 작은 언덕을 조심스럽게 내려갔고 코니는 의자를 손으로 잡고 있었다. 눈앞에 숲이 펼쳐져 있었고 가까이로는 개암나무 숲이, 그 너머로는 울창한 참나무 숲이 이어졌다.

코니는 숲으로 들어가는 문을 열었다. 클리퍼드는 천천히 넓은 차도를 향해 전동 휠체어를 몰았다. 옛날에 로빈 후드가 사냥을 했다는 대 삼림의 일부였으며 이 길은 지방을 횡단하는 지방도였다. 하지만 지금은 사유림 내에 나 있는 차도일 뿐이었다.

클리퍼드는 이 숲을 사랑했다. 그는 특히 참나무 고목을 좋아했다. 마치 여러 세대에 걸쳐 자기 것이었던 듯 느꼈다. 그는 그것들을 보호하고 싶었다. 그는 이 숲이 외부로부터 격리된 채 침범당하지 않기를 원했다.

휠체어는 얼어붙은 흙덩이를 부수며 언덕 위를 천천히 올라갔다. 그러자 갑자기 왼쪽에 공터가 나타났다. 나무들이 베어진 채 그루터기만 드러내고 있었고 여기저기 새로 심은 나무들이 어린 모습을 드러내고 있었다. 전시에 부친 조프리 경이 벌목을 한 곳이었으며 외부로 드나드는 길목이기도 했다.

클리퍼드는 벌거숭이가 된 이곳을 바라볼 때마다 화가 났다. 직접 전쟁을 겪을 때도 느끼지 못했던 전쟁을 향한 분노가 이 언덕을 보면 생생하게 되살아났다.

둘은 고갯마루에 올라서자 멈추었다. 클리퍼드가 아래쪽을 내려다보며 말했다.

"나는 이곳이 정말로 잉글랜드의 심장이라고 생각해."

"그래요?" 푸른 털옷을 입은 코니가 길가 나무 그루터기에 앉으며 말했다.

"그럼! 이건 옛 잉글랜드 그대로야. 잉글랜드의 심장이지. 난 이걸 고스란히 간직하고 싶어. 아무도 손대지 못하게 하고 아무도 들어오지 못하게 하고 싶어."

그의 말투에는 비애가 서려 있었다. 희미한 햇빛 아래 금발에 가까운 머리칼을 반짝이고 있는 클리퍼드의 붉고 둥근 얼굴에 불가사의한 표정이 떠올라 있었다.

그가 계속 말했다.

"이곳에 오게 되면 다른 어느 때보다 자식이 갖고 싶어져."

"하지만 이 숲은 당신 가문보다 오래 됐잖아요." 코니가 조용히 말했다.

"맞아. 하지만 우리가 이 숲을 보존해 왔어. 우리가 아니었다면 다른 숲들처럼 모두 사라져버렸을 거야. 누군가 옛 잉글랜드를 지켜야 해."

"꼭 그래야 하나요? 그러려면 새로운 잉글랜드에 거역해야 하잖아요. 그건 슬픈 일이에요."

"옛 잉글랜드의 그 무엇인가가 보존되어 있지 않으면 그건 결코 잉글랜드라고 할 수 없어. 우리처럼 재산도 있고 잉글랜드에 대해 애정도 있는 사람들이 할 수 있는 건 그것뿐이야. 인습은 거스를 수 있어도 전통은 지켜야 해."

둘 사이에 잠시 침묵이 흘렀다. 이윽고 코니가 입을 열었다.

"무슨 전통 말이에요?"

"잉글랜드의 전통! 그리고 이 숲의 전통! 그래서 자식을 가질 필요가 있는 거야. 개인이란 사슬을 이어나가는 고리일 뿐이야."

코니는 사슬 같은 것에는 시들했지만 아무 말도 하지 않았다. 그녀는 자식을 원하는 클리퍼드의 이상한 몰인격성에 대해 생각하고 있을 뿐이었다.

"우리가 자식을 가질 수 없어서 유감이에요." 그녀가 말했다.

그는 창백한 푸른 눈을 들어 그녀를 빤히 들여다보았다.

"당신이 다른 남자의 아이를 갖는 것도 괜찮은 일일 거야. 그 아이를 래그비에서 키우면 우리 아이가 되고 이곳 아이가 되는 거지. 나는 혈통이라는 것은 그다지 심각하게 생각하지 않아요. 우리가 아이를 키우면 우리 아이가 되는 거지. 어때, 한번 생각해볼 만하지 않아?"

"하지만……, 다른 남자라니요?" 코니가 물었다.

"그게 뭐 그리 중요한가? 당신 독일에 애인이 있었지? 그건 지금 아무것도 아니잖아. 그런 사소한 일이나 관계는 별로 중요한 게 아니야. 그냥 지나가버렸잖아. 지금 그게 어디 남아 있지? 작년에 내린 눈이 어디 쌓여 있지? 중요한 것은 전 생애를 통해 지속되는 것들이야. 길게 지속되고 발전하는 내 삶만이 중요한 거지. 가끔 맺어지는 결합, 특히 성적인 결합이 뭐 그리 의미가 있겠소? 사람들이 지나치게 과장해서 그렇지 실은 새들이 짝짓기 하는 것과 마찬가지야. 중요한 건 그런 게 아니라 생애 내내 이어지는 반려 관계 같은 거요. 한두 번 함께 자는 게 중요한 게 아니라 매일 함께 사는 것, 그게 중요한 거지. 당신과 나는 그 어떤 일이 벌어지건 부부 사이요. 우리는 습관을 함께 하고 있소. 그리고 내가 보기에 습관이 일시적인 흥분보다 훨씬 중요하오. 같이 살아가는 동안 조화를 이루면서 미묘하게 공명하는 것, 그것이 결혼의 진정한 비밀이야. 그 비밀은 섹스에 있는 게 아니야. 당신과 나는 결혼으로 함께 엮여 있지. 우리가 그 사실에 충실하다면 우리는 마치 치과의사처럼 이 문제를 쉽게 해결할 수 있소. 우리는 운명적으로 마치 이를 앓듯 육체적 좌절을 겪고 있을 뿐이오."

코니는 얌전히 앉은 채 일종의 놀라움과 공포를 느끼며 그의 말을 듣고 있었다. 그녀는 그의 말이 옳은지 그른지 알 수 없었다. '나는 마이클리스를 사랑하고 있어.' 그녀는 속으로 생각했다. 그건 오랜 동안의 고통과 인내 끝에 찾아온, 일상적 습관에서 벗어난 일종의 소풍이자 일탈 같은 것이었다. 아마 인간의 영혼이란 소풍을 필요로 하는지도 모른다. 그건 부정할 수 없다. 하지만 소풍의 핵심은 다시 집으로 돌아와야만 한다는 데 있다.

"그렇다면 아무 남자의 아이를 낳아도 괜찮다는 건가요?" 그녀가 물었다.

"그럼. 여보, 나는 당신이 타고난 본능으로 고상한 선택을 하리라고 믿어. 시원찮은 놈이 당신을 건드리게 두지는 않을 거야. 무엇보다 당신은 나를 택하지 않았소? 내게 혐오감을 불러일으키는 자를 택할 리 없어."

그녀는 마이클리스 생각을 하고 있었다.

"당신에게 누구인지 말해줘야 하나요?" 코니는 그를 흘끔흘끔 쳐다보며 물었다.

"천만에, 내가 모르는 게 더 좋아……. 다만 일시적인 섹스는 우리가 함께 하고 있는 긴 세월 동안의 삶에 비하면 아무것도 아니라는 데는 동의하오? 우리들에게 중요한 것은 그 긴 세월의 삶을 통해 완전한 인격체를 형성해가는 거야. 그렇지 못한 삶에는 핵심이란 게 없지. 만일 섹스의 결핍이 당신이 완전한 인격체를 형성하는 데 방해가 된다면 연애를 해요. 아이가 없어서 삶이 불완전해진다면 가능한 대로 아이를 가져요. 완전한 인격체와 삶을 만들기 위한 것이니 우리 둘이 함께 할 수 있지. 우리의 안정된 삶을 위해 필요한 한 조각을 함께 짜나가는 것이오. 어때, 동의하겠소?"

코니는 남편의 말에 약간 압도되었다. 그녀는 남편의 말이 이론적으로 옳다는 것을 알고 있었다. 하지만 그와 함께 하는 건전하고 안정된 삶이라는 생각에 이르자 그녀는……, 망설였다. 자신의 나머지 생애 내내, 자신을 그의 삶 속에 짜 넣는 것이 과연 자신의 운명이란 말인가?

정말 그런 걸까? 그와 함께 안정된 생활을 하나의 직물처럼 짜나가면서 가끔 모험이라는 꽃을 수놓으면 되는 걸까? 자신이 그다음에 어떤 느낌을 갖게 될지 어떻게 알 수 있단 말인가? 그걸 누가 알 수 있단 말인가? 어떻게 그 수많은 세월 동안 한결같이 '그래요'라고만 말할 수 있단 말인가? 단숨에 말해버릴 수 있는, 그 나비 같은 한마디에 속박되어 있을 수 있단 말인가? 나비처럼 훨훨 날아가 버릴 수 있는 그 말에!

"여보, 당신 말이 옳다고 생각해요. 제가 생각할 수 있는 한 찬성해요. 다만 그로 인해 우리의 삶이 새로운 모습을 드러냈으면 해요." 그녀가 말했다.

"그러니까 삶이 새로운 모습을 드러낼 수만 있다면 동의한단 말이지?"

"네! 정말로 동의해요."

그때였다. 옆길에서 갈색 스패니얼 개 한 마리가 나타나서 콧등을 쳐든 채로 그들을 향하여 가볍게 짖어댔다. 그 뒤로 엽총을 든 사나이가 소리 없이 나타나서 그들 두 사람을 향해 빠른 걸음으로 걸어오고 있었다. 새로 고용한 사냥터지기였다. 그

제5장

71

녀는 그를 보고 깜짝 놀랐다. 마치 어디에선가 새로운 위협이 나타난 것만 같았다.

그는 짙은 녹색 바지를 입고 각반을 차고 있었다. 완전히 구식 스타일이었다. 그는 붉은 얼굴에 붉은 수염을 하고 있었고 쌀쌀한 눈길이었다. 그는 빠르게 언덕을 내려갔다.

"멜러즈!" 클리퍼드가 그를 불러 세웠다.

사나이는 몸을 돌리더니 군대식으로 재빨리 거수경례를 했다.

"휠체어 방향을 좀 돌려주겠나? 그래야 출발하기가 쉽겠어." 클리퍼드가 말했다.

사내는 총을 어깨에 둘러메더니 조용히 앞으로 다가왔다. 알맞은 키에 늘씬한 몸매였다. 그는 코니를 거들떠보지도 않고 휠체어에만 눈길을 주고 있었다.

"여보, 새로 온 사냥터지기 멜러즈야. 자네, 아직 마님께 인사한 적 없지?"

"네, 없습니다." 사내가 무관심한 투로 즉시 대답했다. 그는 모자를 벗어 들고 코니의 눈을 똑바로 쳐다보며 머리를 숙여 인사했다. 하지만 한 마디도 하지 않고 모자를 들고 서 있었을 뿐이었다.

"이곳 온 지 꽤 오래 되지 않았어요?" 코니가 그에게 말을 걸었다.

"여덟 달 됐심다, 부인……, 마님!" 그는 조용히 자신의 말을 수정했다. 하지만 어딘가 조롱하는 듯한 말투였다. 갑자기 심한 이 지방 사투리를 사용했기에 더욱 그런 인상을 주었다. 그리고 어딘가 자신만만한 말투였다. 그리고 그의 태도는 거의 신사라고 해도 좋을 것 같았다.

클리퍼드는 작은 엔진에 시동을 걸었고 사나이는 조심스럽게 휠체어를 돌려서 개암나무가 우거진 숲 쪽 내리막을 향하게 했다.

"이제 됐습니까, 나리?" 사내가 물었다.

"아니, 우리와 함께 갔으면 좋겠어. 휠체어가 서면 좀 밀어줄 수 있겠나? 언덕을 올라가야 하는데 힘이 좀 부족해."

얼마 후 휠체어가 언덕길을 오르기 시작하자 멜러즈는 약간 숨을 헐떡거리며 휠체어를 밀었다. 겉보기에는 활력이 넘치고 있었지만 그는 이상할 정도로 연약했으며 굼떴다. 코니는 여자의 본능으로 그것을 느꼈다.

코니는 휠체어를 미리 보내고 뒤로 처졌다. 금세 눈이라도 내릴 듯 날이 잔뜩 흐려 있었다. 온통 잿빛, 잿빛뿐이었다. 이 세상 전체가 온통 지쳐버린 것 같았다.

제5장

73

휠체어는 핑크빛 길 꼭대기에서 기다리고 있었다. 클리퍼드는 코니의 모습을 찾아 두리번거렸다.

"피곤하지 않소?" 그가 말했다.

"아뇨!"

하지만 그녀는 피곤했다. 이상하게도 나른한 열망 같은 것이, 불만 같은 것이 그녀 안에서 꿈틀거리고 있었다. 하지만 클리퍼드는 눈치채지 못했다. 그는 그런 것을 알아차릴 만한 사람이 아니었다. 하지만 그 낯선 사내는 그것을 알고 있었다. 코니에게는 그녀의 세계와 삶 전체가 지치고 낡아빠진 것 같았으며 그녀의 불만은 이 언덕보다 더 오래된 것 같았다.

그들은 저택에 도착했다.

"도와줘서 고맙네, 멜러즈." 클리퍼드가 사냥터지기에게 무심한 듯 말했다.

"나리, 더 도와드릴 일이라도?" 멜러즈가 마치 꿈속에서인 양 애매하게 말했다.

"됐네, 잘 가게."

"안녕히 계십시오."

"잘 가요. 휠체어를 밀어줘서 고마워요. 무겁지나 않았는지 모르겠어요." 코니가 문밖에 서 있는 사냥터지기를 향해 말했다.

순간 마치 꿈에서 깨어난 듯 그의 눈이 그녀의 눈과 마주쳤다. 그는 그녀를 의식하고 있었다.

"아, 아뇨, 무겁지 않았슴다. 안녕히 기십시오, 마님." 그가 재빨리 사투리로 말한 후 사라졌다.

"그 사냥터지기, 어떤 사람이에요?" 점심 식사 때 코니가 물었다.

"멜러즈? 본 대로지, 뭐." 클리퍼드가 대답했다.

"그래요. 하지만 어디 출신이에요?"

"몰라. 어렸을 때부터 테버셜에서 자랐다지……. 아마 광부의 아들일 거요."

"그 사람도 광부였어요?"

"탄광에서 대장장이 노릇을 했다지. 십장이었을 거야. 전쟁이 터지기 전에는 2년 동안 이곳에서 사냥터지기 일을 했어. 그러고는 입대를 했지. 부친께서 늘 칭찬하던 친구였기에 제대하고 다시 철공소로 가려던 것을 내가 데려온 거요. 이 근방에서 사냥터지기 노릇을 제대로 할 만한 사람을 찾기 어려운데 아주 잘된 거지."

"결혼 안 했어요?"

"했어. 하지만 마누라가 바람이 나서 도망갔어. 여러 남자와 눈이 맞은 모양이야. 하지만 결국 스택스 게이트에서 어떤 광부와 살고 있다고 하더군."

"그럼 혼자 지내고 있어요?"

"그런 셈이지. 마을에 모친이 살고 있다지. 애도 하나 있다고 하던데."

클리퍼드는 약간 튀어나온 창백한 푸른 눈으로 코니를 바라보았다. 그 눈에 뭔가 모호한 것이 나타나 있었다. 겉으로는 정신을 바짝 차리고 있는 것 같았지만 그 배경은 마치 중부지방 대기처럼 아지랑이와 흐릿한 안개에 휩싸여 있는 것 같았다. 그리고 그 아지랑이가 점점 앞으로 다가오고 있는 것 같았다. 그리고 그가 그의 특유한 방식으로 코니를 응시하면서 그의 특유의 정확한 감정을 그녀에게 전달하자 그녀는 온통 안개와 무의미에 휩싸인 그의 마음의 배경을 느낄 수 있었다. 그러자 그녀는 흠칫 놀랐다. 그가 거의 백치처럼 비인격적으로 보였던 것이다.

그러자 그녀는 어렴풋이 인간 영혼을 지배하고 있는 중요한 법칙 중의 하나를 깨달았다. 영혼이 큰 충격을 받았을 때 육체가 죽지 않으면 육체가 회복되어감에 따라 영혼도 회복되는 듯 보인다. 하지만 겉보기에만 그럴 뿐이다. 그것은 단지 습관이 되살아나는 과정일 뿐이다. 마치 천천히 통증이 깊어지는 타박상처럼 영혼에 가해진 상처의 아픔이 서서히, 서서히 느껴지기 시작하면서 마침내 그것이 정신을 온통 다 채우게 된다. 그리고 우리가 회복되었다고, 그 상처를 잊었다고 생각하는 바로 그 순간, 그 후유증은 최악의 모습을 우리 앞에 드러낸다.

클리퍼드가 바로 그러했다. 그가 회복되어 래그비로 돌아와 소설을 쓰면서 자신의 삶에 확신을 느끼기 시작했을 때 그는 모든 것을 잊고 마음의 평정을 찾은 것 같았다. 하지만 세월이 흐른 지금, 그 공포와 두려움의 상처가 찾아와 서서히, 서서히 그의 내부에 퍼지는 것을 코니는 느꼈다. 한동안 하도 깊은 곳에 잠겨 있었기에 잠들어 있고 마치 존재하지 않는 것 같던 상처였다. 하지만 이제 그것은 거의 마비에 가까운 공포로 퍼져서 그 모습을 확연히 드러내고 있었다. 정신적으로 그는 깨어 있었다. 하지만 너무나 큰 충격에서 온 그 마비, 그 상처는 그의 정서적인 자아 안으로 번지고 있었던 것이다.

그리고 그 상처가 그의 안에서 번져감에 따라 코니는 자신 안에서도 번져가는 것을 느꼈다. 내적인 두려움과 공허감, 매사에 대한 무관심이 점점 그녀의 영혼에 번지기 시작했다. 클리퍼드가 기운을 차렸을 때 그는 명석한 말을 할 수 있었고 미래에 대해 말할 수 있었다. 숲에 있을 때 그는 바로 그런 상태에서 아이를 갖겠다는 이야기, 래그비의 후계자로 삼겠다는 이야기를 할 수 있었다. 하지만 다음 날이면 그 빛나던 말들은 마치 낙엽처럼 떨어져 곧 가루가 되어 날아가 버렸다. 그 말들은 나무에 붙어 있는 젊고 싱싱한 나뭇잎들이 아니었다. 그것들은 무기력한 삶에서 떨어진 낙엽일 뿐이었다.

오, 불쌍한 코니! 세월이 흘러감에 따라 그녀는 자신의 삶이 공허할 뿐이라는 사실에 대한 공포에서 완전히 벗어날 수 없었다. 클리퍼드의 정신적 삶뿐 아니라 그녀의 정신적 삶도 점점 더 공허하게 여겨졌다. 그가 말하는 결혼이나 완전한 삶이라는 것은 습관적인 친밀함을 의미할 뿐이었으며 공백이며 허무하다고 느껴지는 날이 있었다. 그것들은 단지 말일 뿐이었고 허무만이 유일한 현실이었다. 위선적인 말들에 덮여 있는 그 공허한 현실!

클리퍼드의 성공이란 것이 있긴 했다. 그 암캐-신! 그가 성공을 거두어 수천 파운드의 수입을 가져온 것은 사실이었다. 그는 4, 5년 사이에 젊은 지식 계층에서 가장 유명한 사람이 되어 있었다. 지성(知性)이란 것이 어디서 오는 것인지 코니는 알 수 없었다. 클리퍼드는 사람들을 유머러스하게 분석하고 결국 모든 것을 조각조각 내는 데는 천재였다. 하지만 코니가 보기에 쿠션을 갈기갈기 찢어버리고 헤집어버리는 강아지 짓과 다름없었다. 그것은 모두 깃발일 뿐이었고 공허함을 멋지게 전시하는 것일 뿐이었다. 성공이라는 암캐-신에 대한 그런 식의 매음(賣淫)은 정말 이상한 짓이었다. 코니는 그런 것에 대해서는 정말 문외한이었기에, 그것이 주는 짜릿함에는 무감각했기에 그 역시 공허할 뿐이었다.

그해 여름에 마이클리스가 래그비로 왔다. 그는 자신의 희곡 작품에 클리퍼드를 주인공으로 등장시키기로 했고 그 사실을 클리퍼드에게 편지로 알렸다. 클리퍼드는 대단한 흥미를 느꼈다. 그는 희곡의 1막을 가져와보라고 마이클리스에게 편지로 전했고 그 때문에 그가 온 것이다. 그는 옅은 색깔의 양복을 입고 하얀 양가죽 장갑을 끼고 있었다. 그는 코니를 위해 담자색의 아름다운 난초를 들고 왔다. 난초도, 희곡 1막도 성공이었다. 코니는 마이클리스가 멋져 보였고 심지어 아름답게 보였다. 이전에 그에게서 보았던 모습, 아프리카 상아 마스크를 쓰고 있는 것 같은 부동성(不動性)을 다시 느꼈다. 말하자면 그는 채털리 부부 두 사람 모두에게 성공을 거둔 셈이었다.

도착한 다음 날 아침 믹은 평소보다 좀 더 초조해 보였다. 코니가 밤에 그를 찾아가지 않았으며 그녀가 밤에 어디 있는지 알 수 없었던 것이다. 앙큼한 것! 자기가 이렇게 의기양양한 승리를 거둔 이 순간에!

아침에 그는 코니의 거실로 올라갔다. 그가 작품에 대해 묻자 코니는 극찬했지만 여전히 공허하다고 느끼고 있었다. 순간 그가 갑자기 말했다.

"그런데, 우리 왜 서로의 관계를 분명히 하지 않는 거지요? 왜 우리가 결혼을 하지 않는 거지요?"

"하지만 나는 결혼한 몸 아니에요?" 그녀가 놀라서 되물었다. 하지만 여전히 공허했다.

"아, 그것 말이요? 그가 이혼해줄 겁니다. 나는 결혼을 원해요. 그것이 내게 최선의 길이라는 것을 알아요. 결혼해서 정상적인 생활을 하는 것. 우리가 결혼하면 안 되는 이유라도 있나요?"

코니는 놀란 눈으로 그를 바라보았다. 하지만 여전히 공허했다. 남자들이란 다 똑같다. 만사를 하등 염두에 두지 않는다. 그들은 마치 폭죽처럼 자신들의 머리 꼭대기 위를 날아가며 그들이 들고 있는 지팡이와 함께 하늘로 날아갈 수 있기를 기대한다.

"난 이미 결혼한 몸이에요. 클리퍼드를 떠날 수 없다는 걸 알잖아요."

"왜? 왜 안 된다는 거지요?" 그가 외쳤다. "반년만 지나면 당신이 가버린 걸 잊어버릴 텐데. 그 사람은 자기 자신 외에는 그 누구도 존재하고 있는지 모르고 있어요. 내가 알기로 그에게 당신은 있으나마나 한 존재예요. 그는 오로지 자기 자신에게 갇혀 있어요."

코니는 그의 말이 사실이라고 느꼈다. 하지만 그녀는 믹의 말에 조금도 현혹되지 않았다. 그도 자신 속에 갇혀 있는 것 같았다. 또한 그에게서 오로지 암캐-신의 냄새를 맡을 수 있을 뿐이었다.

그녀가 말했다.

"생각 좀 해봐야겠어요. 지금은 말할 수 없어요. 지금 당신에게는 클리퍼드가 하등 중요한 사람이 아니지만 꼭 그렇지만은 않아요. 게다가 그가 불구인 것을 생각하면……."

그는 할 수 없이 물러서며 그녀에게 오늘 밤 자기 방으로 오라고 부탁했다. 그녀는 좋다고 대답했다.

그날 밤 그는 평소보다 더 흥분해 있었다. 그는 마치 옷을 벗은 이상한 작은 소년 같았다. 그가 일을 끝냈을 때 당연히 코니는 절정에 달할 수 없었다. 그녀는 그가 끝난 다음에도 계속할

제5장

81

수밖에 없었다. 그는 코니가 절정에 사로잡혀 야릇한 소리를 낼 때까지 영웅적으로 버티고 있었다.

이윽고 그가 그녀에게서 떨어지며 거의 비웃듯 쓴 목소리로 말했다.

"당신은 남자와 함께 절정에 달할 수는 없는 모양이지? 혼자서 기분을 내야 하니 말이야!"

순간 그 짧은 말은 그녀의 삶에서 가장 충격적인 말이 되었다.

"무슨 뜻이에요?" 그녀가 물었다.

"잘 알면서 그래. 내가 끝을 낸 다음에도 몇 시간이나 더 하잖아. 당신 혼자 기분을 낼 때까지 나는 이를 악물고 견뎌야 하고."

이루 말로 표현할 수 없는 쾌락을 느끼고 그에게 사랑 비슷한 감정이 일어나려는 순간 예기치 않게 이런 난폭한 말을 듣고 그녀는 아연실색했다. 그런데 그는 한 술 더 떴다.

"정말 여자란 다 그렇단 말이야. 마치 죽은 것처럼 꼼짝 않고 있거나……, 아니면 남자가 끝날 때까지 기다렸다가 혼자 기분을 낸단 말이야. 나와 함께 끝을 내주는 여자는 한 번도 만난 적이 없어."

"하지만 내가 만족하기를 당신도 바라지 않아요?" 코니가 물었다.

"물론 바라지. 정말 그러길 바라오. 하지만 여자가 만족할 때까지 기다려야 한다는 건 정말 고역이거든…….."

그 말이 결정적인 한 방이었다. 그 말이 그녀 안에 있던 그 무엇을 죽여 버리고 말았다. 그리고 마이클리스도 본능적으로 그것을 알아차렸을 것이다. 그는 그가 이제껏 벌인 쇼를, 사상누각을 단번에 날려버린 것이다. 그를 향한 것이건, 혹은 그 어떤 남자를 향한 것이건 그녀의 성적인 감정은 붕괴해 버렸다. 그녀의 삶은 마치 그가 결코 존재하지도 않았던 것처럼 그의 삶에서 완전히 떨어져 나왔다.

이제 그녀는 따분한 나날들을 보낼 수밖에 없었다. 이제 클리퍼드가 완전한 삶이라고 일컫는 공허한 쳇바퀴 같은 삶만이 있을 뿐이었다. 서로 한 지붕 아래 있는 것이 습관이 된 두 사람이 함께 오래 살아가는 그런 완전한 삶만이!

공허! 삶의 위대한 공허를 받아들이는 것이 삶의 목적의 하나인지도 모른다. 모든 수많은 바쁘고 중요한 작은 일들이 모두 모여서 공허라는 총합을 이루어내는 것처럼!

제5장

83

제6장

"왜 요즘은 남자와 여자가 서로 진정으로 좋아하지 않는 거예요?" 코니가 토미 듀크스에게 물었다. 그는 얼마간 그녀의 신탁(神託) 역할을 하고 있었다.

"아니, 좋아하고 있지요. 인류가 만들어진 이래 요즘처럼 남녀가 서로 좋아했던 적은 없다고 보는데요. 진짜로 좋아하지요. 나를 예로 들어봐도 나는 실제로 남자보다는 여자를 더 좋아합니다. 여자들은 용감해서 그 앞에서는 더 솔직할 수가 있어요."

코니는 잠시 깊은 생각에 잠겼다가 말했다.

"그렇긴 해요. 하지만 당신은 여자와는 아무 관계도 맺지 않잖아요."

"내가요? 제가 지금 한 여자와 진지하게 이야기를 나누고 있지 않습니까?"

"그래요, 이야기를 하곤 있지만······."

"당신이 남자라면 이렇게 진지하게 이야기 나누는 것 외에 여자에게 더 무엇을 바라겠습니까?"

"없을 거예요. 하지만 여자 편에서는······."

"여자는 상대방이 자기를 좋아하고 이야기를 나누기를 원하면서 동시에 자기를 사랑하고 욕망하기를 원하지요. 하지만 그 둘은 완전히 다른 겁니다."

"어떻게 그럴 수가!"

"물은 제 성질대로 너무 축축해서는 안 되는 법입니다. 그런데 물은 언제나 도를 넘지요. 바로 그겁니다. 나는 여자들을 좋아하고 여자들과 이야기하는 걸 좋아합니다. 바로 그렇기에 여자들을 사랑하거나 욕망하지 않는 겁니다. 내게는 그 두 가지 일이 동시에 일어날 수 없어요."

"제 생각에는 둘이 동시에 일어나야······. 남자는 여자를 사랑하면서도 이야기를 나눌 수 있어요. 어떻게 이야기를 나누지도 않고 사랑할 수 있다는 거지요? 어떻게 친밀하게 지낼 수 있다는 거지요? 어떻게 그럴 수 있어요?"

"글쎄요," 그가 대답했다. "일반적인 이야기는 잘 모르겠습니다. 나는 그저 내 개인에 대해서만 알고 있을 뿐입니다. 나는 여자와 이야기를 나누면서 친밀감을 느끼지만 그건 키스하고 싶은 욕망과는 거리가 멉니다. 지금 당신이 바로 그렇습니다. 뭐, 남자가 다 그렇다고 생각하진 마세요. 여자를 좋아하지만 사랑하지는 않는 특수한 경우라고 생각하세요. 여자가 사랑하는 척이라도 해달라고 요구하면 오히려 여자를 미워하게 되는 그런 경우라고."

"저를 좋아하세요?"

"굉장히 좋아하지요! 하지만 우리 둘 사이에 키스 문제 같은 건 없지 않습니까?"

"전혀 없지요! 하지만 꼭 그래야만 하는 걸까요?"

"여하튼 나는 그렇습니다. 내게는 남자나 여자나 똑같습니다. 여자 앞에서 자신이 수컷임을 자랑하고 과시하는 저 대륙의 사내들처럼은 되고 싶지 않습니다. 나는 그저 여자를 좋아할 뿐입니다. 자, 우리는 지식인입니다. 그런 문제는 접어둡시다. 서로 인간답고 점잖게, 그리고 깨끗하게 지냅시다. 나 같은 남자에게 억지로 성을 강요할 수 없습니다! 나는 그걸 거부합니다."

코니는 그의 말이 옳은지도 모른다고 생각했다. 하지만 뭔가 쓸쓸하고 허전했다. 마치 황량한 연못 위에 떠 있는 나무 조각 같았다. 자기에게, 혹은 세상 모든 존재들에게 중요한 건 도대체 무엇이란 말인가? 그녀는 우울했다. 남자들이란 모두 아무런 매력이 없는 존재로 여겨졌다. 마치 자신이 한없이 늙어버린 것 같았다. 그런데도 그녀의 젊음이 반항했다. 오, 젊음이란 그 얼마나 무시무시한 것일까! 자신이 늙어버린 것처럼 느껴지는 가운데에서도 이 젊음은 고함치며 끓어올라 한시도 사람을 가만히 내버려두지 않는다. 오, 차라리 믹과 어디로 도망이라도 가버릴까! 이렇게 무덤 같은 곳에서 허송세월하는 것보다는 낫지 않을까?

그렇게 심기가 불편하게 지내던 어느 날 코니는 혼자 숲으로 산책을 나갔다. 그녀는 무거운 기분에 아무것에도 주의를 기울이지 않았으며 심지어 자신이 지금 어디 있는지조차 몰랐다. 그때 별로 멀지 않은 곳에서 총소리가 울렸다. 그녀는 깜짝 놀랐으며 화도 났다.

그녀가 계속 발걸음을 옮기는데 사람 목소리가 들렸고 그녀는 움찔했다. 사람이! 그녀는 사람을 만나고 싶지 않았다. 그런데 어린애 우는 소리가 들렸고 그녀는 걸음을 멈추었다. 그녀는 귀를 기울였다. 누군가 어린애를 야단치고 있는 게 분명했다. 그녀는 화가 나서 축축한 길을 따라 내려갔다. 한바탕 소동이라도 일으키고 싶은 심정이었다.

모퉁이를 돌자 저편 길 위에 두 사람의 모습이 보였다. 사냥터지기와 자줏빛 외투를 입고 두더지가죽 모자를 쓴 계집아이였다. 계집아이는 훌쩍이고 있었다.

"이년아, 그치지 못해!" 사내가 큰소리로 야단을 쳤고 아이는 더 큰 소리로 울었다. 콘스탄스는 눈에 불을 켜고 그들에게 다가갔다. 사내가 고개를 돌려 그녀를 바라보더니 냉랭하게 인사했다. 그는 화가 잔뜩 나 있었다.

"무슨 일이에요? 애가 왜 울고 있는 거지요?" 콘스탄스가 약간 숨을 헐떡이며 오만하게 물었다.

사내가 보일 듯 말 듯 비웃음을 흘리며 말했다.

"뭐, 저년한테 직접 물어보시라요."

코니는 계집아이를 달래며 말했다.

"왜 그래? 왜 우는지 어서 말해봐."

그래도 계집애는 울음을 멈추지 않았다. 코니는 호주머니를 뒤져 6펜스짜리 동전을 하나 찾아내서 계집애에게 주면서 말했다.

"자, 착하지. 이걸 받아. 누가 어떻게 한 건지 어서 말해봐."

소녀는 동전을 움켜쥐더니 뭐라고 우물거렸다.

"저기…… 저기…… 고양이!"

소녀는 여전히 울먹였지만 조금은 진정이 된 것 같았다.

"애야, 무슨 고양이 말이니?"

그 애는 동전을 움켜진 손으로 가시나무 덤불 쪽을 가리켰다.

"저기요."

코니는 고개를 돌렸다. 몸집이 큰 검은 고양이 한 마리가 피를 흘리며 무시무시한 모습으로 뻗어 있었다.

"어머!" 코니는 놀라서 소리쳤다.

"도둑괭입지요, 마님." 사내가 빈정거리듯 말했다.

그녀는 화난 눈으로 그를 바라보았다.

"애가 우는 게 당연하군! 애 앞에서 총을 쏘다니!"

그는 비웃는 듯한 감정을 전혀 감추지 않은 채 코니의 눈을 쳐다보았다. 코니의 얼굴이 붉어졌다. 그녀는 자기가 공연히 소동을 일으켰으며 사내가 자신을 얕잡아보고 있다고 느꼈다.

"애야, 네 이름이 뭐니?"

그녀는 상황을 모면하려는 듯 장난삼아 물었다.

"코니 멜러즈요. 할머니 집에 가고 싶어요."

"그래? 할머니가 어디 사시는데?"

아이는 손을 들어 길 아래를 가리켰다.

"내가 데려다주어도 괜찮겠지요?" 코니가 사내에게 물었다.

"마님 좋으실 대로."

사내는 또다시 침착하면서도 탐색하는 듯한 눈길을 그녀에게 던졌다. 매우 외로운 사내, 모든 일을 스스로 처리하는 그런 사내의 전형이었다.

코니는 계집아이가 싫었지만 아이를 할머니가 사는 오두막에 데려다주었다. 아이의 할머니는 코니에게 굽실거리며 감사하다고 말했다. 야위면서도 날카로운 눈빛의 노파였다. 코니는 아이를 데려다주고 돌아오면서 그 야위고도 거만한 사내에게 저렇게 작고 매서운 눈빛의 모친이 있다니 정말 신기하다고 생각했다.

코니는 래그비 저택을 향하여 천천히 발걸음을 옮겼다. 집, 말하자면 '가정'으로 향하고 있는 셈이었다. 가정이라! 그 단어는 그토록 거대하고 지친 곳에는 어울리지 않는 너무나 따뜻한 말이었다. 코니에게 사랑, 기쁨, 행복, 가정, 어머니, 아버지, 남편과 같이 모든 위대하고 역동적인 단어들이 이제는 빈사 상태에 빠져 소멸해가고 있는 것 같았다. 가정은 그저 우리가 살고 있는 곳을, 사랑은 우리가 그 단어에 푹 빠져 즐길 수 없는 것을 뜻할 뿐이었다. 기쁨은 선량한 찰스 메이 같은 사람에게나 어울리고 행복은 다른 사람들에게 허세를 부리기 위해 사용하는 위선적인 말일 뿐이었다. 아버지란 자기 자신의 삶만을 즐기는 사람을, 남편이란 함께 살면서 정신적인 것이나 나누는 사람일 뿐이었다. 그리고 마지막 위대한 말, 즉 섹스라는 것은 사람을 잠시 기운 나게 만든 뒤 다시 전보다 더 비참한 지경에 빠지게 만드는 일시적 흥분을 가리키는 칵테일 같은 말일 뿐이었다. 닳아서 너덜너덜해진 것들! 그것은 마치 사람이 싸구려 재료로 만들어져서 결국 닳고 닳은 뒤 무(無)로 돌아가는 것과 같았다.

남은 것은 완강한 금욕주의뿐이었다. 그리고 거기에도 그 어떤 기쁨이 존재한다. 이 국면 저 국면, 이 단계 저 단계를 거치면서 삶이 결국은 공허한 것이라는 것을 경험하면서도 거기에는 그 어떤 섬뜩한 만족감이 존재한다. 뭐! 그게 늘 마지막에 하는 말이다. 가정, 사랑, 결혼, 그리고 마이클리스! 그런 거지 뭐! 사람이 죽어도 그 삶에 붙여질 마지막 말은 바로 '그런 거지 뭐!'일 것이다.

돈? 그것에 대해서는 같은 말을 할 수 없을 것이다. 사람들은 언제나 돈을 원한다. 돈, 성공, 토미 듀크스가 암캐-신이라 부르는 것은 영원히 필요하다. 아무도 마지막 한 푼까지 다 써 버린 후 '그런 거지 뭐'라고 말할 수는 없다. 그렇다, 단 10분을 더 살더라도 어딘가에 쓸 돈을 필요로 하는 법이다. 돈은 있어 야 한다. 다른 것은 없어도 된다. 그런 거지 뭐!

그렇게 그녀는 클리퍼드를 향하여, 그 가정을 향하여, 클리 퍼드에게 힘을 보태주기 위하여, 공허에 불과한 또 다른 스토 리를 만들기 위하여 터벅터벅 걸어갔다. 그 스토리란 돈을 의 미했다. 클리퍼드는 자신의 이야기가 일류 문학으로 간주되는 지 아닌지에 대해 대단한 관심을 쏟고 있었다. 하지만 그녀는 개의치 않았다. 그 안에는 아무 것도 없어, 라고 언젠가 아버지 가 말했다. 지난해에만 1,200파운드를 벌어들였어요! 라는 말 이 최종적으로 간단하게 해줄 수 있는 답변이었다.

만일 당신이 젊다면 당신은 이를 악물고 보이지 않는 곳으로 부터 돈이 흘러들어올 때까지 매달리고 버틸 수 있다. 그것은 힘의 문제였다. 의지의 문제였다. 그것은 일종의 마술이고 승리 임이 분명하다. 암캐-신! 그렇다, 매음을 하려면 암캐 - 신과 하 라! 그녀에게 몸을 파는 동안에도 그녀를 경멸할 수 있으니 얼 마나 좋은가!

게다가 클리퍼드는 여러 가지 어린애 같은 금기와 미신을 지니고 있었다. 그는 '정말로 좋은 작가'라는 대접을 받기를 원하고 있었다. 정말 터무니없는 난센스이다. 인기를 얻은 작가만이 진정한 의미에서의 정말로 좋은 작가이다. 클리퍼드식으로 정말로 좋은 작가로 남는 것은 아무 소용이 없다. 대부분의 '정말로 좋은' 사람들은 버스를 놓친 것처럼 보인다. 결국 우리는 단 한 번의 삶을 살게 되어 있으며 만일 우리가 버스를 놓친다면 다른 실패자들과 함께 보도에 남겨지게 될 뿐이다.

마이클리스와의 사건이 있은 후 코니는 아무것도 원치 않기로 마음먹었다. 그녀가 지금 지니고 있는 것, 즉 클리퍼드, 소설들, 래그비, 채털리 부인으로서 해야 할 일, 돈과 명성들과 함께 잘 지내려고 작정했다. 사랑이니 섹스니 하는 것들은 얼음과자 같은 것! 깨끗이 핥아 먹고 잊어버리자! 마음속으로 매달리지만 않는다면 아무것도 아니다. 특히 섹스는…… 아무것도 아니다!

하지만 어린애는! 그 단어는 여전히 그녀를 흥분시켰다. 그녀는 그 실험을 적극적으로 하고 싶었다. 문제는 상대가 될 남자이다. 그런데 이상하게도 그의 아이를 갖고 싶은 남자가 이 세상에 아무도 없었다. 애인으로 삼고 싶은 사람은 있었지만 어린애를 갖고 싶은 상대는 없었다. 정말 '그런 거지 뭐'였다.

그럼에도 불구하고 그녀는 마음 깊은 곳에서 여전히 아이를 생각하고 있었다. 기다려라! 기다려라! 여러 세대의 사내들을 체로 쳐서 거르다보면 그럴 듯한 남자를 고를 수도 있으리라. 기다려보자. 외국인일 수도 있지 않은가! 내년 겨울이면 클리퍼드를 런던으로 데려갈 수도 있을 것이고 함께 남프랑스나 이탈리아로 갈 수 있을지 알게 뭔가. 그러니 기다려라!

그녀는 아이 문제에 관한 한 서두르지 않았다. 그것은 그녀의 개인적인 일이었고 여자로서의 기이한 감각으로 마음속 깊이 진지하게 여기고 있었다. 연애라면 누구와도 쉽게 할 수 있다. 하지만 이것은 연애 문제가 아니다. 이것은 사내에 관한 문제이다. 상대방을 개인적으로 미워할 수도 있다. 하지만 그가 사내라면 개인적인 미움 따위가 무슨 문제란 말인가?

예년처럼 비가 내렸고 길이 너무 질퍽거려 클리퍼드는 휠체어를 타고 나다닐 수 없었다. 하지만 코니는 자주 외출하곤 했다. 이제 그녀는 매일 숲으로 가서 홀로 지냈다. 그곳에서는 아무도 없이 홀로 있을 수 있었다.

그런데 그날 클리퍼드가 사냥터지기에게 전할 말이 있었고 심부름꾼 소년은 독감에 걸려 누워 있었다. 코니는 자기가 오두막으로 가겠다고 말했다.

세상이 천천히 죽어가는 듯 대기도 잔잔하게 죽어 있었으며 숲속은 만물이 죽은 듯 미동도 하지 않았다. 코니는 멍한 상태에서 길을 걸었다. 마치 나무들이 그 무언가 깊은 의미를 속에 감춘 채 침묵하고 있는 것 같았다.

코니가 숲의 북쪽 면을 통해 밖으로 나오자 어두운 갈색 돌로 지은 사냥터지기의 오두막이 나타났다. 박공벽과 아담한 굴뚝이 있는 집이었다. 조용히 외따로 떨어져 있는 것이 마치 사람이 살고 있지 않는 것 같았다. 하지만 굴뚝에서는 연기가 피어오르고 있었고 울타리가 쳐진 집 앞 마당은 깔끔하게 손질이 되어 있었다. 문은 잠겨 있었다.

막상 이 앞까지 오니 그녀는 먼 곳을 보는 듯한 야릇한 그의 눈길이 생각났고 갑자기 부끄러웠다. 그녀는 지시를 전달하는 것이 싫어서 그대로 돌아갈까 생각하기도 했다. 그녀는 가볍게 문을 두드렸다. 아무런 응답이 없었다. 그녀는 여전히 가볍게 다시 문을 두드렸다. 여전히 응답이 없었다. 그녀는 안을 들여다보았다. 마치 타인의 침입을 거부하듯 어두컴컴한 작은 방이 보였다.

그녀는 잠시 서 있었다. 집 뒤에서 무슨 소린가 들린 것 같았다. 그녀는 집을 돌아 뒤쪽으로 가보았다. 그런데 집 모퉁이를 돌아가는 순간 그녀는 발걸음을 멈출 수밖에 없었다. 그녀와 두서너 발자국 떨어진 좁은 마당에서 그 사내가 아무것도 모르는 채 몸을 씻고 있었던 것이다. 바지가 허리 아래까지 흘러 내려와 엉덩이가 드러나 있었다. 그는 하얗고 미끈한 잔등을 굽힌 채 거품이 일고 있는 세숫대야에 머리를 박고 기묘하게 머리를 흔들고 있었다. 그리고 미끈한 두 팔을 치켜 올려 양쪽 귓가의 비눗물을 닦고 있었다. 마치 족제비가 혼자 물장난을 하듯 재빠르고 섬세한 동작이었다. 코니는 얼른 집 모퉁이를 다시 돌아 숲으로 달아났다. 그녀는 자신도 모르게 충격을 받은 것이었다. 결국 한 남자가 목욕을 하고 있었을 뿐이 아닌가! 맹세코, 흔한 일 아닌가?

하지만 이상하게도 그것은 코니에게는 일종의 환상적인 경험이었다. 마치 몸뚱이 한가운데를 얻어맞은 것 같았다. 그 누추한 바지가 그토록 순수하고 섬세하고 하얀 허리 아래까지 흘러내린 모습을 그녀는 본 것이었으며 순수하게 외로운 존재의 고독감이 그녀를 압도했던 것이다. 홀로 사는 인간, 내면적으로도 고독한 인간의 완벽한 순백의 고독한 나체를 목격한 것이다. 그리고 그 모든 것을 넘어서는 순수한 인간의 아름다움을 본 것이다. 아름다움의 실체도 아니고 심지어 아름다운 몸도 아니고, 하나의 경묘한 번득임, 손으로 만질 수 있는 외형을 통해 그 모습을 드러낸 한 생명의 하얀 불꽃! 그 육체!

코니는 그 환상적인 충격을 자궁에까지 받았고 그녀도 그것을 알고 있었다. 그리고 그 충격은 그녀의 내부에 머물렀다. 그러나 마음속으로는 비아냥거리고 싶었다. 뒤뜰에서 혼자 목욕하는 사내! 분명 질이 나쁜 비누를 쓸 거야! 그녀는 다소 불쾌했다. 자신이 왜 이런 속된 사생활에 걸려 휘청거린단 말인가?

그녀는 마음을 다잡았다. 메시지를 전달해야 해. 이깟 일로 그만 둘 수는 없어. 옷 입을 시간은 줘야지. 하지만 외출하기 전에 서둘러야 해. 분명 어디론가 외출할 준비를 하던 중일 거야.

그녀는 귀를 기울인 채 천천히 오두막으로 되돌아갔다. 그녀는 가볍게 문을 두드렸다. 자신도 모르게 가슴이 두근거렸다.

사내가 2층으로부터 내려오는 소리가 들렸다. 이윽고 사내가 문을 홱 열어젖히는 바람에 코니는 화들짝 놀랐다. 그는 꺼림칙한 기색이었지만 이내 얼굴에 웃음을 띠었다.

"채털리 부인!" 그가 말했다. "들어오시겠습니까?"

그의 태도는 편안했고 훌륭했다. 그녀는 문지방을 넘어 쓸쓸해 보이는 작은 방으로 들어섰다.

제6장

97

"클리퍼드 경의 지시를 가져온 것뿐이에요." 그녀가 약간 숨 가빠 하며 나지막이 말했다.

사내는 모든 것을 꿰뚫어보는 듯한 푸른 눈으로 그녀를 바라보았고 그녀는 그 눈길에 약간 고개를 옆으로 돌릴 수밖에 없었다. 그는 부끄러워하는 그녀의 모습이 보기 좋다고, 거의 아름다울 정도라고 생각했다.

"좀 앉으시겠어요?" 그는 그녀가 앉지 않으리라고 생각하면서도 그녀에게 권했다. 문은 열려 있었다.

"아니, 됐어요. 클리퍼드 경이 당신에게……."

그녀는 자신도 모르게 그의 눈을 바라보며 메시지를 전했다. 이제 그의 눈은 따뜻하고 상냥해 보였다. 특히 여성에게는 더없이 놀라울 정도로 따뜻하고 상냥하며 편안한 눈길이었다.

"잘 알았습니다, 마님. 당장 분부대로 하겠습니다."

지시를 접수하자 그가 일시에 변했다. 일종의 경직된 모습과 거리감을 드러낸 것이다. 그의 얼굴에서 다정함이 완전히 사라지지는 않았지만 창백한 고독감이 그의 얼굴에 두드러졌다. 코니는 이 사람이 대체 어떤 사람인지 궁금했다. 그녀는 묻고 싶은 것이 많았지만 아무 말도 하지 않았다. 다만 그를 쳐다보며 이렇게 말했을 뿐이었다.

"방해가 된 건 아닌지요?"

그는 눈을 가늘게 뜨며 조롱하는 듯한 웃음을 어렴풋이 흘렸다.

"머리를 빗고 있었습니다. 윗저고리를 걸치지 않을 꼴이라 죄송합니다. 누가 찾아오리라는 생각은 하지 못하고 있었습니다. 여긴 아무도 찾아오는 사람이 없습니다. 그래서 예기치 않던 노크 소리가 나면 무슨 불길한 징조처럼 여깁니다."

그는 셔츠 바람 그대로 마당으로 나가 문을 열었다. 그녀는 호리호리하고 날씬하며 약간 구부정한 그의 모습에 다시 눈길을 주었다. 그의 곁을 스쳐 지나가며 그녀는 그의 금발과 날랜 눈동자에는 젊고 밝은 그 무엇이 있음을 느꼈다. 아마 서른일곱이나 여덟 살쯤 되었으리라.

그녀는 자신을 바라보고 있는 그의 시선을 느끼며 숲속으로 걸어 들어갔다. 그녀는 자신도 모르게 많이 흔들리고 있었다.

한편 그는 집 안으로 들어가면서 생각했다. '멋진 여자야! 진짜 여자야! 자기가 생각하는 것 이상으로 멋진 여자야.'

집으로 돌아온 그녀는 그에 대해 궁금한 것이 너무 많았다. 보통 사냥터지기 같지도 않았고, 여느 노동자 같지도 않았다. 물론 그는 이 고장 사람들과 공통되는 점이 있었다. 하지만 뭔가 다른 점도 분명히 있었다.

제6장

99

"사냥터지기 멜러즈 말이에요. 좀 이상한 사람 같아요." 코니가 클리퍼드에게 말했다. "어딘가 신사 같은 데가 있어요."

"그래?" 클리퍼드가 대답했다. "난 별로 모르겠던데."

"아니, 뭔가 유별난 데가 있잖아요." 코니가 거듭 말했다.

"좋은 친구인 건 알겠는데 다른 건 별로 아는 게 없어. 작년에 군에서 제대했어. 1년이 채 안 되었지. 인도에서 복무했다지 아마. 거기서 몇 가지 재주를 익힌 모양이야. 장교의 당번병으로 근무하다가 장교로 승진한 것 같아. 그런 사람들이 더러 있지. 그렇다고 나아질 건 없어. 제대해서 돌아오면 다시 옛 지위로 떨어지고 마니까."

코니는 클리퍼드를 유심히 쳐다보았다. 그녀는 높은 계층으로 올라오려는 하층 계급 사람에 대한 요지부동의 반감을 그에게서 읽어낼 수 있었다. 클리퍼드와 같은 혈통을 지닌 사람들의 특징임을 그녀는 알고 있었다.

"정말 그 사람에게 뭔가 특별한 게 없다고 생각하세요?" 그녀가 집요하게 다시 물었다.

"솔직히 없어! 그런 건 못 봤어."

그는 이상하다는 듯 어색한 표정으로 그녀를 바라보았다. 어딘가 의심스러워하는 듯한 눈초리였다. 그녀는 그가 진실을 말하지 않고 있다고 느꼈다. 그는 스스로에게도 진실을 말하지 않는다. 그는 그 누군가가 정말로 예외적이라는 생각을 비추기만해도 싫어했다. 그 누구든 얼마간 자기 수준이거나 그 아래여야만 했던 것이다.

코니는 다시 한번 자기 세대 사람들이 강퍅하고 인색하다고 느꼈다. 그들은 삶에 대하여 그토록 강퍅하고, 그토록 겁을 먹고 있는 것이다!

제7장

침실로 간 코니는 오랫동안 하지 않던 행동을 했다. 옷을 홀랑 벗고 큰 거울에 자신의 벗은 몸을 비춰본 것이다. 그녀는 자신이 무엇을 원하고 있으며 정확히 무엇을 바라보고 있는지조차 알 수 없었다. 하지만 그녀는 자신의 몸을 훤히 비출 수 있게 램프를 옮겨 놓았다.

그녀는 거울 속 자신의 벗은 몸을 바라보며 인간의 몸이란 벗겨놓으면 그 얼마나 덧없으며 상처받기 쉽고 애처로운가, 라고 생각했다. 그녀가 평소에도 자주 하던 생각이었다. 오, 얼마나 미완성이며 불완전한가!

그녀는 비교적 몸매가 좋은 편이었다. 스코틀랜드 출신답게 조금 작은 편이었지만 곡선미가 있었고 풍만했다. 그런데 지금은 곡선미가 넘치는 대신에 다소 야위고 거칠어져 있었다. 마치 햇볕을 충분히 받지 못한 듯 윤기를 잃고 메말라 있었다.

그녀의 몸은 의미 없이 변해가고 있었고 활기와 윤기를 잃어가고 있었으며 하찮은 물질로 변해가고 있었다. 그것을 보고 그녀는 더없이 우울해졌고 절망적인 기분에 빠졌다. 무슨 희망이 있을까? 이제 겨우 스물일곱의 나이에 피부에 광택이라고는 없이 늙어버린 것이다! 방치와 거부, 그래, 거부 때문에 늙어버렸다. 사교계 여성들은 사람들의 관심 덕에 자신의 몸을 마치 우아한 도자기처럼 반짝반짝 빛나도록 가꾼다. 물론 도자기 안에는 아무것도 없다. 하지만 자기는 그 도자기처럼 반짝이지도 않는다. 정신적인 삶! 그녀는 갑자기 분노에 휩싸여 그것을 증오했다. 흥, 사기꾼 같은 소리!

그녀는 다른 쪽 거울에 비친 자신의 등과 허리와 엉덩이를 바라보았다. 이전에는 그 얼마나 멋졌는가! 그 멋진 몸을 독일 청년이 사랑했었다. 그런데 그 청년이 죽은 지 벌써 10년이나 되었다. 오, 덧없는 세월이여! 하지만 10년이 흘렀어도 그녀는 아직 고작 스물일곱이었다. 싱싱하면서도 서툴기만 하던 그 건강한 청년을 그녀는 그 얼마나 비웃었던가! 하지만 이제 어디서 그런 건강함을 되찾을 수 있단 말인가! 이제 남자들에게서 그런 것은 사라지고 없었다. 남자들은 마이클리스처럼 2초 동안 후끈하고 비장하게 경련할 뿐이다. 더 이상 피를 따뜻하게 덥혀주고 온몸을 싱싱하게 만들어주는 건강하고 인간다운 관능은 존재하지 않는다.

그녀는 자신의 몸 앞에서 비참해졌다. 진실로 살아 본 적도 없이 그것은 야위어가고 느슨해져 가고 있었다. 그녀는 자신이 갖게 될지도 모를 어린아이 생각을 해보았다. 이 몸으로 아이를 낳을 수 있을까?

그녀는 잠옷을 걸치고 침대로 가서 비통하게 흐느꼈다. 그리고 비통에 빠진 가운데 클리퍼드를 향한, 그의 글과 그의 말을 향한 분노가 치솟았다. 여자의 몸에 대해서까지 사기를 일삼는 그와 비슷한 종류의 모든 남자들을 향한 분노였다. 부당해! 부당해! 자신이 부당한 대우를 받고 있다는, 몸으로 느낀 감정이 그녀의 영혼에까지 불을 질렀다.

하지만 아침이 되자 모든 것이 마찬가지였다. 그녀는 7시에 자리에서 일어나 아래층 클리퍼드에게로 갔다. 그녀는 그의 사소한 모든 일들을 도와야만 했다. 그에게는 하인이 없었고 하녀는 그가 거부한 때문이었다. 어렸을 때부터 잘 알고 있는 가정부의 남편인 베츠가 그를 도우며 힘쓸 일은 다 해주었지만 사소한 개인적인 일들은 코니가 맡았다. 그리고 그녀는 기꺼이 그 일들을 했다. 그것은 그녀의 의무기이기도 했지만 그녀는 자신이 할 수 있는 일은 기꺼이 하고 싶었다. 그녀는 하루나 이틀 이상 래그비를 비운 적이 없었고, 어쩌다 그럴 때면 베츠 부인이 클리퍼드를 보살폈다. 클리퍼드는 코니의 시중을 아주 당연한 것으로 여겼다.

그런데 자신이 부당한 대우를 받고 있으며 속고 있다는 생각이 코니의 마음속에 일기 시작했다. 부당한 대우를 받고 있다는 느낌을 육체적으로 깨닫기 시작하면 대단히 위험하다. 그 느낌이 배출구를 찾지 못하면 그것을 깨달은 몸 전체를 삼켜버린다.

불쌍한 클리퍼드, 그를 비난할 수는 없어. 그는 큰 불운을 겪은 사람이야. 그것이 모든 재난의 원인이야. 하지만 그에게 정말 비난할 것이 없을까? 따뜻함이 결핍되어 있다는 사실, 단순하고 따뜻한 육체적 접촉이 결핍되어 있다는 것은 정말 비난받지 않아도 되는 것일까? 그는 정말로 따뜻한 사람이 아니었고 친절하지도 않았다. 다만 집안이 좋고 생각이 깊은 사람일 뿐이었다. 냉정하달 만큼! 그에게는 그녀의 아버지가 지닌 정도의 따뜻함도 없었다. 남자로서 여자에게 해야 될 최소한의 도리라는 의미에서 결국 자신을 위한 따뜻함일 뿐이었지만 그래도 여자를 위로하기에는 충분한 그런 따뜻함이었으며, 클리퍼드에게는 그나마도 없었다.

클리퍼드만 그런 것이 아니라 그와 같은 종족은 다 그랬다. 그들은 내면적으로 완고했고 고립되어 있었으며 따뜻함이란 그들에게는 나쁜 취향이었다. 그래야만 자신을 잃지 않고 있다는 만족감을 가질 수 있었다. 자신을 잃지 않는다는 것은 자신이 지배 계급에 속한다는 것을 잊지 않는 것을 뜻한다. 하지만 그게 도대체 무슨 의미가 있단 말인가? 그게 왜 그리 중요하단 말인가? 그것은 차가운 난센스에 지나지 않는다.

코니의 마음속에서 반발감이 끓어오르고 있었다. 그게 다 무슨 소용이 있는가? 그런 클리퍼드에게 자신의 삶을 온통 희생하고 헌신하는 것이 무슨 의미가 있는가? 결국 무엇을 위해 봉사하고 있는 거란 말인가? 일체의 인간적인 접촉이라곤 없이 성공이라는 암캐-신에게 봉사하는 것 외에 무엇이란 말인가? 아무리 자신이 지배계급에 속한다고 자부심을 갖고 있더라도 클리퍼드는 결국 암캐-신을 향해 혀를 헐떡거리고 있는 것 아닌가? 그 점으로 보자면 마이클리스가 클리퍼드보다는 훨씬 쓸모가 있다. 게다가 그가 클리퍼드보다 훨씬 더 자신을 필요로 하고 있었다. 불구자에게는 훌륭한 간호사로 충분하다! 말하자면 마이클리스가 영웅적인 쥐라면 클리퍼드는 우쭐해 하는 복슬강아지일 뿐이다.

래그비 저택에 여러 명의 손님들이 와서 머물고 있었다. 그 중에는 클리퍼드의 숙모인 에바 베널리 부인이 있었다. 붉은 코에 야윈 60대 과부였으며 여전히 귀부인다운 풍모를 풍기고 있었다. 코니는 그녀를 좋아했다. 성격이 단순했고 솔직했으며 친절했다. 그녀는 결코 사교계의 여성이 아니었고 차라리 약간 구식 여자였다.

그녀는 코니에게 친절했다. 그녀는 타고난 날카로운 관찰력으로 코니의 영혼을 꿰뚫어보았다.

"내가 보기에 너는 정말 훌륭한 여자야." 그녀가 코니에게 말했다. "클리퍼드에게 정말 잘해주고 있어. 난 쟤한테 재능이 있다고는 보지 않았어. 그런데 저렇게 훌륭하게 되다니."

"어머, 제가 한 게 뭐 있나요?" 코니가 말했다.

"그럴 리가! 다른 사람이라면 어림도 없는 일이지. 그런데 너는 그 보답을 제대로 받지 못하고 있는 것 같구나."

"무슨 말씀이세요?"

"이런 곳에 갇혀 지내야 한다니 말이다. 내가 클리퍼드에게 말했단다. '언젠가 저애가 너를 배반하면 그제야 고마움을 알게 될 거다'라고 말이다."

"하지만 그이는 제가 무슨 일을 하건 상관하지 않아요." 코니가 말했다.

"얘야, 잘 들어보렴." 베널리 부인은 그녀의 야윈 손을 코니의 팔에 얹으며 말했다. "여자는 자신의 삶을 살거나, 아니면 자신의 삶을 살지 않은 것을 후회하며 살거나 둘 중 하나야. 내 말을 믿어야 해."

"하지만 저는 제 삶을 살고 있는데요?"

"내가 보기엔 그렇지 않아. 클리퍼드가 너를 런던으로 데리고 가서 이러 저리 구경 좀 하게 해줘야 해. 그 애 친구들이 그 애에겐 좋겠지만 네게는 무슨 소용이 있겠니? 내가 너라면 절대로 너처럼은 못 살겠다. 그런 식으로 삶을 허비하면 후회하게 될 거야."

당시 래그비 저택에 토미 듀크스와 해리 윈스터슬로우, 잭 스트레인지웨이와 그의 아내 올리브가 머물고 있었다. 날씨가 좋지 않아 모두들 지루해하고 있었다.

올리브는 미래 사회에 대한 책을 읽고 있었다. 아이들이 병

속에서 양육될 것이며 여성들이 해방될 것이라는 내용의 책이었다.

"정말 멋진 생각이에요." 올리브가 말했다. "여자들이 정말 자신의 삶을 살 수 있을 것 아니에요? 이런 저런 일에 매이지 않을 거고요." 스트레인지웨이는 아이를 원하고 있었고 그녀는 원치 않았다.

"그러면 아마 여성들은 하늘 높이 날아오르겠군요." 듀크스가 말했다.

그러자 클리퍼드가 말했다.

"문명이 발달하면 자연스럽게 신체적 무능력도 없앨 수 있을 거야. 그리고 연애 같은 것도 없어지겠지. 애들을 병에서 기르게 되면 그렇게 될 수 있을 거야."

"아니에요." 올리브가 외쳤다. "그렇게 되면 즐길 여지가 더 많아질 거예요."

"나는 우리의 육체가 없어지면 좋겠어." 윈스터슬로우의 말이었다.

"그러면 우리들이 모두 연기처럼 둥둥 떠다니게 된다는 건가요?" 코니가 말했다.

"그런 일은 없을 겁니다." 듀크스가 말했다. "오히려 우리의 문명은 점점 더 낮게 추락하고 있어요. 아예 바닥까지 떨어질 것이고 갈라진 틈이 생길 겁니다. 그리고 그 틈을 이어주는 유일한 다리는 남근일 걸요!"

"나도 우리 문명이 붕괴하고 있다고 생각해요." 에바 숙모가 말했다.

"그러면 그다음에 어떻게 된다는 거지요?" 클리퍼드가 물었다.

"뭐라고 정확하게 말할 수는 없지만 뭔가 오긴 올 거야." 노부인이 대답했다.

"코니는 사람들이 연기처럼 떠다닌다는 이야기를 했고 올리브는 아이들을 병에서 기르면 여성이 해방될 거라고 말했어. 듀크스는 남근이 다리를 놓아줄 거라고 말했고. 하지만 그게 진짜 어떤 건지는 모르겠는걸." 클리퍼드의 말이었다.

"너무 골치 아파하지 마세요. 그냥 하루하루 살아가면 되잖아요." 올리브가 말했다. "하지만 아이를 키우는 병은 빨리 만들었으면 좋겠어요. 불쌍한 여자들을 해방시켰으면 좋겠어요."

그러자 토미가 나서서 말했다.

"역사의 다음 국면에서는 진짜 인류가 올 거야. 참되고 지적이고 건강한 남성과 건강하고 멋진 여성! 우리는 남자가 아니고 여자들도 진짜 여자가 아니야. 우리는 단지 두뇌를 쓰는 임시변통들일 뿐이며 기계적이고 지적인 실험에 지나지 않아. 우리들은 일곱 살짜리 지능을 가진 꾀돌이에 불과해. 그런 우리들 대신 진정한 남자와 여자들의 문명이 올지도 모르지. 그게 연기와 같은 인간이나 병 속에 든 어린아이보다는 나을 거야. 말하자면 나는 육체의 부활을 바라고 있어. 그렇게 되면 우리들의 뇌를 묵직하게 지배하고 있는 돈이니, 그 밖의 무거운 짐들을 쓸어낼 수 있을 거야. 그렇게 된다면 우리는 '주머니'의 민주주의가 아니라 '접촉'의 민주주의를 갖게 되겠지."

'육체의 부활'이니 '접촉의 민주주의'라는 말이 코니의 마음에서 깊이 울렸다. 그녀는 그것이 무슨 뜻인지 정확히는 알 수 없었지만 그녀를 적잖이 위로해주었다. 하지만 그것도 실은 아무 의미가 없었다. 끊임없이 지껄이기만 한다는 것, 그것이 대체 무슨 의미가 있단 말인가!

며칠 묵었던 손님들이 떠나고 나서도 변한 것은 아무것도 없었다. 다만 코니가 점점 더 수척해간다는 게 변화라면 변화였다. 그녀에게는 도움의 손길이 필요했고 코니 자신도 그것을 잘 알고 있었다. 그녀는 'cri du coeur 마음속 부르짖음'을 써서 언니인 힐더에게 보냈다.

요즘 몸이 불편해. 왜 그런지 모르겠어.

힐더는 스코틀랜드로부터 급히 달려왔다. 3월 어느 날 그녀는 2인승 자동차를 몰고 혼자 래그비 저택으로 왔다. 코니는 헐레벌떡 계단을 뛰어 내려가 언니를 맞았다.

코니를 보자마자 힐더가 말했다.

"너 어디 아픈 거 아니니?"

자신은 오동통한 몸매에 건강을 유지하고 있는데 반해 코니는 야윈 몸에 혈색까지 누렇게 떠 있었던 것이다.

"아니, 아픈 데는 없어. 좀 지루할 뿐이야." 코니가 약간 비장하게 말했다.

힐더의 얼굴에 전운(戰雲)이 감돌았다. 그녀는 겉모습은 부드럽고 얌전했지만 아마존 기질이 있어 결코 남자에게 고분고분할 여자가 아니었다.

클리퍼드를 만난 힐더는 단도직입적으로 말했다.

"코니가 몸이 무척 아픈 것 같아요. 의사에게 보여야겠어요. 이 근처에 좋은 의사가 있나요?"

"글쎄요, 없는 것 같은데요."

"그러면 런던으로 데리고 가야겠어요. 거기라면 믿을만한 의사를 만날 수 있을 거예요."

클리퍼드는 울화가 치밀었지만 힐더의 차분한 모습에 참을 수밖에 없었다. 그런데 힐더는 저녁 식사 때 한 술 더 떠 말했다.

"제부에게 시중을 들어줄 간호사가 필요하겠어요. 하인을 한 명 둬도 좋고요."

힐더는 아주 차분하게 말했지만 클리퍼드는 몽둥이로 머리를 맞은 것 같았다.

"그렇게 생각하세요?" 클리퍼드가 차갑게 말했다.

"물론이에요. 정말 필요해요. 그리고 나나 아버지가 코니를 몇 달간 데리고 있어야겠어요. 이대로 둘 수는 없어요."

"이유가 뭡니까?"

"도대체 저 애 얼굴을 보기나 한 거예요?" 힐더가 그를 똑바로 쳐다보며 말했다. 그의 얼굴은 마치 삶은 왕새우처럼 변했다.

"코니와 의논해보겠소." 그가 말했다.

"내가 벌써 그 애랑 의논했어요." 힐더가 말했다.

클리퍼드는 이미 오랫동안 간호사 신세를 진 적이 있었다. 그는 간호사가 싫었다. 그의 사생활을 보장해주지 않았던 것이다. 게다가 하인이라니! 그는 남자가 자기 주변에서 서성거리는 것은 질색이었다. 어떤 여자건 차라리 여자가 나았다. 그런

제7장

113

데 왜 코니가 그러면 안 된다는 것일까?

다음 날 자매는 힐더의 자동차로 런던으로 떠났다. 코니는 마치 부활절 때의 어린 양처럼 힐더 옆에 쪼그리고 앉았다.

코니를 면밀히 진찰한 의사가 말했다.

"어디 특별히 나쁜 곳은 없습니다. 하지만 이대로는 안 됩니다! 절대로 안 됩니다! 런던이나 어디 외국으로 바람이라도 쐬게 데려가 달라고 클리퍼드 경에게 부탁하세요. 칸느에라도 다녀오면 한 달 안에 건강을 되찾을 수 있을 겁니다. 하지만 이대로는 안 됩니다. 부인은 생명을 소모하고 있을 뿐 재생시키고 있지 못합니다. 마음이 즐거워지면 몸도 즐거워질 겁니다. 의기소침! 그래요, 그걸 피해야 합니다."

힐더가 입을 굳게 다물었다. 무언가 결심한 것이 분명했다.

래그비 저택으로 돌아온 힐더가 클리퍼드에게 의사의 말을 전해주었다. 클리퍼드는 여전이 입이 부어 있었다. 물론 그도 그 나름대로 지쳐 있었다. 하지만 그는 힐더가 전해주는 의사의 말에 귀를 기울일 수밖에 없었다. 힐더는 클리퍼드에게 만일 간호사를 들이지 않는다면 코니를 데려가겠다고 최후통첩처럼 말했다.

밤새 고민하던 클리퍼드는 결국 테버셜의 교구 간호사인 볼턴 부인의 이름을 말해줄 수밖에 없었다. 볼턴 부인은 얼마 전에 교구 간호사직에서 은퇴하고 파출 간호사 일을 하고 있었다. 클리퍼드는 자신이 홍역을 앓았을 때 볼턴 부인의 간호를 받은 적이 있어 그 여자를 잘 알고 있었기에 추천한 것이었다.

두 자매는 당장 테버셜의 썩 괜찮은 거리에 있는 그녀의 새 집을 방문했다. 부인은 40대의 선량한 용모의 여자였다. 그녀는 사려가 깊고 정중했으며 친절했다. 지방 사투리가 간간이 섞이긴 했지만 매우 정확한 영어를 구사하고 있었다. 말하자면 그녀는 그 마을에서 매우 존경을 받고 있는 지배 계급에 속했다.

다음 일요일에 볼턴 부인(아이비 볼턴)은 두 개의 트렁크를 들고 래그비 저택으로 왔다. 이야기를 나누어보니 그녀의 나이는 마흔일곱 살이었다.

그녀의 남편인 테드 볼턴은 22년 전 크리스마스를 앞둔 어느 날 아내와 젖먹이를 포함해 두 자식을 남긴 채 탄갱에서 목숨을 잃었다. 그때 젖먹이였던 딸은 약국에서 일을 하고 있는 청년에게 시집을 갔고 맏딸은 체스터필드에서 교사직에 종사하고 있었다.

테드 볼턴이 탄갱에서 목숨을 잃었을 때 그의 나이 스물여덟이었다. 그런데 재판에서 사고에 대한 책임이 그에게도 있다는 고용주 측의 주장이 관철되어서 유족들은 위자료로 300파운드밖에 받지 못했다. 그것도 일시불이 아니라 매주 30실링씩 받는다는 조건이었다. 회사 측에서는 일시불로 지불하면 상심에 빠진 그녀가 술로 그 돈을 탕진해 버릴지도 모른다는 주장을 폈고 그 주장이 받아들여진 것이다. 다행히 테드 볼턴의 어머니, 즉 시어머니가 아이들을 돌봐준 덕분에 볼턴 부인은 4년간의 간호 과정 교육을 이수하고 간호사 자격증을 받을 수 있었다. 그리고 테버셜 탄광회사, 즉 조프리 경의 회사는 그녀에게 자립할 의지가 있음을 알고 교구 간호사의 자리를 마련해주었다. 따라서 회사를 향한 그녀의 입장은 묘했다. 그녀는 이렇게 말하곤 했다.

"그래요, 회사에서는 제게 잘해주었다고 저는 늘 말해요. 하지만 테드에 대한 회사의 태도는 잊을 수가 없어요. 그는 일단 갱내에 발을 디디면 그 누구보다 열심이고 겁이 없던 사람이었어요. 그런데 이제 그이에게 겁쟁이라는 낙인을 찍은 거예요. 하지만 그가 죽어버렸으니 어디 가서 하소연할 수 있겠어요."

그런 말을 할 때의 볼턴 부인의 감정은 아주 묘하게 복합적이었다. 그녀는 자신이 오랫동안 돌봐온 광부들을 좋아했다. 하지만 동시에 그녀는 그들에게 우월감을 느끼고 있었다. 그녀는 자신이 상류층이라고 느끼고 있었지만 동시에 지배 계급을 향한 원한이 그녀의 내부에 자리 잡고 있었던 것이다. 고용주와 광부들 사이에 분쟁이 있으면 그녀는 항상 광부들 편을 들었다. 하지만 아무 분쟁 없이 잠잠할 때면 그녀는 자신이 상류 계급의 일원이 되기를 갈망했다. 그래서 그녀는 기꺼이 래그비 저택으로 온 것이며 채털리 부인과 사투리를 쓰지 않고 이야기를 나누면서 전율적인 기쁨을 느꼈다. 광부들의 아낙네들과는 전혀 다른 사람! 하지만 채털리가를 향한 시샘과 원한, 주인을 향한 원한 또한 살짝 엿볼 수 있었다. 하지만 그녀는 그런 내색을 겉으로 내보이지 않으려 애썼으며 행동 또한 겸손하기 이를 데 없었다. 그녀는 이제 클리퍼드 앞에서 자신이 하녀에 지나지 않음을 피부로 느끼고 있었고 그것을 받아들이면서 상류 사회에 적응해 갔다.

볼턴 부인은 밤에 클리퍼드를 침대에 누인 후에야 그의 침실 맞은 편 방에서 잠을 잤다. 한밤중에라도 벨이 울리면 한걸음에 달려갈 수 있었고 아침에는 그가 자리에서 일어나는 것을 도와주었다. 그녀는 완벽하게 그의 시중을 들었으며 심지어 서툰 솜씨나마 그의 수염도 깎아주었다. 그녀는 선량한 데다 능력도 있었다. 그녀는 얼마 되지 않아 그를 손아귀에 잡을 수 있는 방법도 터득했다. 그의 얼굴에 비누칠을 해주고 털을 부드럽게 문질러줄 때면 그는 여느 광부와 조금도 다를 바가 없었다. 그녀는 그의 오만한 태도나 솔직하지 못한 모습에도 별로 힘들어 하지 않았다. 새로운 경험을 하고 있을 뿐이었다.

하지만 클리퍼드는 코니가 자신의 시중을 그만두고 아무 상관도 없는 여자에게 그 일을 맡긴 것을 내심 절대로 용서하지 않았다. 그는 자신과 그녀 사이에 피어난 진정한 꽃을 죽여 버리는 짓이라고 생각했다. 하지만 코니는 전혀 개의치 않았다. 그가 그들 사이에 피어난 진정한 꽃이라고 생각하고 있는 것이 그녀에게는 자신의 생활이라는 나무에 기생하며 핀 보잘것없는 난초에 불과했다.

이제 시간이 많아진 코니는 자기 방에서 피아노를 치며 노래를 부를 수 있었다.

쐐기풀을 건드리지 마.
사랑의 굴레는 풀기 어려운 것이니.

그녀는 사랑의 굴레를 풀기가 얼마나 어려운 것인지 최근에야 깨달았다. 그런데 고맙게도 이제 그것을 풀었다! 그녀는 혼자일 수 있다는 사실이, 늘 그의 말벗이 되지 않아도 된다는 사실이 너무나 기뻤다. 그는 언제나 홀로 탁탁 타자기를 두드려 대기만 했다. 하지만 일을 하지 않을 때면 그녀는 그의 곁에 있었으며 그는 지껄이고, 또 지껄였다. 사람이니, 동기니, 결과니, 성격이니, 개성이니 하면서 그녀가 진절머리가 날 정도로 분석하고 또 분석했다. 처음에는 그럭저럭 참을 수 있었고 심지어 재미있던 적도 있었지만 갑자기 모든 것이 참을 수 없게 되었다. 그런데 고맙게도 마침내 혼자 있게 된 것이다.

둘의 관계란 마치 그와 그녀 사이에 수없이 많은 미세한 의식의 뿌리와 실들이 자라나서 함께 뒤엉킨 것과 같았다. 그리고 그것이 하도 빽빽하게 엉켜서 식물이 죽어버릴 지경이 되어버린 것과 같았다. 이제 그녀는 조용히, 그리고 섬세하게 그와 그녀의 엉킨 의식의 타래를 하나씩 풀어내고 있었다. 아주 참을성 있게 실오라기 하나하나를 분리하고 있었다. 하지만 그런 사랑의 굴레는 그 어떤 굴레를 풀어내는 것보다 훨씬 어려웠다. 볼턴 부인이 와준 것이 큰 도움이 되기는 했지만 말이다.

하지만 클리퍼드는 저녁이면 코니와 함께 있으면서 이야기를 나누거나 큰 소리로 책을 읽기를 원했다. 코니는 볼턴 부인에게 10시가 되면 방으로 와달라고 부탁해서 문제를 해결할 수 있었다. 10시가 되면 코니는 위층 자기 방으로 가서 홀로 있을 수 있게 되었던 것이다. 볼턴 부인은 이제 클리퍼드를 능숙하게 다룰 수 있었다.

볼턴 부인 한 사람이 들어왔을 뿐인데 래그비 저택은 온통 달라진 것 같았다. 무엇보다도 코니 자신이 다른 세상에 놓인 것 같은, 전과는 다르게 숨 쉬고 있는 것 같은 해방감을 느꼈다. 하지만 그녀는 여전히 얼마나 많은 자신의 뿌리들이, 아마도 치명적일 수도 있는 뿌리들이 클리퍼드의 뿌리들과 엉켜 있는지 두려웠다. 그렇더라도 어쨌든 그녀는 이제 보다 더 자유롭게 숨 쉴 수 있었고, 그녀의 삶에서의 새로운 국면이 시작되고 있었다.

제8장

볼턴 부인은 코니에게 늘 사랑스런 눈길을 보냈다. 여자로서, 또한 직업상 보호 본능이 발동한 것이다. 그녀는 코니에게 산책과 드라이브를 하며 바람을 쐬라고 늘 권했다. 코니는 불가에 얌전히 앉아서 책을 읽거나 바느질을 하는 척할 뿐 좀체 외출을 하지 않았던 것이다.

힐더가 돌아간 지 얼마 되지 않은 어느 바람 부는 날이었다. 볼턴 부인이 코니에게 말했다.

"부인, 숲속을 좀 산책해보세요. 사냥터지기 오두막 뒤에 수선화들이 예쁘게 피었던데. 이 근처에서 거기보다 경치가 좋은 데는 없을 거예요. 몇 송이 꺾어다 방 안에 놓아도 좋을걸요."

코니는 그녀의 말을 기꺼이 받아들였다.

그래, 이렇게 썩고 있을 필요는 없어. 아침이 온 거잖아. '계절이 돌아왔어도 내게는 낮도 오지 않고 달콤한 저녁과 아침도 다가오지 않는구나!'(밀턴의 실낙원[失樂園] 제3권-옮긴이 주) 그리고 사냥터지기, 그의 가냘프고도 흰 몸뚱이! 숨어서 눈에 띄지 않는 꽃의 암술 같은 그 몸뚱이! 그녀는 이루 말할 수 없이 의기소침한 상태에서 그를 잊고 있었다. 그런데 이제 무언가가 꿈틀거리기 시작했다. '현관과 문 너머에 창백한 그 무엇이…….'(스윈번의 시 한 구절-옮긴이 주) 이제 할 일은 그 현관과 문을 지나가는 것…….

코니는 이제 튼튼해져서 걸음도 잘 걸을 수 있었다. 숲으로 들어가니 바람이 살랑거리며 불어오는 것이 장원을 걸을 때보다 덜 피곤한 것 같았다. 그녀는 잊고 싶었다. 이 세상을! 썩은 고기처럼 끔찍한 몸을 한 사람들을!

'우리는 다시 태어나리라! 나는 우리 몸의 부활을 믿는다! 한 알의 밀알이 땅에 떨어져 썩지 않는다면 결코 새싹이 돋지 않으리라! 크로커스 싹이 돋아날 때 나도 새롭게 모습을 보이고 태양을 보게 되리라!'

3월의 바람을 맞으며 걷고 있는 그녀의 의식 속을 끝없이 여러 구절들이 스쳐 지나갔다. 이상하게 밝은 햇볕 한 줄기가 갑자기 확 타오르는 듯 숲 가장자리 개암나무 덤불 아래 미나리아재비 풀을 비추었다. 미나리아재비는 밝은 황금색으로 빛났다. 숲속은 완전히 정적에 휩싸인 채 햇볕만이 힘 있게 휩쓸고 있었다. 아네모네 꽃이 제일 먼저 피어 있었다. 마치 바닥에 흩뿌려진 듯 끝없이 피어 있는 작은 아네모네 꽃의 창백한 빛에 숲 전체가 창백하게 빛나고 있었다.

'이 세상은 그대의 숨결로 창백해지도다.'(스윈번의 시 구절-옮긴이 주)

하지만 이번의 숨결은 페르세포네(그리스 신화 지옥의 여신-옮긴이 주)의 숨결이었다. 그녀가 차가운 아침에 지옥에서 나온 것이다. 차가운 바람이 숨결을 내뿜고 있었다. 머리 위로는 잔가지 사이에서 성난 바람이 서로 뒤엉켜 있었다. 바람은 마치 압살롬(유대 왕 다윗의 셋째 아들, 부왕에게 반역하여 살해됨, 사무엘 하 18장-옮긴이 주)처럼 포박된 채 놔달라고 몸부림치고 있었다. 녹색 치마 위에서 하얀 어깨를 드러내고 있는 아네모네는 그 얼마나 춥게 보이는가. 그런데도 그들은 그것을 견디고 있다. 작고 하얀 앵초도 길가에 얼굴을 내밀고 노란 봉우리를 열고 있었다.

머리 위로는 바람이 포효하며 불어왔지만 아래쪽에서는 차가운 기류만이 흐르고 있을 뿐이었다. 숲속에 들어서자 코니는 이상하게 흥분됐다. 뺨이 붉게 물들고 푸른 눈은 불타오르는 것 같았다. 그녀는 달콤하면서도 차가운 향기를 내뿜는 앵초와 오랑캐꽃을 꺾으며 터벅터벅 걸어갔다. 그녀는 자신이 지금 어디 있는지도 의식하지 못한 채 발걸음 가는 대로 몸을 맡겼다.

이윽고 숲이 끝나고 공터가 나타났다. 그리고 이끼 낀 돌집이 나타났다. 입구 옆에는 노란 재스민 꽃이 눈부시게 피어 있었다. 문은 닫혀 있었다. 소리도 들리지 않았고 굴뚝에서는 연기도 나오고 있지 않았다. 개도 짖지 않았다.

코니는 조용히 뒤뜰로 돌아갔다. 수선화를 구경한다는 그럴듯한 핑계가 있었다. 그곳에 수선화가 피어 있었다. 햇빛을 받은 작은 꽃잎들이 흔들리고 있었다. 마치 슬픔을 털어내려는 것 같았지만 실제로는 그 슬픔을, 그렇게 흔들리는 것을 즐기는 것인지도 몰랐다.

코니는 잠시 어린 소나무 줄기에 등을 기대고 서 있다가 수선화 두어 송이를 꺾고 아래로 내려갔다. 이제 래그비 저택으로, 그 벽으로 돌아가야 한다. 하지만 이제는 그 저택이, 특히 그 두꺼운 벽이 미웠다. 오, 벽! 언제나 벽! 하지만 이렇게 바람이 불어올 때는 그 벽이 필요한 법이리라.

다음 날 오후에도 코니는 숲으로 산책을 나갔다. 그녀는 '존의 우물'이라 불리는 샘가를 향해 낙엽송 사이에 난 길을 걸어갔다. 그쪽은 아직 추웠고 꽃들은 보이지 않았다. 얼음처럼 차갑고 맑은 샘물이 조용히 솟아나오고 있었다. 샘 바닥에는 약간 붉은 빛을 띤 하얀 돌들이 깔려 있었다. 분명히 사냥터지기가 새롭게 깔아놓았으리라.

그곳은 왠지 춥고 음산했다. 코니는 그곳에 잠시 앉았다가 몸을 일으켜 천천히 집 쪽으로 걸음을 옮겼다. 길을 걷고 있는데 오른쪽에서 희미하게 뭔가 두드리는 소리가 났다. 망치소리일까, 아니면 딱따구리 소리일까? 망치 소리임이 분명했다.

그녀는 귀를 기울이며 계속 걸어갔다. 좀 더 걸어가니 어린 전나무들 사이로 작은 오솔길이 나타났다. 그녀는 과감하게 그 길로 들어섰다. 길을 걸어감에 따라 망치 소리가 점점 가깝게 들려왔다. 이윽고 눈에 잘 띄지 않는 공터와 통나무로 만든 작은 오두막이 나타났다. 그녀가 한 번도 와본 적이 없던 곳이었다. 하지만 그녀는 그곳이 꿩을 사육하는 곳이라는 것을 곧 깨달았다. 셔츠 바람의 사냥터지기가 무릎을 꿇고 망치질을 하고 있었다. 개가 짧고 날카롭게 짖으며 다가왔다. 사냥터지기가 갑자기 고개를 들어 그녀를 바라보았다. 놀란 기색이 역력했다.

그는 몸을 일으키더니 지친 걸음으로 걸어오는 그녀를 말없이 바라보며 인사했다. 예기치 않은 침입에 불쾌해하는 모습이

제8장

125

었다. 그는 고독을 그의 삶에서의 유일한 최후의 자유로서 소중히 여기고 있었다.

"무슨 소린가 했어요." 그녀가 말했다. 힘이 빠지고 숨이 막히는 것 같았다. 자신을 똑바로 쳐다보는 그가 두렵기도 했다.

"꿩 새끼덜 느을 우리를 맹글고 있지라우." 그가 사투리로 말했다. 그녀는 힘이 더욱 빠지는 것 같아서 쉽게 입을 열지 못했다.

"어디 좀 앉았으면 좋겠어요." 그녀가 겨우 입을 열었다.

"안으로 좀 들어가시라우." 그가 말했다. 그는 앞장서서 오두막 안으로 들어가더니 개암나무로 만든 소박한 의자를 내밀었다. 그는 재빨리 벽난로에 불을 피웠다.

"거그 앉아서 몸을 좀 녹이시지요."

그녀는 그가 시키는 대로 했다. 그에게서 보호자로서의 묘한 권위 같은 것이 느껴져 그녀는 즉시 복종할 수밖에 없었다. 그녀는 불가에 앉아 몸을 녹였고 그는 다시 밖으로 나가 망치질을 했다. 오두막 안은 창문도 없고 상자와 도구들이 널려 있었지만 이상하게 아늑했다. 마치 자그마한 성소(聖所) 같았다.

밖에서는 여전히 망치소리가 들려왔다. 마치 자신의 고독을 침범당한 데 대한 분노가 숨겨져 있는 것 같았다. 하지만 어쩔 수 없었다. 자신은 피고용인이고 그녀는 고용주였다. 게다가 그는 다시 어느 여자와도 마주치기를 원치 않고 있었다. 그는 그것이 두려웠다. 이전의 여자와의 관계에서 깊은 상처를 입은 때문이었다. 그는 철두철미 외부와 담을 쌓고 있었고 바로 이곳이 유일하게 자신을 숨길 수 있는 피난처였다.

몸이 어느 정도 덥혀지자 그녀는 불가에서 일어나 문 옆의 의자로 가서 앉았다. 그녀는 열심히 일하고 있는 사내를 바라보았다. 그녀의 존재를 아랑곳하지 않는 것 같았지만 의식하고 있음이 분명했다. 코니는 그를 뚫어져라 바라보았다. 그러자 전에 그의 벗은 몸에서 느꼈던 고독이 이번에는 옷을 입은 그의 몸에서 느껴졌다. 그는 지금 아무 말 없이 그녀에게서 도피하고 있었다. 조급하고 정열적인 사내가 말없이, 마치 시간을 초월한 듯 인내하고 있는 그 모습이 코니의 자궁을 자극했다. 그의 숙인 머리, 조용하고 재빠른 손놀림, 구부린 어깨, 가늘고 섬세한 허리에서 그녀는 그 모든 것을 느꼈다. 무언가 인내하면서 움츠리고 있는 모습! 그녀는 그가 겪은 경험이 자신의 경험보다 훨씬 더 깊고 넓으리라고 생각했다. 훨씬 깊고 넓으면서 치명적이리라.

그녀는 그렇게 거의 넋을 잃고 마치 꿈에라도 잠긴 듯 오두막 문가에 앉아 있었다. 사냥터지기가 흘낏 그녀를 바라보았을 때 그녀는 어딘가 헤매는 듯한 눈길을 하고 있었다. 그 무언가를 간절히 원하는 것 같은 눈길이었다. 그러자 갑자기 그의 등뼈 아래 허리 쪽에서 무언가 불길 같은 것이 일어 혀를 날름거렸고 그의 영혼이 신음소리를 냈다.

그는 그녀가 제발 이곳을 떠나주었으면, 자신을 혼자 내버려두었으면 하고 간절히 바랐다. 그는 그녀의 의지가, 여자로서의 의지가 두려웠으며 무엇보다 현대 여성으로서의 그 집요함이 두려웠다. 그리고 무엇보다 저 상류 계급 여자가 드러내고 있는 냉정한 오만함이 두려웠다. 결국 자신은 피고용인일 뿐이었다. 그는 그녀가 그곳에 있다는 사실 자체를 증오했다.

갑자기 제정신이 돌아온 코니는 어색함을 느꼈다. 그녀는 몸을 일으켰다. 이미 저녁이 다가오고 있었다. 하지만 그녀는 그곳을 떠날 수 없었다. 코니는 그에게로 다가갔다. 그는 엉거주춤 몸을 일으키더니 굳은 얼굴로 그녀를 멍하니 바라보았다.

"정말 좋은 곳이야. 너무 편안해요." 그녀가 말했다. "전에는 한 번도 와본 적이 없어요."

"그러세요?"

"가끔 와서 앉았다 가면 좋겠어요."

"네?"

"여기 없을 때면 오두막 문을 잠가 놓나요?"

"네, 마님."

"나도 열쇠를 하나 가질 수 없을까? 가끔 와서 앉아서 쉬었으면 해요. 열쇠 하나 더 없어요?"

"지가 알기론 읍습다." 그는 다시 심한 사투리를 썼다.

"열쇠를 내가 하나 더 가질 수 없을까요?"

"혹시 클리퍼드 경께서 갖고 계실랑가 모르겠슴다."

두 사람의 눈이 서로 마주쳤다. 코니는 기가 죽었다. 그가 자신을 얼마나 혐오하는지 그 눈빛을 보고 알 수 있었던 것이다. 또한 그의 눈에는 절망의 빛도 떠올라 있었다. 하지만 동시에 그녀는 이 오만하고 완강한 남자에 대해 화가 치밀었다. 어쨌든 하인 아닌가! 그녀는 뿌루퉁해서 집으로 돌아왔다.

그날 저녁, 차를 마시며 클리퍼드가 코니에게 물었다.

"오후 내내 뭘 했소?"

"숲속을 산책했어요. 그리고 우연히 꿩 사육장에 있는 오두막에 갔었어요. 그런데, 여보!"

"왜 그러오?"

"그 오두막 열쇠 하나 구할 수 없을까요?"

"글쎄……. 왜 그러오?"

"전에 한 번도 가본 적이 없는 곳인데요, 너무 마음에 들어요. 가끔 가서 앉아 있고 싶어요. 그래도 되지요?"

"멜러즈가 있던가?"

"네! 그 사람 망치 두드리는 소리에 거기까지 가게 된 거예요. 내가 여분의 열쇠 하나 없느냐고 물었더니 모르겠대요. 너무 무례한 것 같았어요."

"아버지 서재에 하나 있을지 몰라. 베츠가 알고 있을 거야. 거기 온갖 게 다 있으니까. 한번 찾아보라고 하지. 그런데 멜러즈가 무례했다고?"

"아니, 아무것도 아니에요. 하지만 어쨌든 제가 그 성(城)을 마음대로 드나들 수 있게 되는 걸 좋아하지 않는 것 같았어요. 자기 집도 아니면서 말이에요. 내가 원할 때 얼마든지 갈 수 있는 거 아닌가요?"

"맞아. 그 친구 너무 자기 위주로 생각하는 게 문제야."

"정말 그렇게 생각하세요?"

"물론이지! 자기가 뭔가 특별한 사람인 줄 알아. 아내가 있었지만 사이가 안 좋았어. 1915년에 군대에 들어가서 인도로 파견되었던 것 같아. 그다음에는 이집트에서 말을 돌보는 일을 했다지. 그 일에 아주 유능했나봐. 거기서 어떤 대령이 그를 잘 봐서 중위로 진급시켰다지. 그런 후 다시 인도로 가서 서북부에서 근무했대. 그러다 병에 걸려서 작년에 제대를 한 거지. 그런 친구가 이전의 자신의 지위로 다시 내려와 지내는 건 쉽지 않은 일이야. 버둥거리지 않을 수 없지. 하지만 내가 보기에 자기가 맡은 일은 아주 잘 하고 있어. 적어도 나한테는 자신이 이전에 중위였다는 티는 전혀 내지 않거든."

"아니, 그렇게 더비서 사투리가 심한데 어떻게 장교가 될 수 있었지요?"

"그렇지 않아. 간혹 필요할 때만 사투리를 쓸 뿐이지. 정확하게 표준 영어를 쓸 줄 알아. 아마 지금 처지로 떨어졌으니 거기 걸맞은 말을 쓰려는 걸 거야."

곧이어 우기가 닥쳐왔다. 하지만 비가 내리기 시작한 지 이틀 정도 지났을 때 코니는 비가 오는데도 외출해서 숲으로 갔다. 그리고 다시 한번 꿩 사육장 오두막으로 가보았다. 비가 내리고 있었지만 춥지는 않았다. 빗발 속에 잠긴 거무스름한 숲은 너무 고요했으며 고독해 보였고 접근하기 어려워 보였다.

그녀는 공터로 갔다. 아무도 없었다. 오두막은 잠겨 있었다.

그녀는 통나무로 만든 현관 계단에 옹크리고 앉아 몸을 덥혔다. 그녀는 그렇게 그곳에 앉아 비를 바라보며 들리지도 않는 빗소리에 귀를 기울였고 바람이 불지 않는 데도 불구하고 나무 꼭대기에서 들려오는 것 같은 이상한 바람 소리에 귀를 기울였다. 참나무 고목들이 주위에 늘어서 있었고 비에 젖은 회색 줄기에서 제멋대로 가지가 뻗어 있었다. 여기저기 아네모네가 피어 있었고 딸기 덤불과 딱총나무 덤불들이 있었다. 아마 이곳은 더럽혀지지 않은 곳들 중의 하나이리라! 더럽혀지지 않은 곳! 이 세상 전체가 더럽혀져 있는데!

세상에는 더럽혀질 수 없는 것이 있다. 정어리 통조림은 더럽힐 수 없다. 그리고 많은 여성들이 그렇다. 남자들도……. 그러나 대지는!

빗줄기가 잦아들었다. 이제 참나무 숲은 더 이상 어두컴컴하지 않았다. 코니는 일어나서 그곳을 떠나고 싶었다. 그런데도 그녀는 앉아 있었다. 점점 더 추워졌다. 하지만 가슴속에 품고 있는 한(恨)에서 비롯된 무기력함에 사로잡혀 그녀는 마치 마비된 듯 그대로 앉아 있었다.

더럽혀진다! 접촉이 없이도 인간은 얼마나 더럽혀질 수 있는 것일까! 음란한 죽은 말들에 의해 더럽혀지고 강박이 되어버린 죽은 관념에 의해 더럽혀진다.

비에 젖은 갈색 개가 달려왔다. 비에 젖은 꼬리를 쳐들었지만 짖지는 않았다. 비에 젖은 검은 방수 재킷을 입은 사내가 그 뒤를 따랐다. 그녀를 보자 빠른 발걸음이 다소 늦춰졌다. 코니는 몸을 일으켰다. 사내는 아무 말 없이 고개를 꾸벅하고는 천천히 다가왔다. 그녀는 뒤로 물러섰다.

"가려던 참이에요." 그녀가 말했다.

"안에 드가려고 기두린 거 아닝교?" 그는 그녀를 외면한 채 오두막을 바라보며 말했다.

"아니, 비를 피하고 있었어요."

사냥터지기는 그녀를 바라보았다. 추워 보였다.

"나리께서 열쇠가 읎으신 모양이군요."

"없어요. 하지만 상관없어요. 현관 앞에 앉아 있으면 비를 피할 수 있어요. 잘 있어요."

그녀는 그가 과도하게 사투리를 쓰는 척하는 게 싫었다.

그가 재킷 주머니를 뒤져 열쇠를 꺼냈다.

"마님께서 가지고 계심 좋겠구만요. 지는 딴 디다 새로 알아보겠구만요."

"무슨 소리예요?"

"아. 꿩 새끼들 키울 디를 알아보겠다는 거구만요. 마님이 여그 오실 적에 지가 걸리적거리면 안 될 거 아닌가요?"

그녀는 그를 빤히 쳐다보며 말했다.

"왜 보통 영어를 사용하지 않는 거지요?"

"지한티는 이게 보통 영언디유."

그녀는 화가 나서 잠시 말없이 서 있었다.

"열쇠가 필요하시믄 가지시라요. 아님 내일 지가 딴디로 옮긴 다음 드려도 되겄능가요?"

그녀는 더욱 화가 났다.

"열쇠 따위, 필요 없어요. 여길 비워달라는 게 아니에요. 그냥 여기 잠깐 앉을 수 있으면 돼요. 그러니 더 이상 그 이야기는 하지 말아요."

그는 심술궂은 푸른 눈으로 그녀를 바라보았다.

그는 더욱 심한 사투리로 천천히 말했다.

"마님께서 원하시믄 아, 열쇠고 뭐고 다 드릴 수 있당께. 다믄 요즘에는 꿩이 새끼를 까는 바람에 여그 올 수밖에 없지라우. 겨울만 되믄 개미 새끼 한 마리 얼쩡거리지 않을 거구만요. 마님이 오셨을 띠 지가 요로큼 어슬렁거리면 쓰갔어요?"

코니는 약간 놀랐다.

"아니, 당신이 여기 있는 게 나한테 어떻다는 건데요?"

"귀찮지 않으실랑가요?" 그는 짤막하게, 그러나 의미심장하게 말했다.

"좋아요." 마침내 그녀가 말했다. "방해하지 않겠어. 하지만 얌전히 앉아서 꿩들을 다루는 걸 구경하는 건 괜찮지 않겠어요? 하지만 만일 방해가 된다면 그만두겠어요. 당신은 남편의 사냥터지기이지 내 사냥터지기는 아니니까."

느닷없이 나온 이상한 말 같았지만 그녀는 그 말이 나온 이유를 알 수 없었다. 그녀는 그냥 입에서 나오는 대로 내버려두었다.

"아닙지요. 이건 마님의 오두막입지요. 은제고 마음내키시믄 쓰실 수 있지라우. 일주일만 여유를 주시랑께. 깨끄시 비울 티니까. 아, 그리고 이 열쇠 마님께 드리겠습다. 지는 또 구해 볼랑께. 열쇠가 두 개 있으믄 좋지 않갔시요."

그때 코니의 입에서 느닷없는 말이 튀어나왔다.

"당신 너무 거만한 것 같아." 그녀가 얼굴을 붉히며 말했다.

"아니지라예! 그런 말씀 하지 마시랑께요. 지는 나쁜 뜻으로 한 말이 아니랑께요. 암튼 마님 맘대로 사용하셔도 괜찮구만요. 마님 오두막이니. 다만 지가 하는 일에 상관만 않으시믄 좋겠구만요."

코니는 너무 당황한 채 그곳을 떠났다. 그녀는 자신이 모욕을 당한 것인지, 감정이 상한 것인지 확실하지가 않았다. 아마 그 사내는 자기가 한 말 그대로일 뿐 별다른 의미는 없었을 것이다. 그는 그녀가 자신을 멀리하고 싶으리라고 생각했을 것이고 그것을 말했을 뿐이었을 것이다. 오, 그녀가 정말로 그런 생각을 했단 말인가! 그가, 그라는 어리석은 존재가 과연 그녀에게 그토록 중요한 것이 될 수 있단 말인가!

그녀는 자신이 무슨 생각을 하고 있는 것인지, 무엇을 느끼고 있는지도 의식하지 못한 채 혼란에 빠져 집으로 돌아왔다.

제9장

코니는 자신이 점점 클리퍼드에 대한 반감이 커지는 것을 보고 놀랐다. 게다가 자신이 내내 그를 싫어해온 것처럼 느껴졌다. 그것은 증오도 아니었다. 그 감정에는 열정이 없었다. 단지 깊은 육체적 혐오감일 뿐이었다. 자신이 그가 결혼한 것도 은밀하게 육체적으로 그를 혐오한 때문이라고 여겨질 정도였다. 하지만 사실은 그가 정신적으로 그녀를 매혹시켰고 그녀를 자극했기 때문이었다. 그는 어떤 면에서는 그녀를 뛰어넘는 주인처럼 여겨지기도 했었다.

그런데 이제 그런 정신적인 흥분이 낡아 무너져버렸고 오로지 육체적인 혐오만이 남았다. 그 혐오감은 그녀 저 깊은 곳에서 솟아올랐다. 그리고 그것이 그 얼마나 자신의 삶을 좀먹어

왔는지 깨달았다.

그녀는 자신이 약하고 의지가지없다고 느꼈다. 그녀는 밖에서 그 어떤 도움이 오길 간절히 바라고 있었다. 하지만 이 세상 그 어디에서도 도움은 오지 않았다. 사회는 제정신이 아니었기에 무서울 뿐이었다. 문명화된 사회는 제정신이 아니었다. 돈과 이른바 사랑이 두 개의 커다란 광기였고 그 중에서 돈이 으뜸이었다. 개인은 돈과 사랑이라는 이 두 가지 양태에 자신의 무분별한 광기를 쏟아 붓고 있다. 마이클리스를 보라! 그의 삶과 활동은 광기 그 자체이다. 그의 사랑도 일종의 광기이다.

클리퍼드도 마찬가지였다. 온통 말의 잔치뿐! 온통 글뿐! 그저 앞으로 나가려는 미친 듯 난폭한 투쟁뿐! 그건 광기였다. 그리고 그야말로 광란적으로 점점 더 악화되고 있다.

코니는 두려움에 온통 기진맥진해 버렸다고 느꼈다. 그런데 결국 클리퍼드는 그 마수를 자신에게서 볼턴 부인에게로 옮겼다. 하지만 그는 그것을 모르고 있었다. 제정신이 아닌 사람이 대부분 그러하듯이 그의 광기란 자신이 모르고 있는 의식 내 광대한 사막 같은 곳에서 진행되고 있었던 것이다.

볼턴 부인은 여러 가지 면에서 감탄할 만한 여자였다. 하지만 볼턴 부인은 이상한 보스 기질을 가지고 있었으며 자기주장이 강한 여자였다. 그것 역시 현대 여성의 광기의 표시였다. 그녀는 자신이 지극히 헌신적이며 다른 사람을 위해 살고 있다고 생각하고 있었다. 한편 그녀는 클리퍼드에게 매혹되어 있었다. 클리퍼드가 마치 뛰어난 본능으로 볼턴 부인 자신의 의지를 좌절시킬 줄 아는 것 같았기 때문이었다. 그녀가 보기에 그는 자신보다 훨씬 뛰어나고 섬세한 의지를 지니고 있었고 그것을 관철시킬 줄 알았다. 바로 그 점이 그녀에게 매력적이었다. 이를테면 이런 식이었다.

"날씨가 참 좋네요. 휠체어를 타고 산책을 나가보지 않으실래요? 정말 화창한 날씨예요."

"그래요? 저기 책 좀 갖다 줄래요? 그리고 그 히아신스 좀 내다 놨으면 좋겠네."

"어머, 아름답지 않으세요?" 그녀는 아름답다는 단어에 유달리 힘을 주어 말했다.

"난, 저 냄새가 싫어요. 좀 우울한 것 같아."

"그러세요!" 그녀는 놀라서 소리쳤다. 좀 기분이 상한 것 같았지만 동시에 감동도 받았다. 히아신스 냄새가 우울하다니! 그녀는 방에서 히아신스를 내갔다. 그의 고상하며 까다로운 취미에 깊은 인상을 받은 것이다. 이제 볼턴 부인은 면도를 비롯해 그의 모든 일을 거의 다 도맡아 해주었다. 그에게 면도를 해줄 때 그녀의 표정은 거의 사랑에 가까울 정도로 부드럽게 변했다. 그리고 클리퍼드는 그녀에게 자신을 완전히 내맡겼다.

어느 날 볼턴 부인이 코니에게 말했다.

"남자란 바닥까지 내려가 보면 모두 어린 아이예요. 테버셜 탄갱으로 내려가는 사람들 중에 가장 난폭하다는 사람들을 다뤄본 적이 있어서 잘 알아요. 몸이 아파 돌봐주기라도 하면 전부 어린아이가 돼요. 그냥 몸집만 큰 어린아이예요. 남자들은 별 차이가 없어요."

볼턴 부인은 처음에는 클리퍼드 경 같은 진짜 신사에게는 뭔가 다른 점이 있다고 생각했다. 하지만 차츰 그의 바닥까지 내려가게 되자 그 역시 다른 남자들과 마찬가지로 어른 몸집을 한 어린아이에 불과하다는 것을 알게 되었다. 하지만 이 아이는 야릇한 기질을 지니고 있었으며 매너가 섬세했고 그것을 자유자재로 사용할 줄 알았다. 게다가 그녀가 감히 엄두도 낼 수 없는 신기한 지식을 지니고 있었다. 그 덕분에 그는 여전히 그녀를 마음껏 부릴 수 있었다.

한동안 저녁 10시 이후에는 부부가 함께 있기도 했다. 코니는 지루함을 참고 남편의 원고를 타자로 쳐주었다. 하지만 코니의 청에 의해 볼턴 부인이 타자를 배우게 되면서 그 일도 부인의 몫이 되었다. 이제 코니는 두통이 난다는 핑계로 저녁 식사 후 곧장 위층 자신의 방으로 올라가는 일이 잦아졌다. 그러면 볼턴 부인이 코니 대신 클리퍼드 곁에 머물렀고 클리퍼드는 그녀에게 카드놀이를 가르쳤다. 말하자면 클리퍼드는 그런 식으로 그녀를 교육시키고 있었다. 클리퍼드는 그 일이 즐거웠다. 그의 권력욕을 충족시켰기 때문이었다. 그녀는 짜릿한 전율을 느꼈다. 그녀는 차츰차츰 신사 계급이 알고 있는 모든 것, 그들을 상류 계급으로 만들어주는 모든 것들을—돈만 제외한다면—자신의 것으로 소유할 수 있게 된 것이다. 그것이 그녀를 흥분시켰다. 그리고 그와 동시에 그녀는 그가 자신을 곁에서 필요로 하게끔 만들었다. 그녀는 그 모든 것에서 전율을 느꼈고 그녀가 느끼는 전율은 그를 더욱 깊이 만족하게 만들었다.

코니에게는 클리퍼드가 점점 더 자신의 진짜 색깔을 드러내는 것 같았다. 약간 속되고 약간 평범하며 영감(靈感)이라고는 없는 다소 뚱뚱한 사내. 그렇지만 코니는 볼턴 부인이 클리퍼드를 향해 전율 비슷한 것을 느끼는 것을 보고 놀라지 않을 수 없었다. 그녀가 클리퍼드를 사랑하게 되었다고 말하는 것은 잘못이리라. 그녀는 상류 사회 남자, 작위가 있는 신사, 책과 시를 쓰는 작가, 사진이 신문에 실리는 사람과 가까이 접촉할 수 있다는 사실에 전율을 느끼고 있을 뿐이었다. 그녀는 이상한 열정에 사로잡혀 있었다. 그리고 그가 그녀에게 행해주는 교육은 그 어떤 연애 사건도 불러일으킬 수 없는 아주 깊은 흥분과 반응을 불러왔다. 사실은 둘 사이에 연애 사건이 일어날 수 없다는 바로 그 사실 덕분에 그녀는 그 무언가를 알아간다는 열정, 그가 아는 만큼 자신도 알아간다는 그 열정이 그녀의 골수까지 흥분하게 만들었던 것이다.

볼턴 부인이 그와 어떤 식으로건 사랑에 빠져 있다고 말하는 것은 틀린 게 아니다. 사랑이라는 단어를 우리가 어떤 식으로 강조해서 사용하건 말이다. 그녀는 아름답고 젊어 보였으며 그녀의 잿빛 눈은 매력적이었다. 동시에 그녀에게는 일종의 만족감이 보이지 않게 감돌고 있었다. 그것은 승리감이기도 했으며 사적인 만족감이었다.

어쨌든 클리퍼드가 그 여자에게 사로잡혀 있다는 것은 분명했다. 그녀는 그녀만의 집요한 방식으로 그를 숭배했고 자신의 모든 것을 다 바쳐 그를 섬겼으며 그가 좋아하는 것은 무엇이든 다 했다.

코니는 가끔 두 사람 사이에 오가는 긴 대화에 귀를 기울일 때가 있었다. 하지만 그것은 대화라기보다는 차라리 볼턴 부인이 혼자 들려주는 이야기였다. 그녀는 테버셜 마을에서 벌어지고 있는 일들에 대한 소문을 한바탕 늘어놓곤 했다. 하지만 그것은 소문 이상이었다. 그것은 그녀가 펼쳐놓고 있는 이야기이며 작품이기도 했다. 중요한 것은 코니와 클리퍼드가 그녀의 이야기를 듣고 테버셜 마을에 대해 새로운 것들을 알게 되었다는 사실이다. 그 이야기가 코니에게는 가까운 테버셜 마을의 이야기라기보다는 중앙아프리카의 어느 밀림 지대에서 벌어지고 있는 일 같았다.

"올소프 양이 지난 주 결혼했다는 이야기는 들으셨지요? 아직 못 들으셨어요?"

그녀는 그렇게 말문을 꺼낸 후 올소프 양의 가족에 관한 이야기, 주변 이야기를 길게 늘어놓았으며 중간 중간 논평을 잊지 않았다. 소설 작가인 클리퍼드는 그녀의 이야기를 들으며 자기 소유 마을에 대해 새로운 인식을 갖게 되었다. 아니, 이 마을이 늘 이렇게 자신을 위협하고 있었단 말인가! 이제껏 그냥 안정되어 있다고 생각해 오지 않았는가? 그런데 지금은?

그녀의 긴 이야기가 끝나자 그가 궁금해서 물었다.

"그곳 사람들 중에 사회주의자나 볼셰비즘에 빠진 자들은

제9장

143

많지 않은가?"

"어머, 누가 그런 소리 하는 걸 들으셨나요?" 그녀가 즉각 대답했다. "하지만 테버셜에서 빚에 허덕이는 건 여자들뿐이에요. 남자들은 그저 태평으로 지낼 뿐이지요. 테버셜 사람들을 빨갱이로 생각하시면 안 돼요. 그러기에는 점잖은 사람들이니까요. 젊은이들이 가끔 허튼 소리를 하곤 하지요. 하지만 진짜로 속이 그런 건 아니에요. 그저 술 마실 돈이나 셰필드로 놀러 갈 돈이 궁해서 하는 소리이지요. 빨갱이들 소리에 가끔 귀를 기울이는 사람도 있지만 진짜로 믿는 사람은 없어요."

"그렇다면 위험하지 않다는 말이오?"

"그럼요. 절대로 위험하지 않아요. 하지만 불경기가 오래 계속되면 젊은이들이 어떻게 변할지 모르는 일이에요. 그렇지만 사회주의자가 될 머리도 없어요. 그걸 진지하게 받아들일 진정성도 없어요."

그 말을 들으면서 코니는 하층 계급도 다른 계급과 정말로 다를 바 없구나, 라고 생각했다. 테버셜이건 메이페어건 켄싱턴이건 다 똑같아. 그러고 보면 오늘날에는 오로지 한 계급밖에 없어. '돈돌이'들 뿐이야. '돈돌이'와 '돈순이.' 차이가 있다면 돈을 얼마나 갖고 있느냐, 돈을 얼마나 갖고 싶어 하느냐에 있을 뿐이야.

볼턴 부인의 영향을 받아 클리퍼드는 테버셜 탄광에 대해 새로운 관심을 갖게 되었다. 그는 자신이 그 탄광에 속한 사람이라고 느끼기 시작했다. 일종의 자기 확신이 그에게 다시 형성된 것이다. 어쨌든 그는 테버셜의 진정한 주인이었으며 그 자신이 바로 탄광이었다. 그것은 권력에 대한 새로운 감각이었다. 그 감각은 이제까지 두려움 때문에 위축되어 있었다.

테버셜 탄광은 쇠퇴일로를 걷고 있었다. 이제는 두 개의 탄갱만이 남았다. 테버셜과 뉴런던 탄갱이었다. 테버셜은 한때 유명한 탄광이었고 막대한 수익을 올렸었다. 하지만 전성기는 지났다. 뉴런던은 애당초 풍요로운 탄광이 못 되었고 겨우 현상유지만 하고 있었다. 하지만 지금은 불경기였고 뉴런던 같은 탄광은 폐쇄할 수밖에 없었다.

"많은 테버셜 사람들이 스택스게이트나 화이트오버로 옮겨 갔어요." 볼턴 부인이 말했다. "스택스게이트 공장을 한번 보신 적이 있나요? 전쟁 후에 새로 열었는데, 최신식이에요. 한번 가 보세요. 탄갱 입구에 커다란 화학 공장이 있는데 탄갱처럼 보이지도 않아요. 땅에서 캐내는 석탄보다는 그 공장에서 생산되는 부산물들이 더 수입이 많대요. 그 공장에서 일하는 사람들이나 광부들은 이곳 사람들보다 훨씬 잘 살고 있어요. 이러다가 테버셜 탄광이 문을 닫게 되면 어떻게 되겠어요? 제가 처녀 때만 해도 우리나라에서 최고였는데 지금은 모두 가라앉는 배라며 도망칠 궁리들을 하고 있어요. 물론 최신식 기계로 바꾼 곳으로 떠나려 하지 않는 사람들도 많아요. 인간이 하던 일을 대신하는 저 채굴기계들을 '철인(鐵人)'이라고 부르며 덮어놓고 무서워하지요. 하지만 저쪽 사람들은 기계화되면 오히려 사람들 일자리가 많아진다고 선전해요. 불과 3마일밖에 안 떨어진 곳에서 그런 소리가 들린단 말이에요. 정말이지 테버셜 탄광이 폐쇄되면 어떻게 되겠어요? 생각만 해도 끔찍하답니다."

볼턴 부인의 이야기는 클리퍼드에게 새로운 투지를 불러 넣어주었다. 그의 수입은 물론 안정적이었다. 부친이 투자한 트러스트에서 대단하지는 않더라도 일정 수입이 있었다. 따라서 탄광은 그의 관심 밖이었다. 그가 포획하고자 하는 세계는 다른 세계였다. 바로 문학과 명성의 세계였다. 인기의 세계였지 노동의 세계는 아니었다.

이제 그는 인기의 세계에서의 성공과 노동의 세계에서의 성공을 구분할 줄 알게 되었다. 그것은 쾌락을 추구하는 대중과 노동하는 대중 사이의 차이와 같았다. 그는 사적인 개인으로서 쾌락을 추구하는 대중을 위해 이야기를 만들어서 제공했다. 그리고 그는 성공했다. 하지만 쾌락을 추구하는 대중의 밑바닥에는 노동하는 대중이 있었다. 냉혹하고 더럽고 다소 무시무시한 대중이! 그들에게도 공급자가 필요했다. 그리고 노동하는 대중에게 그 무엇을 제공하는 일은 즐거움을 추구하는 대중에게 그 무언가를 제공하는 일보다 훨씬 냉혹한 일이었다. 그가 스토리를 쓰며 세상에서 잘 지내는 동안에 테버셜은 궁지에 빠져 가고 있었다.

그는 이제 성공이라는 암캐-신이 두 개의 중요한 입맛을 갖고 있음을 알게 되었다. 그중 하나는 작가와 예술가들이 그 암캐-신에게 바치는 아첨과 찬양, 애무와 아양이었다. 하지만 고기와 뼈를 원하는 보다 냉혹한 다른 입맛도 있었다. 그리고 암캐-신을 위한 고기와 뼈는 산업에서 돈을 버는 사람들이 제공하고 있었다.

그렇다, 암캐-신에게 먹이를 바치려고 으르렁거리며 싸우는 개들도 두 그룹이 있었다. 그중 하나는 아첨꾼 그룹으로서 오락거리와 이야기와 영화와 연극을 제공했다. 다른 한 그룹은 그보다 덜 화려하고 야만적인 종족으로서 그녀에게 고기, 즉 돈이라는 보다 현실적인 실체를 제공하고 있었다. 그리고 전자들의 싸움은 필수품인 혈육을 공급하는 수캐들 사이에서 벌어지는 후자들의 무언의 혈투에 비하면 아무것도 아니었다.

클리퍼드는 볼턴 부인의 영향을 받아 이 또 다른 싸움, 산업 생산이라는 보다 야수적인 방법을 통해 암캐-신을 사로잡는 싸움에 뛰어들고 싶어졌다. 그는 불끈 마음을 다잡았다. 어떤 점에서 보면 볼턴 부인은 그를 남자로 만든 것이었으며, 그것은 코니가 결코 해본 적이 없는 일이었다.

클리퍼드는 자진해서 탄광에 가보았다. 그는 운반기를 타고 갱내로 내려가기까지 했다. 전쟁 전에 배워서 알고 있었지만 새까맣게 잊고 있던 것들이 되살아났다. 그는 별로 말이 없었지만 머릿속은 이미 활발하게 활동을 개시하고 있었다.

그는 탄광 산업에 대한 기술서적들을 다시 읽기 시작했고, 정부 보고서도 연구했으며 독일어로 쓰인 최신 채탄법과 석탄을 원료로 한 화학 산업에 대한 서적도 읽었다. 일단 산업 기술 과학에 관한 책들에 빠져들자 그것들은 미술이니 문학이니 하는 그 빈약한 정서적 산물들보다 훨씬 재미가 있었다. 이 분야의 사람들은 발견과 발명을 하겠다는 영감에 사로잡혀 마치 신이나 악마와 다름없이 되어 있었다. 이 활동 분야에서 인간들은 이미 측정 불가능한 정신적 연령에 도달해 있었다. 그렇게 자력으로 성장한 인간들이 정서적이고 인간적인 분야에서는 열세 살 정도의 연약한 수준에 머물러 있음을 클리퍼드는 알고 있었다. 그 격차가 너무나 어마어마하게 컸다. 하지만 그는 이제 그런 것 따위에는 아무 관심이 없었다. 그는 오로지 현대 탄광업에 대해서만, 테버셜을 궁지에서 구해내는 데만 몰두해 있었다.

그는 매일 탄갱에 내려갔고 연구에 몰두했다. 그리고 총지배인과 기술자들에게 매일 매일 그들이 꿈에서조차 생각지도 않던 난문제를 퍼붓기 시작했다. 권력! 그는 새로운 권력의 느낌이 자신에게 흘러넘치는 것을 느꼈다. 이 모든 사람들, 수백 수천의 광부들을 지배하는 권력! 그는 그것을 발견하고 있었다. 그는 이내 모든 상황을 수중에 장악해 갔다.

그는 완전히 되살아난 것 같았다. 그는 격리된 개인 생활 속에서 예술가로서 서서히 자멸해가고 있었다. 이제 그는 과거의 자신과 완전히 결별했다. 마치 새로운 생명이 석탄에서, 탄갱에서 밀려오는 것 같았다. 갱내의 더럽고 탁한 공기가 그에게 신선한 산소보다 더 좋았다. 그는 무언가 하고 있었다. 그는 무언가 하려 하고 있었다. 그는 이기려 하고 있었다. 그것은 적의를 자양분 삼아 에너지를 고갈시키면서 지어내는 이야기를 통해,

그 인기를 통해 얻으려는 승리 따위와는 달랐다. 그것은 바로 한 사내로서의 승리였다.

그는 우선 모든 것은 전기 문제에 달려 있다고 생각했다. 이어서 그는 최근 독일인이 발명한 자동 연료 보급 기관차에 주목했다. 그리고 실험에 착수했고 화학에 재능이 있는 젊은이를 조수로 채용했다.

그는 승리한 기분이었다. 그는 드디어 자신으로부터 탈피했다. 자신으로부터 탈피한다는 평생 소망을 이룬 것이었다. 예술은 그런 것에 아무런 도움도 되지 못했다. 아니, 오히려 악화시켰을 뿐이었다. 그런데 이제, 바로 이제 그는 그것을 이루어냈다.

그는 자신의 뒤에 볼턴 부인이 있음을 의식하지 못하고 있었다. 그는 자신이 그녀에게 얼마나 의지하고 있는지 모르고 있었다. 그럼에도 불구하고 그가 그녀와 함께 있을 때면 그의 목소리가 거의 속되다고 할 만큼 친근한 어조로 변한다는 사실만은 너무나 분명했다.

그는 코니와 함께 있을 때면 다소간 경직되었다. 그는 그녀에게 빚을 지고 있음을 느꼈으며 바로 그 때문에 그녀가 겉으로 자신에게 존경하는 태도를 보이는 한 마찬가지로 극도의 존경과 배려를 보여주었다. 그러나 그가 남몰래 그녀를 두려워하고 있음은 분명했다. 그에게 새로운 아킬레우스의 건(腱)이 생긴 것이며 그의 아내, 즉 코니 같은 여자는 거기에 치명상을 입힐 수 있었다. 그는 그녀에게 거의 비굴할 정도로 두려움을 품었으며 그녀에게 극도로 잘해주었다. 하지만 그녀를 향해 말을 걸 때면 그의 목소리는 긴장되었으며 그녀 앞에서는 점점 더 침묵하게 되었다.

볼턴 부인과 단둘이 있을 때만 그는 진정으로 자신이 정복자나 지배자인 듯 느낄 수 있었고 그럴 때라야 그는 청산유수처럼 술술 이야기를 풀어나갈 수 있었다. 그리고 그는 마치 어린애처럼, 정말로 자신이 어린애가 된 것처럼 그녀에게 수염을 깎게 하고, 온몸을 씻게 했다.

제10장

이제 코니는 혼자 있는 시간이 많아졌다. 래그비를 찾아오는 사람들의 숫자도 현저히 줄었다. 무엇보다 클리퍼드가 그들을 원치 않았다. 그는 오랜 친구들로부터도 등을 돌렸다. 그는 비싼 값에 라디오를 사들이고 즐겨 귀를 기울였다. 그는 불편한 영국 중부에 있으면서도 라디오를 통해 마드리드나 프랑크푸르트에 가 있을 수 있었다.

클리퍼드는 산업 활동이라는 불가사의한 것에 빠져 있었다. 속은 말랑말랑해진 채 겉은 딱딱한 껍질에 싸인 게나 새우처럼 갑각류 무척추동물이 되어버린 것이다. 겉은 기계처럼 강철 같은 것으로 싸여 있으면서도 안은 부드러운 과육과도 같은 존재, 현대 산업 사회와 같은 존재가 된 것이다.

하지만 그는 결코 코니를 자유롭게 해주지 않았다. 그녀를 놓치고 싶지 않았기 때문이었다. 그는 혹시 그녀가 자신을 버리지 않을까 하는 공포심에 사로잡혀 있었다. 딱딱한 껍질 속의 부드러운 부분, 정서적이고 인간적이며 개인적인 그 부분이 마치 어린아이처럼, 혹은 백치처럼 그녀에게 매달려 있었다. 그녀는 채털리 부인으로서, 자신의 아내로서 래그비에 있어야만 했다. 그는 탄광 업무에 있어서는 빈틈없는 능력을 보여주었지만 가정생활에 대해서는 거의 백치가 되었던 것이다. 코니는 그런 클리퍼드가 소름끼치도록 싫었다.

어느 날 코니가 클리퍼드에게 물은 적이 있었다.

"여보, 당신 정말 언젠가 제가 아이를 갖기를 원하세요?"

클리퍼드는 불안한 시선으로 그녀를 바라보며 말했다.

"나를 향한 당신의 애정에 변함이 없다면 아무 상관없어. 하지만 그로 인해 당신의 애정이 변한다면 나는 반대할 거야. 당신이 있으면 그 아이는 내 자식일 수 있어. 하지만 당신이 없으면 나 자신이 아무것도 아니게 될 거야. 당신은 내 우상이야. 나는 오로지 당신을 위해서, 당신의 미래를 위해서 살고 있어."

코니는 그 말을 듣고 낙담과 혐오감이 깊어갈 뿐이었다. 그것은 인간존재에게 독이 되는 으스스한 반(半)진리 같은 말이었다. 정신이 제대로 박힌 사람이라면 어떻게 여자에게 그런 말을 할 수 있단 말인가! 명예심을 조금이라도 지닌 남자라면 어찌 이런 무시무시한 삶의 짐을 여자에게 지운 채, 여자를 공허 속에 내버려둘 수 있단 말인가!

게다가 자기와 그런 대화를 나눈 지 채 반 시간도 되지 않아 볼턴 부인을 향하여 마치 반은 정부(情婦)이고 반은 유모인 여자에게 이야기하듯 말을 건네는 그의 목소리를 코니는 들어야만 했다. 집 안에서 사업 상 중요한 손님을 맞게 되어 있어서 그녀가 야회복을 입혀주고 있었던 것이다.

사실상 클리퍼드와 코니 사이에는 아무것도 없었다. 최근에는 둘 다 서로의 손을 잡아주는 일도 없었다. 그런데도 내가 우상이라니! 내가 없다면 자신이 아무것도 아니라니! 그것은 극도의 무기력에서 나오는 잔인한 말이었다. 그녀는 자신의 머리가 어떻게 되어버리든지, 아니면 죽어버리든지 둘 중 한 가지 길밖에 없다고 느꼈다.

그녀는 가능한 한 자주 숲속으로 도피했다. 어느 날 저녁 그녀가 생각에 잠겨 '존의 우물'가에 앉아 샘물이 차디차게 솟아오르는 것을 우두커니 바라보고 있을 때였다. 사냥터지기가 그녀에게 성큼성큼 다가왔다.

"열쇠를 가져 왔습니다, 부인!" 그가 절을 꾸벅하면서 열쇠를 내밀었다.

"정말 고마워요." 그녀가 놀라며 말했다.

"오두막 안이 지저분합니다. 치우느라고 치우긴 했습니다만."

"폐를 끼치고 싶지 않았는데!"

"폐는 무슨 폐를! 일주일 정도 암컷들에게 알을 품게 해야 합니다. 아침저녁으로 돌봐야 하지만 될 수 있는 한 부인에게 방해가 되지 않도록 하겠습니다."

"무슨 방해가 된다고. 오히려 내가 방해가 된다면 오두막에 가지 않을래요."

이후 코니는 아침이고 저녁이고 자주 오두막에 찾아갔다. 하지만 그는 그곳에 없었다. 일부러 그녀를 피하는 것이 분명했다. 그는 자신의 사생활을 지키고 싶어 했다. 오두막은 깨끗하게 정리 정돈되어 있었고 어디에도 그의 흔적은 없었다. 그는 바깥 공터 옆에 새들의 은신처를 만들고 지붕 아래 다섯 개의 꿩 우리를 만들어 놓았다. 어느 날 그녀가 그곳에 갔을 때 갈색 암탉 두 마리가 사납게 경계하는 자세로 우리 안에서 꿩들의 알을 품고 앉아 있었다. 알을 품고 있는 암컷으로서의 열기에 깊이 잠겨서 자랑스럽게 깃털을 부풀리고 있는 모습이었다. 그 모습을 보고 코니의 가슴이 찢어지는 것 같았다. 자신은 버림받고 쓸모없는 존재였으며 결코 여자라고 할 수 없는, 두려운 존재일 뿐이었다.

모든 우리 안에는 암컷들이 알을 품고 있었다. 코니는 매일 암탉들에게 가서 모이도 주고 물도 주었다. 그것만이 그녀의 마음을 따뜻하게 해주는 이 세상 유일한 즐거움이었다. 클리퍼드의 목소리도, 볼턴 부인의 목소리도, 사업상 찾아온 손님들의 목소리도 그녀를 얼어붙게 만들 뿐이었다. 그뿐 아니라 마이클리스가 가끔 보내오는 편지도 똑같이 오한을 느끼게 했다. 더이상 이런 식으로 지내다가는 죽어버릴 것만 같았다.

하지만 봄이었다. 숲속에 초롱꽃이 피기 시작했으며 개암나무 잎 봉우리가 마치 녹색 빗방울처럼 싹트고 있었다. 봄이 되었건만 모든 것들이 차갑게 얼어붙어 있었으니 이 얼마나 무서운 일이란 말인가! 오로지 암탉들만이 신비롭게 깃털을 부풀린채 모성애로서 알을 따뜻하게 품고 있었으니! 코니는 마지 자신이 실신 일보 직전의 상태에서 살아가고 있는 것만 같았다.

그러던 어느 화창한 날 오후였다. 개암나무 밑에서 앵초들이 무리지어 꽃을 피웠고 오랑캐꽃이 길가에 흐드러지게 피어 있었다. 코니는 꿩 사육장으로 가보았다. 코니는 매혹당하고 말 았다. 귀여운 병아리들이 삐악삐악 소리 내며 돌아다니고 있었 던 것이다. 코니는 몸을 웅크리고 일종의 황홀경에 빠져 그 모 습을 바라보았다. 생명, 생명이었다! 순수하고 생생하며 두려 움을 모르는 새로운 생명! 오, 새로운 생명! 저토록 작으면서도 아무 두려움이 없다니!

코니는 매혹되었다. 그리고 그와 동시에 여성이라는 존재로 서의 자신의 쓸쓸함을 그토록 뼈저리게 느껴본 적이 없었다. 도저히 참아낼 수가 없었다. 이제 그녀 안에는 오로지 한 가지 욕망밖에 존재하지 않게 되었다. 숲속의 공터로 가는 것! 나머 지는 그저 고통스러운 꿈일 뿐이었다.

어느 날 저녁 드디어 그 욕망이 폭발했다. 차 마시는 시간이 끝나자 그녀는 손님이 있건 없건 집을 빠져 나왔다. 늦은 시각 이었다. 그녀는 누가 뒤에서 부를까봐 겁을 내듯 허둥지둥 장 원을 지나 달려갔다. 그녀가 숲에 들어섰을 때 해는 장밋빛으 로 빛나며 서쪽으로 기울고 있었다. 그녀는 꽃들 사이를 마구 달렸다.

그녀는 얼굴이 붉게 물든 채 거의 무의식적으로 공터에 도착 했다. 사냥터지기가 그곳에 있었다. 그는 병아리들이 밤새 무사

하도록 꿩 우리를 돌아보고 문을 닫는 중이었다.

"병아리들을 보러 왔어요." 코니는 약간 숨을 헐떡이면서 마치 사냥터지기를 무시하듯 곁눈으로 흘낏 바라보며 말했다.

"더 낳았어요?"

"모두 서른여섯 마리입니다. 괜찮은 숫자입니다."

코니는 우리 앞에 쪼그리고 앉았다. 세 마리의 병아리가 그녀 앞에서 종종거리고 있었다.

"한번 만져보았으면."

그러자 사냥터지기가 그녀 곁에 쪼그리고 앉더니 우리 안으로 손을 들이밀어 어미가 손을 쪼는 데도 불구하고 병아리 한 마리를 잡아냈다.

"자, 여기요!" 그가 그녀에게 손을 내밀며 말했다. 코니는 황갈색의 작은 병아리를 두 손에 받았다.

"아이, 귀여워라. 정말 깜찍해!" 그녀가 조용히 말했다. 사냥터지기는 그녀 옆에 그대로 쪼그리고 앉아 있었다. 그때 그녀의 손목에 눈물 한 방울이 떨어지는 것이 보였다. 그는 자리에서 일어나 다른 우리가 있는 곳으로 걸어갔다. 영원히 다시 찾아오지 않았으면 하고 바라던 허리께의 불꽃이 솟구쳐 오르는 것을 의식했던 것이다. 그는 코니에게서 등을 돌리고 그 불꽃을 잠재

우려고 애썼다. 하지만 그 불꽃은 결코 사라지지 않았다.

그는 다시 그녀에게로 돌아갔다. 그녀는 여전히 쪼그려 앉은 채 병아리를 우리 쪽으로 내밀고 있었다. 병아리를 어미에게 돌려보내기 위해서였다. 그는 자신도 모르게 그 옆에 쪼그리고 앉아 병아리를 받아 우리 안으로 들여보냈다. 그의 허리 부근에서 더 세찬 불꽃이 일었다.

그는 코니를 슬쩍 바라보았다. 그녀는 고개를 돌리고 울고 있었다. 그는 손을 들어 그녀의 무릎 위에 놓으며 부드럽게 말했다.

"울지 말아요."

그녀는 두 손에 얼굴을 묻었다. 가슴이 터질 것만 같았다. 더 이상 무슨 일이 있어도 상관없을 것 같았다.

그는 코니의 어깨에 손을 얹었다. 그리고 그의 손길이 천천히 부드럽게 등의 곡선을 따라 내려가다가 거의 맹목적으로 쪼그리고 앉은 그녀의 허리께를 애무했다.

그는 조용히 그녀의 팔을 붙잡아 일으키고는 천천히 오두막 안으로 이끌었다. 그는 의자와 탁자를 옆으로 치우더니 도구 상자에서 군대용 갈색 담요를 꺼내어 천천히 바닥에 깔았다. 코니는 꼼짝 않고 서서 그의 얼굴을 흘낏 바라볼 뿐이었다.

제10장

159

그의 얼굴은 마치 운명에 몸을 맡기기라도 한 듯 아무 표정 없이 창백할 뿐이었다.

"여기 누우세요." 그는 부드럽게 말한 후 문을 닫았다. 방 안은 무척 어두웠다. 코니는 이상하게도 그가 시키는 대로 담요 위에 누웠다. 이윽고 그녀는 어찌할 수 없는 욕망에 사로잡힌 손길이 그녀의 몸과 얼굴을 부드럽게 더듬는 것을 느낄 수 있었다.

그녀는 얌전히 누워 있었다. 마치 잠을 자고 있거나 꿈을 꾸고 있는 것 같았다. 그의 손이 그녀의 옷 사이를 어색하게 더듬는 것을 느끼자 그녀는 몸을 떨었다. 그는 아주 천천히, 그리고 조심스럽게 그녀의 실크 옷을 가만가만 끌어당겨 그녀의 발치에 떨어뜨렸다. 이루 말할 수 없는 야릇한 기쁨에 젖어 그는 그녀의 부드럽고 따뜻한 몸을 애무했고 그녀의 배꼽에 입을 맞추었다. 이어서 그는 단번에 그녀 안으로, 그녀의 부드럽고 조용한 몸의 지극한 평화 속으로 들어가야 했다. 여자의 몸속으로 들어가는 그 순간은 그에게는 순수한 평화의 순간이었다.

그녀는 여전히 잠에 취한 듯 가만히 누워 있었다. 활동도, 절정도 모두 그의 것이었다. 코니는 더 이상 스스로 노력할 수 없었다. 그가 그녀의 몸을 강하게 껴안은 것도, 맹렬한 그의 몸짓도, 그의 씨가 그녀 안에 뿌려진 것도 모두 일종의 잠이었다. 그가 모든 것을 끝내고 숨을 헐떡이며 그녀의 가슴에 얼굴을 묻을 때까지도 그녀는 잠에서 깨어나지 않았다.

그러자 그녀는 의아해했다. 왜지? 라고 그녀는 아주 희미하게 의아해했다. 왜 이런 게 이렇게 필요한 걸까? 왜 이런 게 자신에게서 구름을 걷어내고 평화를 주지? 이게 과연 현실일까? 정말 현실일까?

사내는 신비하게도 얌전히 누워 있었다. 무엇을 느끼고 있을까? 무슨 생각을 하고 있을까? 그녀는 알 수 없었다. 그는 그녀에게 낯선 남자였고 그녀는 그에 대해 아는 것이 없었다. 그녀는 단지 기다려야만 했다. 그 신비스러운 정적을 깰 엄두가 나지 않았기 때문이었다.

드디어 그가 몸을 일으켰다. 그는 어둠 속에서 그녀의 옷을 무릎까지 끌어올리고는 가만히 있었다. 이윽고 그는 자신의 옷을 입는 것 같더니 문을 열고 밖으로 나갔다.

코니는 재빨리 일어나 옷을 입었다. 그리고 오두막 문 쪽으로 걸어갔다. 숲속은 거의 어두울 정도였다. 머리 위 하늘은 수정처럼 맑았지만 하늘에 거의 빛은 없었다. 희미한 어둠 속에서 그가 그녀에게 다가왔다.

제10장

161

"가실까요?" 그가 말했다.

"어디로요?"

"숲 입구까지 바래다 드리겠습니다."

그는 오두막 문단속을 한 후 그녀의 뒤를 따라왔다.

"후회하시는 건 아니지요?" 그녀 곁으로 온 그가 물었다.

"아니, 아니에요. 당신은?"

"아닙니다. 절대 아닙니다." 그가 말했다. 이어서 잠시 후 그가 덧붙였다. "하지만 뒷일들이……."

"뒷일들이라니요?"

"클리퍼드 경도 그렇고 다른 사람들 말입니다. 말썽거리가 될지도."

"왜 말썽거리가 된다는 거지요?" 그녀가 실망한 어조로 말했다.

"늘 그런 법입니다. 부인만 아니라 제게도. 늘 그런 게 있습니다. 어쨌든 저는 새로 시작한 셈입니다."

"뭘요?"

"삶 말입니다."

"삶!" 그녀가 이상한 전율을 느끼며 되받았다.

"네, 삶입니다. 깨끗하게 끊을 수는 없습니다. 그건 죽는 거나 마찬가지이니까요. 그래서 새 삶을 시작한다고 할 수밖에 없습니다."

이윽고 둘은 헤어졌고 코니는 장원을 가로질러 저택으로 돌아왔다.

한편 코니와 헤어진 멜러즈는 어두운 숲속을 거닐며 생각에 잠겼다. 그는 무한한 애정을 가지고 코니를 생각했다. 오, 버려진 여자! 그녀는 그녀 자신이 생각하는 것보다 훌륭한 여자였다. 그녀가 지금 접촉하고 있는 저 거친 사람들보다 훨씬 훌륭한 여자였다. 그녀는 현대 여성처럼 금속성을 지닌 단단한 존재가 아니었다. 그녀는 저 길가의 히아신스처럼 다치기 쉬운 연약한 존재였다. 그 사람들이 그녀를 파멸시키리라!

그는 개를 데리고 자신의 오두막으로 돌아와 난로에 불을 지피고 저녁을 먹은 후 맥주를 마시며 그녀에 대해 다시 곰곰이 생각했다.

사실을 말하자면 그는 좀 전의 일을 후회하고 있었다. 무엇보다 그녀를 생각하는 마음에서였다. 그는 부정(不貞)이니 죄악이니 하는 감정 때문에 후회하고 있는 것이 아니었다. 그는 그런 것 때문에는 조금도 양심의 가책을 느끼지 않았다. 그는 양심이라는 것은 주로 사회에 대한 두려움이나 자기 자신에 대한 두려움을 의미한다는 것을 알고 있었다. 그는 자기 자신을 두려워하지 않았다. 하지만 그는 사회는 분명히 두려워하고 있었다. 그는 사회가 악의를 지니고 있다는 것을, 반쯤 미친 짐승이라는 것을 본능적으로 알고 있었다. 오, 그 악의와 미친 짐승과 손을 잡고 함께 싸워줄 사람이 한 명이라도 있다면! 하지만 모든 인간은 저 바깥 세계에 있었다. 이 자연이 아니라 사물들 속에서 영광을 찾으면서, 기계화된 탐욕이나 탐욕스러운 메커니즘의 거센 물결 속에서 승리를 거두거나 짓밟히면서.

한편 코니가 집으로 돌아와 초인종을 누르니 볼턴 부인이 문을 열어주었다. 집에는 탄광 지배인인 릴리 씨가 손님으로 와 있었고 남편 클리퍼드는 릴리 씨와 이야기 중이었다. 그녀는 그대로 자기 방으로 올라갔다. 방으로 들어서자 그녀는 모든 것이 애매하고 혼란스럽게 여겨졌다. 무슨 생각을 해야 하는지조차 알 수 없었다. 그는 실제로 어떤 사람일까? 정말 자기를 좋아하는 걸까? 별로 그런 것 같지 않았다. 물론 그는 친절하고 따뜻했다. 하지만 모든 여자에게 그런 게 아닐까? 그렇더라도 이상하게 마음을 달래준 것은 사실이었다. 그리고 무엇보다 그는 건전하고 정열적이었다. 하지만 그건 분명 자기에게만 그런 것이 아니리라. 그에게 자기는 하나의 암컷일 뿐이다.

하지만 아마도 그게 훨씬 나았다. 결국 그는 코니 자신 내부의 암컷에게 친절했던 것이다. 이제까지 아무도 그런 적이 없었다. 남자들은 그녀라는 인격에 대해서는 친절했지만 암컷으로서의 자신은 멸시하거나 무시하면서 잔인하게 대했다. 남자들은 콘스탄스 리드나 채털리 부인에게는 더없이 친절하다. 하지만 그녀의 자궁에 대해서는 친절하지 않다. 그런데 그는 콘스탄스니 채털리 부인이니 하는 것에 대해서는 조금도 신경 쓰지 않았다. 그는 오로지 부드럽게 그녀의 허리와 가슴을 애무했을 뿐이다.

다음 날 낮에 코니는 다시 숲으로 갔다. 하지만 그를 만날 수 없었다. 오후에는 이슬비가 내렸다. 그날 저녁 코니는 보랏빛 비옷을 걸치고 옆문을 통해 살그머니 집에서 빠져나갔다.

공터에는 아무도 없었다. 병아리들도 어미 품으로 기어들어가 있었다. 코니는 오두막 문을 열고 안으로 들어갔다. 그녀는 입구의 걸상에 앉았다. 천지가 죽은 듯 고요했다. 가랑비는 마치 안개처럼 소리 없이 조용히 내리고 있었고 바람 소리도 들리지 않았다. 나무들은 마치 강력한 존재인 양 어슴푸레하게 말없이, 하지만 아주 생생하게 우뚝 서 있었다. 오, 모든 것들이 어둠 속에 살아 있었으니!

밤이 다가오고 있었다. 그녀는 일어나서 가려고 했다. 그가 자신을 피하고 있는 것이 분명했다. 그때 갑자기 마치 운전기사처럼 검은 방수 재킷을 입은 그가 큰 걸음으로 공터에 나타났다. 그는 코니를 흘낏 바라보고는 가볍게 고개를 숙였다. 이어서 그는 꿩 사육장으로 가서 일일이 주의 깊게 살펴보며 확실하게 문단속을 했다.

이윽고 그가 천천히 코니를 향해 다가왔다. 그녀는 여전히 걸상에 앉아 있었다. 그는 현관 앞에 멈춰 섰다.

"오셨군요." 그는 약간 사투리 억양을 섞어 말했다.

"네." 그녀가 그를 올려다보며 말했다. "늦었군요."

그녀가 천천히 몸을 일으키며 걸상을 옆으로 치웠다.

"들어오지 않을래요?"

"이렇게 매일 오시믄 남들이 뭐라 하지 않겠능교?"

"아무도 몰라요."

"은젠가는 알게 될 깁니다. 생각해 보시랑께. 하인인 지가 상대인 걸 알게 되믄 을매나 챙피하겠는가요?"

그녀는 그를 빤히 올려다보았다. 그녀가 더듬더듬 말했다.

"그렇다면, 나를, 나를……. 원치 않는다는 말이에요?"

"아니, 그냥 사람들이 안다믄……. 클리퍼드 경께서……."

"그렇다면 집을 나가 버릴 거예요."

"으디로?"

"어디든! 내게는 내 돈이 있어요. 어머니가 내 몫으로 2만 파운드를 신탁해 놨어요. 클리퍼드도 손을 대지 못하는 돈이에요. 나는 어디든 갈 수 있어요."

"하지만 제가 사냥터지기라는 걸 잊지 말아요. 내가 신사인 것과는 달라요. 틀림없이 마음에 걸릴 겁니다." 그는 어느새 표준 영어를 쓰고 있었다.

"내가 귀부인이라서 신경을 쓴다고요! 나는 그런 걸 증오해요. 사람들이 그런 말을 할 때마다 나를 조롱하는 것 같아요. 당신도 지금 나를 조롱하고 있는 거예요."

"제가요!"

그는 처음으로 그녀의 얼굴을, 그녀의 눈을 똑바로 바라보았다.

"저는 당신을 조롱하고 있지 않습니다. 그래, 그런 위험을 감수하겠다는 겁니까? 잘 생각해 봐요. 나중에 후회하면 이미 늦습니다."

그의 목소리에는 이상하게 애원과 충고가 섞여 있었다.

"난 잃을 게 없어요." 그녀가 마치 화라도 난 듯 말했다. "오 히려 잃는 게 더 기쁜 일이야. 당신은 겁이 나는 거예요?"

"그래요!" 그가 짧게 대답했다. "두렵습니다. 이런저런 게 두 렵습니다."

"어떤 건데요?"

"여러 가지! 여러 사람들! 많은 것들!"

그러더니 그는 허리를 굽혀 갑자기 슬픈 표정을 짓고 있는 그녀의 얼굴에 키스를 퍼부었다.

"그래요, 상관 안 해요! 아무러면 어떻겠어요. 하지만 당신이 후회한다면……!"

"나를 내치지 말아요." 그녀가 애원했다.

그는 손가락을 그녀의 뺨으로 가져가더니 다시 그녀에게 키 스를 퍼부었다.

그는 문을 닫더니 램프 불을 켰다. 그는 조심스럽게 담요를 접어 그녀의 머리에 받쳐주었다. 그는 잠시 걸상에 앉아 있더 니 그녀를 끌어당기고는 한 팔로 그녀를 껴안고 다른 팔로 그 녀의 몸을 더듬기 시작했다. 그녀의 페티코트가 벗겨지고 알몸 이 드러났다.

"오, 당신 몸을 만지니 너무 좋아요!" 그가 손가락으로 그녀의 허리와 엉덩이의 섬세하고 따뜻하면서 은밀한 피부를 애무하면서 말했다. 그는 자신의 얼굴을 그녀의 복부와 넓적다리에 몇 번이고 몇 번이고 비볐다. 코니는 그게 그에게 왜 그렇게 황홀한 일인가 잠시 의아했다. 그녀는 그가 그녀에게서 발견한 아름다움을 이해하지 못했다. 그녀의 살아 있는 신비스러운 몸을 만지면서 발견한 그 아름다움, 거의 황홀하다고 할 만한 그 아름다움을! 오로지 정염만이 그것을 알아차릴 수 있다. 정염이 죽어버렸을 때면 그 아름다움이 주는 엄청난 감동을 이해할 수 없으며 심지어 약간 비열해 보이기도 한다. 눈으로 보는 아름다움보다 훨씬 깊은, 접촉을 통한 생생한 아름다움!

그녀는 그의 뺨이 자신의 넓적다리와 하복부로, 이어서 둔부로 미끄러져 내려가는 것을, 그의 콧수염과 부드러운 머리칼이 마치 솔질하듯 스쳐지나가는 것을 느꼈다. 그녀의 무릎이 떨리기 시작했다. 그녀의 몸 저 깊은 곳에서 새로운 동요가 이는 것을, 새로운 나신이 드러나는 것을 그녀는 느꼈다. 그녀는 반쯤은 두려웠다. 그리고 반쯤은 그가 자신을 그만 애무해주기를 바라고 있었다. 하지만 어쨌든 그는 그녀를 옴짝달싹 못하게 만들었다. 그녀는 기다리고 기다렸다.

이윽고 그가 그녀의 몸 안으로 들어왔을 때도, 구원과 완성의 절정인 그 순간, 순수한 평화라고 할 수 있는 그 순간에도 그녀는 기다리고 있었다. 그녀는 그와 완전히 분리되어 있었고 어떤 의미에서는 그것을 원하고 있었다. 그녀는 그의 행위 자체가 우스꽝스럽게 여겨지기도 했다. 이윽고 그가 끝을 냈을 때도 전에 마이클리스와 관계를 맺을 때처럼 스스로 만족을 얻기 위해 애를 쓰지 않았다. 그녀는 그렇게 가만히 누워 있었고 눈물이 두 뺨 위로 흘러내렸다.

그는 그녀를 감싼 자세로 누운 채로 말했다.

"춥지 않아요?" 마치 그녀와 아주 가까워진 듯 부드럽고 나직한 목소리였다. 하지만 그녀는 멀리 내던져져 있었다.

"아니! 하지만 이제 가봐야겠어요." 그녀가 상냥하게 말했다.

그는 몸을 일으켜 그녀 옆에 무릎을 꿇더니 그녀의 허벅지 안쪽에 입을 맞추었다. 그는 그녀의 치맛자락을 내려주더니 몸을 일으켜 옷을 입었다.

"언젠가 내 오두막으로 한번 와요." 그는 그녀를 따스하고 편안한 눈길로 바라보며 말했다. 그녀는 힘없이 일어나 비옷을 걸쳤다.

헤어지면서 그녀는 "내일 갈게요. 될 수 있으면"이라고 말했고 그는 "너무 늦지 않게요"라고 대답했다.

"잘 가요." 그녀가 말했다.

"안녕히 가십시오, 마님." 그가 말했다.

그녀는 걸음을 멈추고 뒤를 돌아다보았다.

"왜 그런 식으로 말하는 거지요?"

"아닙니다." 그가 대답했다. "잘 가요. 어서."

그녀는 그 누구의 눈에도 띄지 않고 자신의 방으로 올라갈 수 있었다.

다음 날 코니는 숲에 가지 않았다. 다음 날뿐 아니라 그다음 날도, 또 그다음 날도 가지 않았다. 그녀는 사내가 자신을 기다리고 있고 원하고 있다고 느끼는 한, 아니 그렇게 느낀다는 생각이 드는 한 그에게 가지 않았다. 하지만 나흘째가 되자 그녀는 너무나 뒤숭숭했고 불안해졌다. 그녀는 여전히 숲으로 가서 다시 한번 그 사내에게 허벅지를 벌려주기를 거부하고 있었다. 이런저런 생각 끝에 그녀는 산책을 하기로 결심했다. 하지만 그 방향은 숲과는 반대 방향이었다. 그녀는 장원 담 다른 쪽에 있는 철문을 통해 메어헤이로 가기로 마음먹었다. 흐린 봄날이었고 날씨는 따뜻했다. 개 짖는 소리가 들렸고 메어헤이 농장의 여주인 플린트 부인이 나타났다. 그녀는 코니와 비슷한 연배였고 전직 학교 교사였다. 플린트 부부는 클리퍼드의 소작농이었다.

"아니, 채털리 부인 아니십니까, 어머 이를 어째! 어서 안으로 드세요. 겨우 내내 뵙지 못했네요. 안으로 드셔서 잠깐 아이를 좀 보고 가시지 않으시겠어요?"

플린트 부인에게는 갓 돌을 넘긴 계집아이가 있었다. 부인의 말을 듣자 코니는 아이가 태어났을 때 숄을 선물했으며 크리스마스 때는 장난감 오리 인형을 보냈던 것이 생각났다. 플린트 부인이 차를 준비하는 동안 코니는 갓난아기를 데리고 놀았다. 그녀는 이 작은 어린아이의 순진무구함을 즐겼으며 그 보드라운 어린아이의 따뜻함에서 깊은 관능적 쾌락을 느꼈다. 오, 어린 생명! 두려움이라고는 없는 어린 생명! 방어할 수 없으니 두려움도 없는 거야! 그런데 사람들은 모두 두려움에 새가슴이 되어 있어!

코니는 그 집에서 차를 한잔 마시고 자리에서 일어났다.

"이제 가겠어요."

"어느 길로 가시겠어요?" 플린트 부인이 물었다.

"양토장(養兎場) 쪽으로 해서 가야겠어요."

"가만 있자! 그래, 소들은 이미 우리 안에 들어가 있을 거예요. 하지만 문이 잠겨서 넘어가야 할 텐데."

"넘어갈 수 있어요."

"그렇다면 거기까지 모셔다 드릴게요."

두 여자는 토끼들이 풀을 뜯어 먹어버린 목초지를 지나 길을 내려갔다. 저녁 숲속에서 새들이 지저귀고 있었다. 이윽고 둘은 울타리까지 이르렀다. 문은 잠겨 있었고 안쪽 잔디밭 위에 빈 병 하나가 놓여 있었다.

"사냥터지기에게 우유를 담아 내주는 병이랍니다." 플린트 부인이 설명했다. "여기 멀리까지 갖다 놓으면 그 사람이 와서 직접 가져가지요."

"언제요?" 코니가 물었다.

"시도 때도 없어요. 때로는 아침에 오기도 해요. 안녕히 가세요, 채털리 부인! 언제 한번 더 들러주세요. 이렇게 들러주시니 너무 좋아요."

코니는 울타리를 넘어 빽빽하게 전나무들이 들어선 길로 접어들었다. 길을 걸으며 그녀는 방금 데리고 놀았던 갓난애 생각을 했다. 정말 귀여웠다. 그리고 자신이 가질 수 없는 것을 가지고 있는 플린트 부인을 향해 약간의, 아주 약간의 질투를 느꼈다.

제10장

173

순간 그녀는 놀라서 가볍게 비명을 질렀다. 한 사나이가 그녀 앞에 있었던 것이다. 사냥터지기였다.

　"아니, 어떻게?" 그가 놀라서 물었다.

　"어떻게 여길?" 그녀가 숨을 헐떡이며 되물었다.

　"당신이야말로 어떻게? 오두막에 갔었습니까?"

　"아니, 아니에요! 메어헤이에 갔다 오는 길이에요."

　그는 마치 탐색이라도 하듯 의아한 눈길로 그녀를 바라보았고 그녀는 마치 무슨 가벼운 죄라도 지은 듯 고개를 숙였다.

　그는 그녀에게 다가와 두 팔로 그녀를 껴안았다. 그녀는 그의 몸의 앞부분이 무섭게 꿈틀거리며 그녀의 몸에 닿는 것을 느낄 수 있었다.

　"아니, 안 돼! 지금은 안 돼!"

　"왜 안 되나요? 겨우 6시밖에 안 됐는데. 아직 30분이나 시간이 있어요. 제발! 제발! 당신을 원해요!"

　그는 그녀를 꼭 껴안았다. 코니는 더 이상 저항하지 못했다. 그녀의 의지는 이미 그녀로부터 떠나버렸던 것이다.

　"자, 자, 이리로 와요."

　그는 가시덤불을 지나 마른 가지들이 쌓여 있는 작은 공터로 그녀를 데려갔다. 그는 마른 가지들을 바닥에 내려놓더니 그

위에 자신의 외투와 조끼를 깔았다. 그녀는 마치 들짐승처럼 그 위에 드러누워야만 했다. 그는 신중했다. 하지만 그녀가 꼼짝 않고 누워 있었기에 그녀의 속옷 끈을 자기 손으로 풀어야 했다.

그도 옷을 벗고 알몸으로 그녀 앞에 섰다. 그녀는 그의 벗은 몸이 자신의 몸에 밀착되는 것을 느꼈으며 그가 그녀 안으로 들어오는 것을 느꼈다. 그가 몸을 움직이기 시작하자 그녀의 몸이 가볍게 떨리기 시작했다. 그녀는 자신도 모르게 새어나오는 자신의 신음 소리도 의식하지 못한 채 누워 있었다. 하지만 너무 빨리, 너무도 빨리 끝이 나고 말았다. 그녀는 더 이상 자신의 동작으로 끝까지 이를 수 없었다. 전과는 달랐다. 그녀는 아무것도 할 수 없었다. 더 이상 자신의 만족을 위해 자신의 힘으로 그를 붙잡아 둘 수 없었다. 다만 기다리고 기다릴 뿐이다. 그가 움츠러들고 위축되면서 그녀로부터 빠져나가는 그 무서운 순간이 왔음을 느끼며 영혼 속에서 신음하고 있을 뿐이었다. 그사이 그녀의 자궁은 부드럽게 활짝 열린 채 그가 다시 들어와 자신을 충족시켜달라고 외치고 있었다. 그런데 그의 부드러운 봉우리가 그녀의 몸속에서 다시 움직이는 것을 그녀는 느꼈다. 이윽고 점차 커지는 율동적인 움직임에 따라 그녀는 뭐라고 형언하기 어려운 감정의 소용돌이에 빠져들었다. 그녀는 거의 알아들을 수 없는 소리를 지르며 누워 있었다. 생명의 소리였다! 사나이는 자신의 생명이 그녀에게로 분출되는 순간 아래쪽에서 들리는 그 생명의 소리를 들으면서 일종의 경외를 느꼈다. 이윽고 그 소리가 가라앉음에 따라 그도 가라앉았다.

두 사람은 아무것도 의식하지 못한 채, 심지어 상대방도 의식하지 못한 채 정신없이 누워 있었다. 먼저 정신이 돌아온 것은 사내였다. 그는 몸을 일으켜 옷을 챙겨 입었다. 하지만 그녀는 아직 꼼짝도 할 수 없었다. 그는 덤불 위에 앉아 가만히 그녀의 손을 잡았다.

그녀가 고개를 돌려 그를 바라보았다.

"이번에는 함께 끝냈군요." 그가 말했다.

그녀는 대답하지 않았다.

"정말 좋은 일입니다. 많은 사람들은 평생을 살아도 경험하지 못하지요." 그가 마치 꿈꾸듯이 말했다.

그녀는 그의 얼굴을 바라보았다. 그를 향한 정염이 그녀의 창자 속에서 꿈틀거렸다. 그녀는 가능한 한 그 정염에 저항했다. 그것은 자신을 잃는 것을 뜻하기 때문이었다.

이번에 그는 그녀를 바래다주지 않았다. 그는 아무것도 해줄 말이 없는 듯 개와 함께 그곳을 떠났다.

코니는 자신 내부 깊숙한 곳에 그 무언가 다른 것이 들어왔음을 느끼며 천천히 집으로 향했다. 그녀 안에서 또 다른 자아가 살아났고 자궁과 창자 안에서 부드럽게 녹아 불타오르고 있었다. 그리고 그녀는 이 새로운 자아로 그를 숭배했다. 그녀는 이제 상처받기 쉬운 여자가 되었던 것이다. 모든 순진한 여자가 그렇듯 그녀로서는 그 마음을 어찌할 도리가 없었다.

그녀는 생각했다.

'이건 어린아이가 생긴 것과 같아. 내 안에 어린아이를 가진 것 같아.'

그러자 이제까지 닫혀 있던 그녀의 자궁이 활짝 열려 새 생명, 무거운 짐이면서도 사랑스러운 그런 새 생명으로 가득 찬 것 같았다.

'만일 애가 생긴다면!' 그녀는 생각했다. '내가 그 사람을 아이처럼 내 안에 지닐 수 있다면!'

그녀가 새로 맛본 것은 정념이 아니었다. 그것은 열렬한 숭배였다. 그녀는 자신이 내내 그것을 두려워해왔음을 알고 있었다. 자신을 무력하게 만들었기 때문이었다. 그리고 지금도 그녀는 그것을 두려워하고 있었다. 숭배가 지나치면 자신이라는

제10장

존재가 지워지는 것이 아닌지 두려웠다. 그녀는 노예가 되기를 원치 않았다. 그녀는 투지를 불태웠다. 그리고 자신 내부의 박카스의 무녀를 다시 일깨웠다. 하지만 그녀는 다시 이전의 자기로 돌아가고 싶지 않았다. 아니야, 그런 건 포기하고 싶어. 그것 때문에 그토록 지쳤던 것이며 그토록 뻣뻣해졌던 거야. 새로운 삶의 욕조에 몸을 담그리라. 소리 없는 숭배의 노래가 들려오는 자궁과 창자의 깊이에 몸을 담그리라. 아직 남성을 무서워하기에는 일러.

"메어헤이에 가서 플린트 부인과 차를 마셨어요." 그녀가 클리퍼드에게 말했다. "아이가 보고 싶어서요. 정말 귀여웠어요. 제가 어디 갔는지 궁금했지요?"

"궁금했소. 하지만 어딘가 들러서 차를 마시고 있으리라 짐작했지." 클리퍼드가 말했다. 그런데 그의 말투에 뭔가 질투심이 묻어 있었다. 일종의 투시력으로 그는 그가 이해할 수 없는 뭔가 새로운 것이 그녀 안에 깃들었음을 느꼈다. 하지만 그는 그것을 아이 때문일 것이라고 생각했다. 그는 코니를 괴롭히고 있는 것은 오로지 그녀가 아이를 가질 수 없다는 사실, 즉 아이를 낳을 수 없다는 사실이라고 생각하고 있었던 것이다.

"부인이 철문을 지나 장원으로 가는 것을 보았어요." 볼턴 부인이 말했다. "저는 목사관으로 가시는 줄 알았어요."

"거기로 가려고 했었어요. 그러다가 방향을 바꿔서 메어헤이로 간 거예요."

두 여인의 눈이 마주쳤다. 볼턴 부인의 탐색하는 듯한 반짝이는 회색 눈이 코니의 그 무언가 감추는 듯한, 이상할 정도로 아름다운 파란 눈과 마주쳤다. 볼턴 부인은 여자의 직감으로 코니에게 연인이 생겼음을 확신했다. 그녀는 어떻게 그런 일이 벌어졌는지, 상대가 누구인지 궁금했다. 대체 어디에 살고 있을까? 그녀에게 연인이 있다! 그녀 영혼 속의 그 무언가가 기뻐 날뛰고 있다. 하지만 정말 그 사람이 누구일까?

그날 밤 내내 볼턴 부인은 채털리 부인의 연인이 누구일지 궁금해했다. 그러면서 그녀는 오래전에 세상을 떠난 남편 테드를 생각했다. 그녀에게 그는 아직 죽은 사람이 아니었다. 그를 생각하기만 하면 그녀에게는 이 세상을 향한, 특히 주인을 향한 원한이 치솟았다. 그래, 세상이, 주인이 그 사람을 죽인 거야. 하지만 실제로 그들이 그를 죽인 것은 아니었다. 그럼에도 불구하고 정서적으로 그녀에게는 그들이 남편을 죽인 것이었다. 볼턴 부인이 반쯤 잠든 상태에서 테드에 대한 생각과 채털리 부인의 연인에 대한 생각이 뒤섞였다. 그녀는 클리퍼드 경

제10장

179

및 그가 대표하고 있는 모든 것들에 대한 원한을 자신이 채털리 부인과 공유하고 있는 듯 느꼈다. 그런데 그녀는 클리퍼드와 6펜스 내기 카드놀이를 자주 한다. 그리고 설사 그에게 6펜스를 잃더라도 그와 카드놀이를 한다는 사실은 그녀에게 기쁨의 원천이었다.

그날 밤 코니는 잠을 푹 잤지만 사냥터지기는 밤새 잠을 이루지 못했다. 그는 꿩 사육장 우리의 문을 닫고 숲을 한 바퀴 돌아본 다음 집으로 돌아와 저녁을 먹었다. 하지만 그는 잠자리에 들지 않고 불가에 앉아 생각에 잠겼다.

그는 테버셜에서의 유년 시절에 대해 생각했고 5, 6년간의 결혼 생활에 대해 생각했다. 아내 생각을 하면 언제나 가슴이 쓰렸다. 그녀는 사나운 여자였다. 그가 1915년 봄에 입대한 이래 그는 그녀를 만나지 못했다. 하지만 그녀는 5킬로미터도 떨어지지 않은 곳에 여전히 살고 있었고 전보다 더 사나워져 있었다. 살아생전 두 번 다시 만나지 않기를 그는 간절히 바랐다.

그는 해외에서의 자신의 생활에 대해 생각했다. 인도와 이집트, 그리고 다시 인도. 맹목적으로 아무 생각 없이 말에 매달렸던 생활. 그를 좋아했던 대령. 자기도 그를 좋아했지. 중위 계급장을 달고 장교로 지냈던 몇 년간의 군 생활. 대위로 진급할 기회가 찾아왔었다. 그런데 대령이 폐렴으로 죽었고 자신도 구사일생의 위기를 넘겼다. 이후 찾아온 불안의 나날들. 제대와 잉글랜드로의 귀환. 그리고 다시 노동자 신세가 된 자신.

그는 임시변통으로 삶과 타협하고 지내고 있었다. 그는 자신이 최소한 당분간이라도 이 숲에서 안전하게 지낼 수 있으리라 생각했다. 아직 사냥철은 되지 않았고 그는 사냥용 꿩을 사육해야 했다. 그가 오로지 원하는 것은 삶과 유리되어 홀로 지내는 것이었다. 그러려면 비빌 언덕이 있어야 했다. 이곳은 바로 그 비빌 언덕이었다. 어쨌든 그의 고향이었던 것이다. 게다가 비록 별 관심을 기울이고 있지 않았지만 이곳에 그의 모친이 살고 있었다. 그는 그렇게 그 누구와도 관계를 맺지 않은 채, 아무런 희망 없이 이곳에서 하루하루를 보내고 있었다. 그는 스스로를 어떻게 처리해야 할지 몰랐고 아예 생각도 않고 살고 있었다.

하지만 그를 버티게 할 수 있는 것이 있었다. 바로 홀로 있고 홀로 살아간다는 사실에 대한 만족감이었다. 그는 결국에는 뚱뚱한 사람들에 의해 식후 심심풀이 사냥의 희생물이 될 꿩들을 사육한다. 쓸데없는 일, 정말로 한없이 쓸데없는 일이다.

그런데 왜 이렇게 걱정스럽고 괴로운 걸까? 그 여자가 자기 삶 속으로 들어오기 전까지는 결코 그런 일은 없었다. 그는 그녀보다 거의 열 살이 많았다. 게다가 바닥부터 시작한 경험으로 치자면 1,000살이나 위라고 할 수도 있다. 둘 사이의 관계는 점점 가까워지고 있다. 언젠가는 완전히 밀착되어 함께 새로운 삶을 꾸려나가야 할지도 모른다. '사랑의 굴레란 풀어버리기 힘든 법일지니!'

그렇다면 그다음엔? 아무런 바탕도 없이 다시 시작해야 한단 말인가? 그 여자와 얽혀야 한단 말인가? 그녀의 불구 남편과 한바탕 무서운 싸움을 벌여야 한단 말인가? 그뿐인가? 자신을 증오하고 있는 그 사나운 마누라와도 한바탕해야 한단 말인가? 비참하다! 너무 비참하다! 자신은 이제 더 이상 젊지도 않고 원기왕성하지도 않다. 게다가 데면데면한 성격도 아니다. 쓰린 일, 추악한 일을 겪을 때마다 자신은 상처를 입을 것이다. 그리고 그 여자도!

어쨌든 클리퍼드 경과의 문제나 자신의 마누라 문제가 깨끗이 정리되었다고 치자. 그다음에는 어찌할 것인가? 어떻게 살아갈 것인가? 어쨌든 무언가 해야 할 것 아닌가? 그녀의 돈과 자신의 쥐꼬리만 한 연금에 매달려 살아갈 수는 없지 않은가?

도무지 해결 방법이 없었다. 미국으로 가서 새 생활을 하는 수밖에 없을지도 모른다. 하지만 그는 달러를 극도로 불신하고 있었다. 그래도 어쨌든 뭔가, 뭔가 방법이 있을지도 모른다.

그는 앉아서 쉴 수도 없었고 잠자리에 들 수도 없었다. 그는 한밤중이 될 때까지 온갖 쓰린 생각에 망연자실해 있었다. 그는 갑자기 의자에서 일어나 코트를 걸치고 총을 집어 들었다.

"자, 따라 와." 그가 개에게 말했다. "밖에 나가는 게 좋겠다."

별들이 총총했지만 달은 떠 있지 않았다. 그는 산림을 한 바퀴 돌았다. 스택스게이트의 광부들이 혹시 토끼잡이 덫을 놓지나 않았는지 살펴보기 위해서였다. 하지만 지금은 토끼 번식기였고 광부들도 그 사실은 존중하고 있었다. 어쨌든 혹시 밀렵꾼이라도 없는지 한 바퀴 돌고 나니 신경이 다소 진정되었고 복잡한 생각에서도 벗어날 수 있었다.

약 8킬로미터 정도 순찰을 마치고 나자 그는 피곤해졌다. 그는 언덕 꼭대기에 올라 주위를 살펴보았다. 연중무휴인 스택스게이트 탄광에서 들려오는 희미한 소리 외에는 사방이 고요했다. 새벽 2시 반이었다. 날이 추웠고 그는 기침을 했다. 매서운 찬바람이 언덕 위로 불어왔다. 그는 그 여자 생각을 했다. 둘이 한 담요 안에 싸인 채 그녀를 부둥켜안고 잠잘 수 있다면 그가 가진 모든 것, 앞으로 가질 수 있는 모든 것을 다 주어도 좋을 것 같았다. 미래에 대한 모든 희망도, 과거에 그가 얻은 모든 것도 다 포기할 수 있을 것 같았다. 오로지 그 여자를 품에 안고 자는 것만이 그가 지금 절실하게 필요로 하는 것이었다.

그는 오두막으로 가서 담요를 두르고 잠을 청했다. 하지만 잠을 이룰 수 없었다. 추웠다. 그는 자신이라는 존재 자체가 미완성임을 뼈저리게 느꼈다. 그는 고독을, 이 미완성된 자신의 처지를 뼈저리게 느꼈다. 그는 그녀를 원했고, 그녀를 만지고 싶었으며 그녀를 단 한순간일지라도 꼭 껴안고 잠들고 싶었다.

그는 일어나서 밖으로 나갔다. 이번에는 숲을 둘러보는 것이 아니라 장원 문 쪽을 향했다. 그는 저택을 향해 천천히 발걸음을 옮겼다. 새벽 4시였으며 하늘은 맑고 별이 총총했지만 동이 틀 기색은 없었다.

저택은 조금씩 그를 끌어들이고 있었다. 하지만 그를 끌어들이고 있는 것은 욕정이 아니었다. 그것은 뼈저린 외로움, 미완성된 존재로서의 뼈저린 외로움이었다. 그는 그저 조용히 그의 품에 안겨 있는 한 여인을 원하고 있었다. 아마 그녀를 발견할 수 있을지도 모른다. 그녀를 밖으로 불러낼 수 있을지도 모른다. 혹은 그녀에게 갈 수 있는 방법을 찾아낼 수 있을지도 모른다. 그만큼 절박하게 그는 그녀를 원하고 있었다.

저택에 다다르자 아래 층 클리퍼드의 방에만 불이 켜져 있었다. 하지만 그녀의 방이 어디인지 알 수가 없었다. 그를 이토록 가차 없이 잡아 끈 연약한 실의 끝을 잡고 있는 그 여자! 그 여자가 어디 있는지 알 수 없었다.

그는 좀 더 가까이 다가가서 총을 손에 든 채 집을 바라보며 차도 위에 꼼짝 않고 서 있었다. 그의 등 뒤로 새벽이 희뿌옇게 밝아왔다. 저택의 불이 꺼지는 것이 보였다. 하지만 그는 새벽이 되었는지 알아보기 위해 커튼을 젖히는 볼턴 부인의 모습은 알아보지 못했다.

그녀는 졸린 눈을 한 채 창가에서 날이 밝기를 기다리고 있었다. 클리퍼드는 새벽이 된 것을 확인한 후에야 곧바로 잠자리에 들곤 했던 것이다. 순간 그녀는 깜짝 놀라 하마터면 소리를 지를 뻔했다. 여명 속에 거무스름한 모습을 드러내고 누군가가 차도에 서 있었던 것이다. 그녀는 눈을 가늘게 뜨고 조심스럽게 살펴보았다. 하지만 잠자리에 들려는 클리퍼드에게 방해가 될까봐 소리는 내지 않았다.

날이 조금씩 밝아오자 검은 그림자의 모습이 점점 더 뚜렷해졌다. 그녀는 총과 각반과 헐렁한 재킷을 분명히 알아볼 수 있었다. 사냥터지기인 멜러즈인 성 싶었다. 게다가 개가 그를 기다리며 어슬렁거리고 있지 않은가! 그임이 분명했다.

무슨 용건일까? 집안사람들을 깨우려는 걸까? 무엇 때문에 저렇게 우두커니 서서, 마치 상사병에 걸린 수캐처럼 저택을 염탐하고 있는 것일까?

'어머, 맙소사!' 볼턴 부인은 번개처럼 깨달았다. '그래, 저 사람이 채털리 부인의 연인이야. 그래! 바로 저 사람이야, 저 사람! 어머, 어쩜 이럴 수가!'

그렇다. 그녀 아이비 볼턴도 언젠가 그를 아주 조금은 사랑했던 적이 있었다. 그때 그는 열여섯 살의 소년이었고 그녀는 스물여섯 살이었다. 그때 그녀는 공부를 시작한 참이었고 그는 해부학 등 그녀가 배워야 할 것들에 대해 많은 도움을 주었었다. 그는 아주 똑똑한 젊은이였고 장학생으로 셰필드 문법학교에 다니면서 프랑스어를 비롯해 많은 것을 공부하고 있었다. 그는 총명했으며 그녀에게 큰 도움을 주었다. 그녀가 보기에 그는 클리퍼드 경만큼 똑똑했고 사람들은 그가 남자보다는 여자를 좋아한다고 말하곤 했다.

얼마 후 그는 자기 자신을 포기하듯 버서 쿠츠와 결혼했다. 그 무언가 낙담할 일이 생기게 되면 자포자기식으로 결혼하는 사람들이 있다. 그가 바로 그런 사람이었다.

'그래, 그래! 부인이 저 사람과 사랑에 빠진 거야! 물론 저 남자에게 빠진 건 부인이 처음이 아니지. 저 남자에게는 뭔가가 있어. 하지만 생각해 봐! 테버셜에서 나고 자란 사내와 래그비 홀의 귀부인! 이건 정말이지 명문 채털리 가문에 대한 엄청난 치욕이 아닐 수 없어!'

날이 밝아오자 사냥터지기는 이래봤자 아무 소용없다는 것을 깨달았다. 그렇다, 외로움을 털어내려 해보았자 아무 소용이 없다. 그 외로움은 평생 자신에게 붙어 있을 것이며 그저 이따금 그 간극이 채워질 뿐이다. 그저 이따금! 그러니 그런 때를 기다려야 한다. 자신의 고독을 받아들이고 생애 내내 거기에 매달려라. 그리고 간간이 간극이 채워질 때가 오면 받아들여라. 그것은 밖으로부터 자신에게 다가올 뿐 자신이 강요할 수는 없다.

그는 다시 고독을 받아들이고는 천천히 몸을 돌렸다. 그녀가 그에게 와야 한다. 자신이 그녀를 쫓아보았자 아무 소용없다. 헛일이다!

볼턴 부인은 그가 사라지는 모습을 바라보았다. 개가 그의 뒤를 따라 달려가고 있었다.

"오, 저런!" 그녀는 중얼거렸다. "저 사람일 줄은 꿈에도 생각 못했어. 하지만 당연히 저 사람이리라고 생각했어야 했어. 내가 테드를 잃었을 때 저 사람은 청년으로서 내게 정말 잘해 주었지. 어머, 만일 클리퍼드 경이 알게 된다면 뭐라고 할까!"

이미 잠이 들어 있는 클리퍼드 경의 얼굴을 의기양양한 표정으로 바라보며 그녀는 살금살금 그 방에서 빠져 나왔다.

제11장

코니는 잡동사니들을 쌓아 놓은 방들 중 한 곳을 치우고 있었다. 래그비 저택에는 그런 방들이 많았다. 저택은 일종의 미로와 같았고 이 집은 대대로 물건을 처분하는 일이 전혀 없었다. 세대를 이어져 내려온 물건들을 치우다가 코니는 조심스럽게 포장된, 향목으로 만든 요람을 발견했다. 그녀는 포장을 풀고 그것을 꼼꼼히 살펴보았다. 묘한 매력이 있어서 그녀는 그 요람을 한참 동안 살펴보았다.

"이게 필요 없으니 정말 안됐어요." 일을 돕고 있던 볼턴 부인이 한숨을 내쉬며 말했다. "물론 이런 요람은 이제 시대에 뒤떨어진 구식이긴 하지만요."

"필요할 거예요. 내가 애를 가질 거예요." 코니가 마치 새 모자라도 살 때처럼 아무렇지도 않게 말했다.

"클리퍼드 경에게 무슨 변화라도 생기면 말인가요?" 볼턴 부인이 더듬더듬 말했다.

"아니! 지금 그대로라도 말이에요. 그이는 그냥 근육이 마비되었을 뿐이니까……." 코니는 마치 숨을 쉬듯 자연스럽게 거짓말을 했다.

사실 그 생각은 클리퍼드가 그녀에게 심어준 것이었다. 어느 날인가 그가 말했었다.

"나는 아직 아이를 가질 수 있을지 몰라. 몸이 완전히 망가진 건 아니거든. 엉덩이와 다리 근육이 마비되어도 남자로서의 능력은 쉽게 회복될 수도 있으니까. 그렇게 되면 씨를 심을 수도 있겠지."

그는 정력적으로 광산 일을 하면서 실제로 자신의 성기능이 되살아난 것처럼 느꼈다. 그 말을 들으며 코니는 공포에 질려 그를 바라보았다. 하지만 머리 회전이 빠른 코니는 남편의 그런 암시를 자신의 마음속에 담아 두었다. 그녀는 될 수 있는 한 아이를 갖고 싶었기 때문이었다. 다만 그의 아이는 아니었다.

볼턴 부인은 한순간 소스라치게 놀라 숨이 막힐 지경이었다. 그녀는 믿을 수 없었다. 그녀는 그 안에 무슨 책략이 숨어 있음을 알았다. 하긴 오늘날 의사들이 그런 것을 해낼 수 있긴 하다. 인공 수정 같은 기술이 있으니 말이다.

"네, 부인, 그렇게 되길 빌겠어요. 모두들에게 좋은 일일 거예요. 래그비가에 어린아이가 생긴다면 모든 게 얼마나 달라지겠어요!" 볼턴 부인이 말했다.

하지만 그녀는 마음속으로 생각하고 있었다.

'당신이 기다리고 있는 건 올리버 멜러즈의 아이이지. 맙소사, 래그비가의 요람에 테버셜의 아이가! 정말 얼마나 큰 수치야!'

그날 그 방을 치우면서 코니는 옻칠한 다소 큰 상자를 볼턴 부인에게 선물로 주었다. 값이 무척이나 나갈 만한 물건이었다. 베츠가 그 상자를 이륜차에 싣고 마을에 있는 볼턴 부인의 집까지 운반해 주었다. 집에 도착하자마자 볼턴 부인은 친구들을 초대하여 그 상자를 보여주며 자랑했다. 그녀는 학교 여교사, 약국 마누라, 출납계 차장의 아내인 위던 부인들이었다. 모두들 너무 멋지다고 감탄했다. 이윽고 여자들은 채털리 부인의 아이에 대해 소곤거리기 시작했다. 볼턴 부인은 채털리 부인이 아이를 낳는다면 그것은 클리퍼드 경의 아이가 될 것이라고 힘주어 말했다.

그 일이 있은 지 며칠 후 교구 목사가 클리퍼드에게 점잖게 말했다.

"정말 래그비가에 상속자를 기대해도 되겠습니까? 하느님
께서 자비의 손길을 베풀어주신 걸 겁니다."

클리퍼드는 "희망을 가질 수도 있겠지요"라고 약간 비꼬는
듯 말했지만 동시에 그 말에는 그 어떤 확신도 심어져 있었다.
그는 자신의 아이를 정말로 가질 수 있다고 믿기 시작했다. 목
사뿐 아니라 그를 찾아온 손님들 중의 한 명이 그에게 클리퍼
드가 자식을 가질 수 있다는 소문을 들었다며 정말 반가운 일
이라고, 희망을 잃지 말라고 그를 격려했다.

그 손님이 왔다 간 다음 날이었다. 코니는 키 큰 튤립 꽃을
유리 화병에 꽂고 있었다.

"여보," 클리퍼드가 말했다. "당신이 래그비가의 후계자가
될 자식을 낳을 거라는 소문이 돌고 있다던데……, 당신도 알
고 있어?"

코니는 공포로 눈앞이 캄캄해졌다. 그녀는 꽃을 만지며 말없
이 서 있었다.

"아뇨." 이윽고 그녀가 대답했다. "농담일까요? 아니면 험담
일까요?"

그는 잠시 뜸을 들였다가 대답했다.

"둘 다 아닐 거야. 나는 그게 예언이라면 좋겠어."

코니는 계속 꽃을 만지작거리며 말했다.

"오늘 아침 아버지 편지를 받았어요. 알렉산더 쿠퍼 경이 저를 7월과 8월에 베니스에 있는 에스메랄다 별장으로 초대했대요. 아버지께서는 이미 승낙하신 모양이에요."

"7월과 8월?" 클리퍼드가 되물었다.

"두 달 내내 머물 생각은 없어요. 당신은 안 가겠어요?"

"나는 해외여행은 하고 싶지 않아." 클리퍼드가 잘라 말했다.

코니는 꽃을 창가로 가져갔다.

"제가 가도 괜찮겠어요? 당신도 알다시피 이번 여름에 가겠다고 이미 약속했던 거잖아요."

"얼마나 가 있을 건데?"

"3주 정도요."

잠시 침묵이 흘렀다.

"글쎄." 클리퍼드가 약간 우울한 어조로 천천히 말했다. "3주 정도라면 참을 수 있겠지. 당신이 틀림없이 돌아오기만 한다면……."

"그럼요, 분명히 돌아올 거예요." 그녀는 확신하듯 차분하게 말했다. 그녀는 다른 남자 생각을 하고 있었다.

제11장

193

클리퍼드는 그녀가 확신하고 있음을 느꼈다. 그는 어떤 식으로건 그녀를 믿고 있었기에 그 확신이 자신을 향한 것이라고 믿었다. 그는 금세 안심이 되었고 쾌활해졌다.

"그렇다면 좋다고 생각해. 기분 전환도 될 거야."

그녀는 푸른 눈을 들어 그를 바라보며 말했다. 야릇한 눈빛이었다.

"베니스에 다시 한번 가보고 싶었어요. 당신과 함께 곤돌라를 탈 수 있으면 좋을 텐데……. 함께 안 가실래요?"

"내 처지를 알면서……, 기차나 배를 갈아타는 게 힘들어. 두 명은 따라가야 할 거야. 더욱이 올해는 안 돼. 어디 내년에 한번 생각해 보지."

코니는 우울한 기분으로 그 방에서 나왔다. 실은 그녀도 가고 싶지 않았다. 더욱이 지금은……. 지금 그녀에게 다른 사내가 있지 않은가. 하지만 그녀는 그 여행을 일종의 단련으로 받아들이기로 마음먹었다. 그리고 또 한 가지 이유가 있었다. 만일 자기가 임신한다면 클리퍼드는 분명히 자신이 베니스에서 귀족 애인을 만났다고 생각하리라.

벌써 5월이었다. 코니는 6월에 출발할 예정이었다. 5월이었지만 여전히 추웠고 날이 습했다. 그녀는 어느 날 어스웨이트에 다녀올 일이 있었다. 그들 영지 내의 소읍이었으며 그곳에서 채털리가(家)는 여전히 명성을 유지하고 있었다. 코니는 홀로 그곳에 갔으며 집사인 필드가 자동차를 몰았다.

5월의 신록에도 불구하고 가는 길에 눈에 띄는 광경은 온통 음산하기만 했다. 날씨도 추운 데다 빗속에 연기가 떠돌고 있었고 공기 중에는 배기가스 냄새가 배어 있었다. 그 안에서 사람들은 오로지 자신만의 저항력으로 살아가야 하는 것 같았다. 이곳 사람들이 추하고 거친 것은 당연했다.

석탄 운반차가 빗속에서 덜커덩거리며 언덕을 내려오고 있었다. 필드는 언덕 위로 차를 몰았다. 오, 테버셜! 이것이 바로 테버셜 마을이다! 아름다운 잉글랜드! 셰익스피어의 잉글랜드! 아니다, 이것은 코니가 그 안에 살게 된 이래 알게 된 오늘날의 잉글랜드이다. 그 오늘날의 잉글랜드는 새로운 인종을 생산해 냈다. 오로지 돈과 사회적이고 정치적인 것만 과도하게 의식하고 있으며 자연스럽고 본능적인 면은 완전히 사멸해버린 그런 새로운 인종! 그들은 모두 반은 시체이다. 그리고 살아 있는 나머지 반쪽은 무섭도록 집요한 의식을 지니고 있다. 그 모습은 기괴하며 마치 지하의 인간을 연상시킨다. 그렇다, 이곳은 지하 세계이다.

코니의 눈앞에 제철공들이 빼곡하게 들어찬 커다란 무개화차가 지나갔다. 세필드로부터 매틀락으로 소풍을 가는 사람들이었다. 그녀는 섬뜩할 정도로 지쳐빠진, 일그러진 군상(群像)의 모습을 보고 속이 뒤틀릴 지경이었다. 그녀는 생각했다.

'오, 하느님! 인간이 인간에게 무슨 짓을 저지르고 있는 건가요? 인류의 지도자라는 사람들은 같은 동포에게 무슨 짓을 해 온 건가요? 인간을 인간 이하로 만들어버린 것이 아닌가요? 더 이상 인류로서의 동포애는 존재할 수 없게 된 것 아닌가요? 오, 이건 악몽이 아닌가요?'

코니는 지나오면서 본 추한 테버셜 마을 모습을 되새기며 절망에 사로잡혔다. 이런 산업 사회 군중의 모습, 그리고 그녀가 잘 알고 있는 상류 사회의 인간의 모습 그 어디에도 더 이상 희망은 없었다. 그럼에도 불구하고 그녀는 아이를, 래그비가의 후계자를 원하고 있다! 그녀는 두려움에 몸을 떨었다.

자동차는 굽이쳐 펼쳐져 있는 이 고장을 내려다보며 고지대를 달리고 있었다. 한때 자랑스럽고 위엄이 있던 이곳! 저 앞에 엘리자베스 시대 풍(風)으로 지어진 유명한 채드윅 저택이 수평선 위로 희미하게 그 웅장한 모습을 드러내고 있었다. 벽보다 창문이 더 많은 그 저택은 홀로 넓은 장원 위로 우뚝 솟아있다. 하지만 그것은 이미 시대에 뒤떨어진 채 지나가 버린 것이다. 아직도 보존되어 있긴 하지만 이제는 다만 관광지로서만 존재할 뿐이다.

'우리의 조상들이 얼마나 오만하게 군림했는지 보라!'

그것은 지나간 과거이다. 현재가 저 아래 펼쳐져 있다. 그리고 하느님만이 미래가 어떠할지 알 수 있을 뿐이다. 자동차는 광부들의 거무튀튀한 작은 오두막들 사이를 지나 어스웨이트를 향해 길을 내려가기 시작했다. 그곳을 지나자 현대 주택들이 눈에 띄었다. 그리고 빨간 벽돌로 지은 새로운 탄광 시설들이 눈에 들어왔다. 그 사이로 옛날에 마차가 다니던 길, 로빈 후드 시대의 옛 잉글랜드가 황폐해진 모습을 드러내고 있다. 광부들이 마치 수렵 본능이 억압당한 듯 우울한 얼굴로 그곳을 지나고 있다.

잉글랜드, 오 나의 잉글랜드! 하지만 어느 것이 나의 잉글랜드인가? 잉글랜드의 위풍당당한 저택들은 아름다운 한 폭의 그림 같은 모습을 보여주면서 엘리자베스 여왕 시대와 지금이 연결되어 있다는 환상을 불러일으킨다. 하지만 우중충한 벽은 황금색을 잃고 얼룩이 져 있으며 까맣게 그을린 채 하나씩 하나씩 황폐화되어 가고 있다.

그것이 역사이다. 하나의 잉글랜드가 다른 잉글랜드를 지워버린다. 탄광은 저택에 사는 사람들을 부유하게 만들었다. 그리고 이미 옛 오두막을 없앤 것처럼 그 저택들을 없애버린다. 산업국 잉글랜드가 농업국 잉글랜드를 말살한다. 하나의 의미가 다른 의미를 말살한다. 새 잉글랜드가 옛 잉글랜드를 말살한다. 새것과 옛것은 유기적으로 연결되어 있는 것이 아니라 기계적으로 연결되어 있다.

유한계급에 속하는 코니는 옛 잉글랜드가 남긴 자취에 집착하고 있었다. 그녀는 자신이 집착하고 있는 그 잉글랜드가 무시무시한 새 잉글랜드에 의해 지워져버렸으며, 그 말살이 완료될 때까지 계속될 것이라는 사실을 이제야 깨달을 수 있었다. 래그비 저택의 잉글랜드는 사라지고 죽어버렸다. 그리고 그 말살은 지금도 진행 중이다.

그렇다면 그다음에 오는 것은 무엇일까? 코니는 상상조차 할 수 없었다. 다만 들판에 새로운 벽돌 건물 거리가 형성되는 것을, 탄광 지대에 새로운 건물들이 세워지는 것을, 실크 스타킹을 신은 젊은 여자들의 모습을, 젊은 광부들이 술집이나 후생관에 드나드는 모습을 볼 수 있을 뿐이었다. 젊은 세대들은 옛 잉글랜드에 대한 의식이라고는 눈곱만큼도 없다. 의식에 큰 단절이 존재하는 것이다. 그렇다면 다음에는?

코니는 '다음'이란 것은 존재하지 않는다고 느꼈다. 코니는 모래 속에 자신의 머리를 감추고 싶었다. 아니면, 최소한 살아 있는 남자의 품 안에…….

볼 일을 보고 돌아가는 도중 코니는 창백한 얼굴의 광부들의 모습을 수없이 볼 수 있었다. 어떤 의미에서는 슬플 정도로 참을성 있는 선량한 남자들! 하지만 또 다른 의미에서는 존재하지 않는 남자들! 인간으로서 지녀야 할 그 무엇이 압살되어 버린 남자들! 그럼에도 불구하고 그들은 남자이다. 그들은 아이를 낳는다. 누군가가 그들의 아이를 낳아준다. 오, 이 무슨 끔찍한 일인가! 그들은 선량하고 친절하다. 하지만 그들은 반쪽 존재이다. 잿빛의 반쪽 인간일 뿐이다. 그들의 선량함은 살아남은 절반의 선량함이다. 그들 속에 죽어 있는 반쪽이 되살아난다면! 오, 생각만 해도 끔찍하다. 코니는 노동대중이 정말로 두려웠다. 그녀에게 그들은 수수께끼 같은 존재였다. 그 안에 아무런 미(美)도 없고 직관도 없으며, 언제나 지하 구덩이 속에 있는 남자들이었다. 그런 남자들의 자식들이란! 오, 맙소사, 오!

제11장

199

집으로 돌아온 코니는 다시 모래 속에 머리를 묻고 현실을 보지 않을 수 있게 된 것이 기뻤다. 심지어 클리퍼드와 이런저런 쓸데없는 말을 지껄일 수 있게 된 것까지 즐거웠다. 중부 탄광과 철광 지대에서 그녀가 느낀 공포는 마치 인플루엔자처럼 그녀를 온통 사로잡고 있었던 것이다.

그날 밤 클리퍼드가 그녀에게 말했다.

"당신은 결혼에는 뭔가 영원한 것이 있다고 생각하지 않소?"

그녀는 그를 바라보며 말했다.

"하지만 여보, 당신이 말하고 있는 영원이란 건 무슨 뚜껑을 덮어 놓은 상태를 말하는 것 같네요. 어디를 가건 뒤에 끌고 다녀야 하는 긴 쇠사슬 같은 것처럼 들려요."

그는 불쾌한 표정으로 그녀를 바라보았다.

"내 말은," 그가 말했다. "당신이 베니스에 가고 싶어 하는 것은 무슨 진지한 연애를 하기 위해서가 아니냐, 이거요."

"베니스에서 진지한 연애를 한다고요? 아니, 절대로 아니에요! 베니스에서의 연애 같은 건 생각해본 적도 없어요!"

며칠이 지났다. 화창한 날씨였고 코니는 정원에서 일을 하고 있었으며 볼턴 부인이 곁에서 돕고 있었다. 그들은 카네이션에

버팀목을 꽂고 여름 화초들을 심고 있었다. 코니는 묘목을 구멍에 꽂으면서 볼턴 부인에게 말했다.

"남편을 잃은 지 오래 되었지요?"

"23년이요!" 볼턴 부인이 작은 매발톱꽃 다발을 하나하나 가르면서 말했다. "그이를 메고 집으로 데려온 지 23년이 지났어요."

'메고 집으로 데려왔다'라는 무서운 말에 코니의 심장이 뒤흔들렸다.

"왜 죽었지요? 둘이 행복했어요?"

여자만이 여자에게 던질 수 있는 질문이었다. 볼턴 부인은 얼굴까지 내려온 머리카락을 손등으로 쓸어 올리며 말했다.

"모르겠어요. 이 세상 그 누구에게도 고개를 숙이려 하지 않던 남자였는데……. 말하자면 옹고집이었지요. 하지만 탄광 일을 싫어했던 건 분명해요. 죽었을 때 마치 이제야 자유롭게 되었다는 듯 아주 평온한 얼굴이었어요. 아주 잘생긴 얼굴이었어요. 어쨌든 다 탄광 때문이었어요."

그녀는 그 말을 하면서 눈물을 흘렸고 코니는 더 많은 눈물을 흘렸다. 화창한 봄날이었다. 대지의 내음과 노란 꽃향기가 대기를 채우고 있었고 초목들에는 싹이 돋고 있었으며 태양의 생기를 머금은 정원은 더없이 차분했다.

제11장

"정말 무서운 일이었겠어요." 코니가 말했다.

"오, 부인! 처음에는 실감이 나지 않았어요. 제 입에서는 이런 말밖에 나오지 않았어요. '오, 그렇게 내 곁을 떠나고 싶었어?' 그렇게 울부짖기만 했어요. 하지만 저는 그가 돌아올 것 같다고 느꼈어요."

"결코 당신 곁을 떠나고 싶지는 않았을걸요."

"그럼요, 정말 아니지요! 그냥 제가 바보처럼 그렇게 울부짖었을 뿐이에요. 그리고 저는 그이가 돌아오기만을 줄곧 기다렸어요. 특히 밤에요. 저는 깨어 있으면서 생각했어요. '왜 나랑 함께 누워 있지 않은 거지!' 마치 제 감정이 그가 갔다는 것을 믿고 싶어 하지 않는 것 같았어요. 그가 돌아와 내 곁에 누워 나를 다시 어루만져줄 것처럼 느꼈어요. 내가 원하는 건 그가 내 곁에 있다는 그 따뜻한 느낌 그것뿐이었어요. 그 얼마나 많은 충격을 받은 뒤에야 그가 돌아오지 않으리라는 것을 깨닫게 되었는지! 정말, 몇 년이나 걸렸어요."

"그 사람의 손길 말이로군요." 코니가 말했다.

"맞아요. 그 사람의 손길, 그 촉감! 지금까지도 그걸 잊지 못하고 있고 평생 못 잊을 거예요. 저 위에 천국이 있다면 그 사람은 거기 있을 거예요. 그리고 제가 잠들 수 있도록 제 곁에 누울 거예요."

코니는 두려운 마음으로 추억에 잠겨 있는 잘생긴 얼굴을 흘
낏 바라보았다. 테버셜 출신의 또 한 명의 정열적인 사람! 그
사람의 손길! 사랑의 굴레는 풀기 어려운 것이니!

볼턴 부인이 말을 이었다.

"저는 사람들이 그가 죽기를 바란 것처럼 느껴지기도 해요.
탄광이 그를 죽이고 싶었던 것이 아닐까 느껴져요. 만일 탄광이
없었다면, 만일 탄광을 경영하는 사람들이 없었다면 그 사람이
제 곁을 떠나는 일도 없었으리라고 느끼곤 해요. 어쨌든 모두들
남자와 여자가 함께 있으면 떼어놓길 원하는 법이랍니다."

"육체적으로 하나가 되었을 때 말이지요." 코니가 말했다.

"맞아요, 부인! 이 세상에는 무정한 사람들이 너무 많아요.
매일 아침 그가 일어나 탄광으로 갈 때마다 이건 잘못이야, 이
건 틀렸어, 라고 느끼곤 했답니다. 하지만 그 외에 무슨 일을 할
수 있었겠어요? 남자가 할 수 있는 게 뭐가 있겠어요?"

볼턴 부인에게 이상한 증오가 솟구쳤다.

"그런데 그 손길이, 그 촉감이 그렇게 오래 갈 수 있나요?" 갑
자기 코니가 물었다. "그렇게 오래 그 손길을 느낄 수 있어요?"

"오, 부인! 그것 말고 오래 지속되는 게 뭐가 있나요? 아이

들은 자라면 곁을 떠나지요. 하지만 남자란! 그런데 세상 사람들은 그것마저도 죽이려 해요. 그 사람의 손길에 대한 생각마저도……. 정말 그래요! 우리는 정말 헤어졌는지도 모르지요. 하지만 느낌이란 건 뭔가 다른 거예요. 그런 건 모르고 사는 게 나을지도 모르지요. 하지만 남자의 손길에 의해 따뜻해져본 적이 없는 여자를 보면 제아무리 좋은 옷을 입고 나대더라도 제게는 불쌍한 인형처럼 보인답니다. 그래요, 저는 제 처지를 그대로 감수하렵니다. 저는 사람들에 대해 별로 신경을 쓰지 않으니까요."

제12장

코니는 점심 식사 후에 곧장 숲으로 갔다. 정말로 좋은 날씨였다. 민들레꽃들이 빛을 발하고 있었고 데이지 꽃들이 하얗게 피어 있었다. 아네모네도 초여름의 강한 노란색을 발산하고 있었고 히아신스는 마치 바다처럼 물결치고 있었다.

사냥터지기는 꿩 사육장의 오두막에 없었다. 그녀는 그가 살고 있는 오두막집을 향해 걸음을 옮겼다. 그를 찾고 싶었던 것이다. 오두막이 숲가에 햇빛을 받고 서 있었다. 자그마한 정원에는 겹수선화가 무리지어 피어 있었고 활짝 열린 문 근처 길가에는 붉은 데이지 꽃들이 피어 있었다. 개 짖는 소리가 들리더니 플로시(개 이름)가 달려 나왔다.

문이 활짝 열려 있다! 그렇다면 그가 집에 있다! 코니는 길을 따라 걸어가면서 창문을 통해 셔츠 바람에 식탁에 앉아 식사를 하고 있는 그의 모습을 볼 수 있었다. 개가 살랑살랑 꼬리를 흔들며 가볍게 짖어댔다.

그가 자리에서 일어나더니 빨간 손수건으로 우물거리는 입을 닦으며 문가로 다가왔다.

"들어가도 돼요?" 그녀가 말했다.

"들어와요."

햇볕이 아무런 장식도 없는 집 안까지 밝히고 있었으며 방 안에서는 양고기 구운 냄새가 났다. 식탁에는 감자와 양고기 조각이 담긴 접시가 있었다. 그 옆에 빵이 담긴 바구니가 있었으며 맥주가 담긴 잔이 있었다.

"식사가 늦었네요." 그녀가 말했다. "어서 마저 들어요."

그녀는 햇빛을 받고 있는 문가의 의자에 앉았다.

"어스웨이트에 갔다 왔어요. 어서 들어요."

하지만 그는 음식에 손을 대지 않았다.

"뭐 좀 드실래요?" 그가 코니에게 물었다. "차를 좀 드릴까요? 마침 물이 끓고 있습니다."

"내가 준비할게요." 그녀가 몸을 일으키며 말했다. 그의 어두운 표정을 보며 그녀는 그가 자기를 귀찮게 여기고 있다고 생각했다. 코니는 찻주전자를 헹군 후 찻잔 두 개를 식탁 위에 올려놓았다. 코니는 차를 잔에 따랐다.

그러자 그가 말했다.

"문을 닫는 게 좋겠구먼요."

"왜요? 누가 온다고요?"

"천 분의 일 확률도 안 되지만 그래도 알 수 없지요."

"설사 누가 온다고 해도 무슨 상관있어요? 그냥 차를 마시고 있을 뿐인데. 스푼은 어디 있지요?"

그는 손을 뻗어 테이블 서랍을 열었다. 잠시 침묵이 흘렀다. 그녀가 말했다.

"오늘 기분이 안 좋아요?"

"기분이 안 좋으냐고요?" 그는 유창한 표준 영어로 말했다. "아니, 지겨울 뿐입니다. 내가 잡은 두 명의 밀렵꾼들을 처넣기 위해 영장을 받으러 갔다 왔거든요. 정말, 사람들 만나는 게 싫습니다."

그의 목소리에는 일종의 노여움이 숨어 있었다.

"사냥터 지키는 일이 싫은 거예요?" 그녀가 물었다.

"사냥터지기 일이요? 아닙니다. 그저 나를 내버려두기만 한다면. 그런데 경찰서에 찾아가고, 바보 같은 사람들을 만나는

제12장

207

건 딱 질색입니다."

코니는 잠시 아무 말 없이 있다가 말했다.

"다음 달에 어딘가 다녀올 거예요."

"당신이? 어디를요?"

"베니스요."

"베니스요? 클리퍼드 경이랑 함께요? 얼마 동안이요?"

"한 달 정도요. 남편은 안 가요. 내가 없더라도 나를 잊지 않을 거지요?"

그는 두 눈을 크게 뜨고 그녀를 빤히 쳐다보았다.

"잊어요?" 그가 말했다. "그건 기억의 문제가 아닙니다."

코니는 그렇다면 뭐예요, 라고 묻고 싶었다. 하지만 그녀는 묻지 않았다. 대신 그녀는 숨을 죽여 말했다.

"남편에게 아이를 가질 수 있을지도 모른다고 말했어요."

그는 긴장한 눈빛으로 탐색하듯 그녀를 바라보았다.

"그래요?" 마침내 그가 말했다. "그 양반이 뭐라고 합디까?"

"별로 개의치 않았어요. 남들에게 자기 아이처럼 보일 수만 있다면 그 사람은 좋아할 거예요."

그녀는 감히 그를 쳐다볼 수 없었다.

그는 한동안 침묵에 잠겨 있더니 다시 한번 그녀를 뚫어져라 바라보았다.

"물론 내 이야기는 하지 않았겠지요?"

"네, 하지 않았어요."

"그랬겠지요. 나를 대체 씨앗으로 인정할 수 없겠지요. 그렇다면 어디서 아이를 가질 생각이십니까?"

"베니스에서 연애를 할 수 있겠지요." 그녀가 말했다.

"그럴 수도 있겠지요." 그가 느릿느릿 말했다. "그래서 그곳에 가는 겁니까?"

"연애하러 가는 게 아니에요." 그녀가 애원하듯 그를 쳐다보며 말했다.

다시 침묵이 흘렀다. 한참 후 멜러즈가 코니를 바라보며 빈정거리듯 말했다.

"그러니까, 당신은 아이를 갖기 위해서 나를 필요로 했던 거로군요."

그녀는 고개를 숙였다.

"아니에요. 정말 그런 게 아니에요."

"그렇다면 왜지요? 그 '정말'은 뭐지요?" 그가 무섭게 따지듯 물었다.

그녀는 원망하듯 그를 바라보며 말했다.

"몰라요."

그가 웃음을 터뜨렸다. 다시 긴 침묵이 흘렀다. 차가운 침묵이었다. 마침내 그가 다시 입을 열었다.

"좋아요. 부인 좋을 대로 하십시오. 당신이 아이를 갖는다면 클리퍼드 경께서 반가워하시겠군요. 나도 잃을 것 하나도 없고. 아니, 잃는 게 아니라 아주 좋은 경험을 한 셈이로군. 정말 멋진 경험을!"

그는 하품을 억지로 참으며 기지개를 켜더니 말을 이었다.

"설사 당신이 나를 이용했다 하더라도, 내가 이용당한 게 처음은 아니니까요. 게다가 이번처럼 즐겁게 이용당한 적은 없으니…… 뭐, 그렇게 당당한 건 아니었지만……."

그가 다시 기지개를 켰다. 근육이 묘하게 떨렸고 턱이 이상하게 움찔했다.

"난 당신을 이용한 게 아니에요." 그녀가 호소하듯 말했다.

"뭐, 부인 좋으실 대로." 그가 되풀이 말했다.

"정말 아니에요. 나는 당신의 몸이 좋았어요."

"그래요?" 그가 웃음을 터뜨렸다. "그렇다면 잘됐군요. 나도 당신의 몸이 좋았으니까."

그는 이상하게 어두워진 눈길로 그녀를 바라보았다.

"지금 2층으로 올라갈까요?" 그가 물었다. 야릇한 목소리였다.

"아니, 여기선 싫어요. 지금은 안 돼요." 코니가 무거운 목소리로 말했다. 그가 억지로 그녀를 2층으로 끌고 갔다면 그녀는 따라갔을 것이다. 그에게 저항할 힘이 그녀에겐 없었다.

그는 고개를 돌렸다. 마치 그녀의 존재를 잊고 있는 것 같았다. 코니는 일어나서 모자를 집어 들었다.

"차 잘 마셨어요." 그녀가 말했다.

"차를 대접할 영광을 주신 데 대해 감사의 말씀도 못 드려서 죄송합니다." 그가 아주 정중하게 말했다.

코니는 길을 내려갔다. 플로시가 꼬리를 흔들며 그녀의 뒤를 따랐다.

집으로 돌아오면서 그녀는 우울했다. 자신을 이용했다는 그의 말이 너무나 거슬렸다. 하지만 어떤 의미에서는 사실이기도 했다. 그렇더라도 그는 그 말을 하지 말았어야 했다. 그녀는 두 가지 상반되는 감정에 시달리고 있었다. 그를 향한 원망과 그와 화해하고 싶은 감정이었다.

방으로 올라온 그녀는 안절부절못했다. 어떻게 해서라도 해결을 해야만 할 것 같았다. 사육장 오두막으로 가봐야만 할 것 같았다. 만일 그가 그곳에 없더라도 어쩔 수 없는 노릇이었다.

그녀는 집을 빠져나와 약간 우울한 얼굴로 사육장 오두막으로 갔다. 그는 셔츠 바람으로 꿩 우리에서 암탉들을 병아리들 사이에서 내몰고 있었다. 그녀는 곧바로 그에게 다가갔다.

"다시 왔어요." 그녀가 말했다.

"아, 네!" 그가 재미있다는 듯 그녀를 바라보며 말했다. "안으로 들어가시겠습니까?"

"나를 원해요?" 그녀가 불신을 담아 물었다.

"네, 당신이 들어가시겠다면."

그녀는 아무 말이 없었다.

"자, 들어가시지요." 그가 말했다.

그녀는 그와 함께 오두막으로 들어갔다. 문을 닫자 어두워서 그는 램프 불을 밝혔다.

"속옷은 벗었어요?" 그가 그녀에게 물었다.

"네!"

"그럼 나도 벗어야겠군."

그는 담요를 깐 다음 이불로 쓰기 위해 한 장을 옆에 놓았다. 그는 앉은 채로 구두를 벗고 각반을 푼 다음 바지를 벗었다.

"자, 누우세요." 그는 셔츠 바람으로 몸을 일으키며 말했다.

그녀가 순순히 따랐고 그는 그녀 옆에 누운 채 담요를 덮었다.

"자!" 그는 곧바로 그녀의 옷자락을 가슴 높이까지 끌어 올렸다. 그는 그녀의 젖가슴에 입을 맞춘 다음 젖꼭지를 부드럽게 애무했다.

"아, 너무 좋아, 너무 좋아!" 그가 갑자기 자신의 얼굴을 그녀의 하복부에 부드럽게 비비면서 말했다. 그녀는 그의 셔츠 안으로 손을 넣어 그의 몸을 감쌌다. 그런데 갑자기 그의 벌거벗은 몸, 그토록 호리호리하면서도 강인한 그의 몸이, 그 격렬한 근육이 두려웠다. 그녀는 두려움에 몸을 움츠렸다. 그가 "아, 너무 좋아"라고 말하는 순간 그녀 안의 그 무언가가 떨렸으며 그녀 정신 속의 그 무언가가 저항감에 뻣뻣하게 굳었다. 두 몸이 이렇게 밀착되어 있다는 사실로 인해, 또한 그가 유난히 서두르고 있다는 사실로 인해 그녀는 굳었다.

그가 이내 끝을 내고 침묵에 빠진 채 그녀가 의식할 수 없는 저 까마득한 지평선으로 멀어졌을 때 그녀의 마음이 울음을 터뜨렸다. 그녀는 그가 자신을 해변가의 돌멩이처럼 남겨둔 채 썰물처럼 멀리 멀리 물러가는 것을 느낄 수 있었다. 그가 물러가고 있었다. 그의 정신이 그녀를 떠나고 있었다.

그녀는 괴로움에 실제로 울음을 터뜨렸다. 폭풍 같은 울음이 부풀어 올랐고 그녀를 흔들었다. 그도 흔들렸다.

"아," 그가 말했다. "이번에는 잘 안 됐군요. 당신은 아직⋯⋯."

그래, 그는 알고 있었다. 그녀는 격렬하게 흐느꼈다.

"뭐, 그럴 수도 있지요." 그가 말했다. "늘 잘될 수는 없으니까."

"나는⋯⋯ 나는 당신을 사랑할 수 없어요." 그녀는 가슴이 무너지는 것 같아 흐느꼈다.

그는 그녀의 가슴에 손을 얹은 채 가만히 있었다. 그녀는 그의 몸에서 손을 떼놓고 있었다.

그녀는 흐느끼며 말했다.

"당신을 사랑하고 싶어요. 하지만 그럴 수 없어요. 그냥 무서울 뿐이에요."

그가 가볍게 웃음을 흘렸다. 쓴 웃음인 것 같기도 했고 재미있어 하는 것 같기도 했다.

"무서워할 것 읍습네다. 무섭게 할 생각 읍습네다. 지를 사랑할라구 애쓸 필요 읍습다. 억지로 되는 기 아님다."

그는 그녀 가슴에 올려놓고 있던 손을 떼어냈다. 그러자 그녀는 묘하게 만족스러웠다. 그녀는 갑자기 뱉어내는 그의 사투리가 싫었다. 그런데 그가 조용히 일어나 곁을 떠나려 할 때 그녀는 공포에 사로잡혀 그에게 매달렸다.

"가지 말아요! 제발! 내 곁을 떠나지 말아요! 화내지 말아요! 안아 줘요! 꼭 안아 줘요!"

그녀는 맹목적인 흥분에 사로잡혀 자신이 무슨 말을 하는지도 모르는 채 그에게 매달렸다. 그녀는 자기 자신으로부터, 자기 내부의 분노와 저항으로부터 구원받고 싶었다. 하지만 그녀를 사로잡고 있는 내부의 저항은 그 얼마나 강력했던가!

그가 다시 두 팔로 그녀를 안고 자신에게 끌어당겼다. 그의 품 안에서 그녀가 갑자기 작아졌다. 그의 품에 완전히 깃든 듯 작아졌다. 이제 저항은 사라지고 그녀는 놀라운 평화 속에 녹아들었다. 그 평화 속에서 그녀는 자신이 마치 바다와 같다고 느꼈다. 그 바다에 검푸른 파도가 일고 무섭게 팽창하며 부풀어 올랐다. 그녀는 자신도 모르는 사이에 절정에 달했고 정신을 잃었다. 이제 그녀는 가버렸고, 그녀는 그녀가 아니었다. 그녀는 다시 태어났다. 한 여성으로서 다시 태어났다.

오, 너무 사랑스러워, 너무 사랑스러워! 썰물처럼 모든 것이 빠져나가는 순간 그녀는 사랑스러움이 무엇인지 온전히 깨달았다. 참으로 완벽했다! 오, 내가 이것을 그토록 사랑했던 것일까!

"너무 사랑스러웠어요." 그녀가 신음하듯 말했다. "너무나!"

하지만 그는 아무 말 없이 여전히 그녀 위에 엎드린 채 부드럽게 그녀에게 입을 맞추었다. 그녀는 희생제의를 치르고 새롭게 태어난 존재로서의 무한한 행복감에 신음 소리를 냈다. 그리고 이제 그녀의 마음속에서 그에 대한 이상한 경이감이 눈을 떴다.

남자! 그녀의 몸 위에 있는 남자의 이상한 힘! 그녀는 아직 약간 두려워하면서도 그의 몸을 더듬고 있었다. 신의 아들이 인간의 딸과 함께 있었다. 오, 얼마나 아름다우며 얼마나 순수한 조직인가! 그녀의 손이 그의 등을 쓰다듬으며 엉덩이까지 내려가 어루만졌다. 오, 얼마나 아름다운가! 아름다움! 오, 아름다움! 조금 전까지만 해도 그토록 반감을 느끼던 이 몸이 이토록 아름다울 수 있다니! 이 따스하고 생생한 엉덩이의 감촉! 이루 말로 표현할 수 없는 이 아름다움! 생명 속의 생명! 순수하고 따뜻한, 강한 힘을 지닌 사랑스러움! 그의 두 다리 사이에 있는 이 둥근 것의 이상한 힘! 오, 얼마나 신비한가! 두 손에 담긴 이 부드럽고 묵직한, 참으로 신비스러운 이 무게여! 모든 것의 뿌리, 사랑스러운 것의 뿌리, 완전한 아름다움을 뽐내는 모든 것들의 원초적 뿌리!

이윽고 외부에 대한 의식이 되돌아오자 그녀는 그의 가슴에 매달리며 중얼거렸다.

"내 사랑! 오, 내 사랑!"

그는 그녀를 말없이 껴안았다. 그녀는 그의 가슴에서 몸을 옹크렸다. 완벽했다.

그의 침묵은 불가해했다. 그는 손으로 그녀를 한 송이 조용하고 사랑스러운 꽃처럼 움켜잡았다.

"당신 어디 있어요?" 그녀가 속삭였다. "어디 있어요? 말해 줘요! 무슨 말이든 해줘요."

그가 그녀에게 부드럽게 입을 맞추며 속삭였다.

"오, 귀여운 내 사랑!"

하지만 그녀는 그 말이 무슨 뜻인지, 그가 어디에 있는지 알 수 없었다.

"당신, 나를 사랑해요?" 그녀가 중얼거렸다.

"다 알잖아요." 그가 말했다.

"아니, 말해 줘요." 그녀가 간청했다.

"그걸 못 느꼈소?" 그가 희미하게, 그리고 부드럽게 말했다. 확신에 찬 어조였다. 그녀는 더욱더 그에게 매달렸다.

"나를 언제고 사랑한다고 말해줘요."

"예." 그가 멍하니 대답했다. 그녀는 자신의 요구가 그를 자신으로부터 멀어지게 한다고 느꼈다.

"이제 일어나야 하지 않아요?" 마침내 그가 말했다.

"싫어요." 그녀가 말했다.

"벌써 어두워지기 시작했소." 그가 말했다.

그녀는 그에게 입을 맞추었다. 더 이상 시간이 없음을 슬퍼하는 마음이 담긴 입맞춤이었다.

그가 일어나서 옷을 입었고 그녀는 엉덩이를 드러낸 채 그대로 엎드려 있었다. 그녀가 무슨 생각을 하고 있는 것인지 그는 알 수 없었다.

"나를 좋아해요?" 그녀가 물었다. 가슴이 두근거렸다.

"우리 사이는 이제 완전히 풀린 거요. 그래서 나는 당신 안에 들어갈 수 있는 거요. 당신이 나를 향해 당신을 열어주었기에 나는 당신을 사랑하오."

"이제 내가 당신을 이용하려 했다고는 생각하지 않지요?"

"어떻게?"

"아이를 갖기 위해서……."

"누구나 아이를 가질 수는 있는 거요." 그가 각반 끈을 조이며 말했다.

그녀는 가만히 누워 있었다. 그가 문을 열었다. 그는 밖으로 나가 암탉들을 가두었다. 그가 다시 돌아왔을 때도 그녀는 여전히 누워 있었다.

그녀는 그녀 옆 걸상에 앉았다.

"떠나기 전에 하룻밤 정도 더 올 수 있겠능교?" 그가 그녀에게 물었다.

그는 그의 말투를 흉내 내며 "그라겠구만"이라고 대답했다.

"은제 오시갔소?"

"깅께, 일요일에."

"아, 일요일에!" 그가 그녀를 보고 웃었다.

"아니, 일요일은 안 되겠구만. 그라믄 은제 오시갔소?"

"왜 안 되능교?" 그녀의 말에 그가 웃었다. 사투리 흉내가 귀여웠던 것이다.

그는 일어나서 그녀의 두 눈 사이에 입을 맞추었다.

"나를 사랑하지요?" 그녀가 물었다.

그는 대답 대신 그녀에게 입을 맞추었다.

그녀가 땅거미 진 시각에 집으로 향했을 때 세상이 모두 한바탕 꿈인 듯 여겨졌다. 그녀가 집에 이를 때까지 경사진 언덕은 생명이 넘쳐흐르고 있었다.

제12장

219

제13장

    일요일에 클리퍼드는 숲으로 나가고 싶어 했다. 화창한 아침이었고 배꽃과 자두꽃이 흰색을 뽐내며 여기저기 만발해 있었다. 그녀는 밤나무가 늘어선 차도 꼭대기에서 그를 기다리고 있었다. 그의 전동휠체어가 천천히 코니가 있는 곳까지 올라왔다. 아내 곁으로 오자 그가 말했다.

    "포효하는 준마를 탄 클리퍼드 경 납신다!"

    "적어도 콧김은 내뿜는 셈이네요." 코니가 웃었다.

    그는 휠체어를 멈추고 길게 펼쳐진 저택 전면을 바라보았다.

    "래그비 저택은 눈 하나 깜짝하지 않는군." 그가 말했다. "당연히 그럴 필요 없지! 인간 정신의 성과물에 내가 타고 있는데! 말 따위보다 훨씬 뛰어나지!"

"그건 그래요. 말 두 필이 끄는 마차를 타고 승천했다는 플라톤도 요즘이라면 포드 자동차를 타고 가겠지요." 그녀가 그의 말을 받았다.

"혹은 롤스로이스를 타거나. 플라톤은 귀족이었으니. 어쨌든 내년에는 건물 낡은 부분을 좀 수리해야겠어. 천 파운드 정도는 남겨 놔야겠어. 돈이 많이 들 거야."

"좋아요!" 코니가 말했다. "파업만 없으면 말이에요."

"왜 또 파업을 한다는 거지? 회사만 망쳐 놓을 뿐 얻는 게 뭐가 있다고? 불을 보듯 빤한 사실인데!"

"기업을 망쳐도 상관없나 보지요." 코니가 말했다.

"거 철딱서니 없는 여자들처럼 말하지 말아요. 기업이 그 친구들 주머니를 두둑하게 해주지는 못해도 배는 채워주잖아."

"당신, 전에는 보수적 무정부주의자라고 하지 않았어요?"

"내 말을 제대로 이해했는지 모르겠군. 내 말은 인간이란 삶의 형식과 그 기구들을 온전하게 보존할 수 있는 한, 개인적으로 그 무엇이건 자기 마음대로 될 수 있고, 마음대로 느끼고 행동할 수 있다는 뜻이었소. 어쨌든 잘만 운영해 나가면 파업은 없을 거야."

"어째서요?"

"아예 파업이 불가능하게 만들어 놓을 거거든."

"하지만 광부들이 가만히 있겠어요? 당신이 내건 조건들을 받아들일까요?"

"그럼, 우리가 점잖게 나가면……. 어쨌든 사업이 개인보다 중요하다는 것을 그들이 깨닫게 해야 해."

"하지만 당신이 꼭 사업 소유주여야 하나요?"

"반드시 그렇지는 않소. 하지만 어느 정도까지는 꼭 그래야 해. 이제 그 문제는 거의 종교적인 문제가 되고 있어. '네가 갖고 있는 것을 가난한 자에게 나누어줄 것이 아니라 갖고 있는 것으로 산업을 진흥해서 가난한 자에게 일자리를 마련해 주어라.' 이게 새로운 복음이지. 갖고 있는 것을 나누어주기만 하다가는 우리뿐 아니라 가난한 사람들까지 굶어 죽게 만들기 십상이야. 그런 것을 염두에 두는 것이 진정한 보스요."

"저라면 그런 보스는 사양하겠어요. 당신은 그들에게 무엇을 준다고 말하지만 실은 파는 거잖아요. 뭐든 파는 거잖아요. 그 사람들에게 한 방울의 동정이라고 준 적이 있어요? 오히려 인간성을 빼앗고 있잖아요."

"아니, 그러면 어떻게 해야 한단 말이오?" 그가 노여움으로 파랗게 질린 채 말했다. "그들에게 약탈이라도 하러 오라고 해야 하나?"

"모르겠어요. 암튼 테버셜이 왜 점점 더 추해지는 거지요? 왜 사람들이 점점 더 희망 없이 살아야 하지요?"

"당신 눈으로 보니까 그렇지, 그들은 그들 나름대로 예쁜 테버셜을 만들어가는 것이고, 그들 나름대로의 예쁜 삶을 살고 있는 거요. 내가 그들 대신 그런 생활을 할 수는 없는 노릇 아니오? 딱정벌레는 딱정벌레의 삶을 살아가고 있는 거요."

"사람들이 당신을 미워하는 것도 무리가 아니겠어요." 그녀가 말했다.

"절대로 나를 미워하지 않아." 그가 반박했다. "착각하지 말아요. 그들은 당신이 말하는 의미에서의 인간이 아니야. 그들은 당신이 이해할 수 없는 동물이야. 대중이란 언제나 똑같고 앞으로도 달라지지 않을 거야. 네로 황제의 노예나 우리들의 광부나 포드 자동차 회사 직공이나 다 똑같아요. 대중이란 변화할 수 없는 거야."

클리퍼드가 하층 계급에 대한 자신의 생각을 이렇게 노골적으로 드러내는 것을 보자 코니는 경악했다. 그가 하는 말에는 저항하기 어려운 진실이 들어 있기는 했다. 하지만 그것은 잔인하기 짝이 없는 진실이었다.

제13장

223

그녀가 창백해진 얼굴로 아무 말이 없자 클리퍼드는 휠체어를 다시 움직이기 시작했다. 숲으로 들어가는 문에 이르러 그녀가 문을 열자 그가 다시 말했다.

"그리고 이제 우리가 손에 쥐어야 하는 것은 칼이 아니라 채찍이오. 역사가 시작된 이래 대중은 통치되어 왔고 세상에 종말이 올 때까지 그래야 할 거요. 그들에게 자치 능력이 있다고 말하는 것은 위선이거나 희극이요."

"하지만 당신이 그들을 통치할 수 있어요?"

"나? 물론이지. 내 정신이나 의지는 불구가 아니야. 다리만 못 쓸 뿐이지. 통치한다는 내 역할은 충분히 할 수 있어. 내게 아들만 줘. 그러면 그 애가 나를 이어서 제몫을 해낼 거야."

"하지만 당신 핏줄이 아닐 수도 있잖아요. 지배 계층이 아닐 수도 있고……." 그녀는 더듬거렸다.

"건강하고 지능이 지나치게 낮지만 않다면 아버지가 누구건 상관없어. 내가 교육을 통해 유능한 채털리 가문 사람으로 만들어 놓을 거야."

"그렇다면 하층 계급이니 귀족이니 하는 건 핏줄과 상관없다는 말인가요?"

"맞아. 그런 건 다 낭만적인 환상일 뿐이야. 그 어떤 핏줄이라도 대중 속에서 자라면 대중이 되는 거야. 귀족은 핏줄이 아니라 하나의 기능이며 운명의 일부야. 개인은 하나도 중요하지 않아. 어떤 기능을 지니도록 양육되었는가, 거기에 적합하냐 하는 것만이 문제될 뿐이오. 귀족 전체의 기능이 귀족을 만드는 거요."

"그렇다면 인간들 사이에는 공통되는 인간성이란 없다는 건가요?"

"당신 좋을 대로 생각하구려. 우리에게는 모두 배를 채우려는 욕구가 있지. 하지만 그것을 기능적으로 표현하거니 실천하는 차원에서는 지배 계층과 피지배 계층 사이에 절대적으로 뛰어넘을 수 없는 간극이 존재하오. 그 두 기능은 상호 대립되는 것이고, 바로 그 기능이 한 개인을 결정하는 거요."

코니는 어안이 벙벙해서 그를 바라보았다. 숲속에 들어서자 클리퍼드는 더 이상 논쟁을 하지 않기로 했다.

전동휠체어는 천천히 엔진 소리를 울리며 마치 우유거품처럼 꽃대를 세우고 있는 물망초들 사이로 천천히 나아갔다. 클리퍼드는 오고가는 사람들의 발자국에 의해 오솔길이 만들어진 길 한가운데로 휠체어를 몰았다. 코니는 뒤를 따라가면서 휠체어 바퀴에 선갈퀴, 자난초들이 짓이겨지는 모습을, 좀가시

제13장

225

풀의 노란 작은 꽃받침이 으깨지는 모습을 바라보았다. 바퀴들은 물망초들 사이에도 자국을 남겼다.

전동 휠체어가 이윽고 언덕 위에 오르자 클리퍼드는 휠체어를 멈추고 아래쪽을 내려다보았다.

온갖 꽃들이 만발해 있었다. 푸른 초롱꽃이 마치 푸른 강물처럼 길을 덮으며 언덕 밑까지 이어지고 있었다.

"정말 아름답군." 클리퍼드가 말했다. "정말 놀랄 정도야. 잉글랜드의 봄만큼 아름다운 데가 또 있을까!"

코니에게는 그 말이 마치 의회의 법안에 의해 봄꽃들이 피어났다는 소리처럼 들렸다. 잉글랜드의 봄! 왜 아일랜드의 봄이나 유대의 봄이 아니란 말인가!

"우리 샘가까지 내려가 볼까?" 클리퍼드가 말했다.

"다시 올라올 수 있겠어요?"

"한번 해봅시다. 모험하지 않으면 얻는 것도 없도다!"

휠체어가 푸른 히아신스가 에워싸고 있는 길을 따라 천천히 내려가기 시작했다. 이윽고 그들은 꿩 사육장 오두막 쪽으로 향하는 좁은 길을 지나갔다. 휠체어가 겨우 지나갈 정도의 좁은 길이었다. 휠체어가 언덕 아래에 이르자 커브 길을 돌아 시야에서 사라졌다. 그때 코니의 뒤쪽에서 가벼운 휘파람 소리가 들렸다. 그녀는 날카롭게 두리번거렸다. 사냥터지기가 성큼성큼 언덕을 걸어 내려오고 있었고 개가 뒤따르고 있었다.

"클리퍼드 경께서 꿩 사육장으로 가시는 겁니까?" 그가 그녀의 눈을 들여다보며 물었다.

"아니, 샘가로 가는 거예요."

"아, 그래요? 그렇다면 그를 안 만날 수 있겠군요. 하지만 오늘 밤 당신을 만나고 싶습니다. 10시쯤 장원 문에서 기다리겠어요."

그가 다시 한번 그녀의 눈을 들여다보았다.

"좋아요." 그녀가 우물쭈물 말했다.

그때 코니를 부르는 휠체어의 경적 소리가 들렸다. 그녀가 "네"하고 대답했다. 사냥터지기는 얼굴을 찌푸리더니 손으로 그녀의 가슴을 아래로부터 위로 더듬었다. 그녀는 깜짝 놀라 그를 쳐다보더니 언덕을 달려 내려갔다.

클리퍼드는 낙엽송이 검게 우거진 언덕 중간에 있는 샘을 향해 올라가고 있었다. 코니가 그를 따라잡았을 때 그는 이미 샘가에 이르러 있었다.

"정말 수고했어." 그가 휠체어를 가리키며 말했다.

코니는 나뭇가지에 걸린 에나멜 컵을 들고 물을 받아 클리퍼드에게 주었다. 그는 음미하듯 물을 마셨다. 코니는 다시 물을 떠서 자신도 한 모금 마셨다.

"얼음 같아요." 그녀가 숨을 헐떡이며 말했다.

코니는 흰 구름을 쳐다보며 말했다.

"비가 올 것 같아요."

"비? 왜? 비가 오길 바라오?"

둘은 귀로에 올랐고 클리퍼드는 조심스레 언덕을 내려갔다. 계곡 아래에 이르자 그는 오른쪽으로 방향을 틀었다. 이어서 약 100미터 가량 비탈 아래쪽의 길을 더 전진한 뒤 히아신스 꽃들이 피어 있는 오르막길로 접어들었다.

"자, 이제 부탁한다!" 클리퍼드는 언덕길로 접어들면서 휠체어에게 말했다.

매우 가파르고 울퉁불퉁한 오르막이었다. 전동 휠체어는 기를 쓰며 천천히 기어 올라갔다. 하지만 숨을 헐떡이듯 올라가던 휠체어가 딱 멈추고 말았다.

"경적을 울리는 게 낫겠어요. 사냥터지기가 달려올 거예요." 코니가 말했다. "좀 밀어줄 수 있을 거예요. 나도 밀어보지요. 도움이 될 거예요."

"얘를 좀 쉬게 합시다. 바퀴에 돌멩이를 괴어주겠소?"

코니는 시키는 대로 했다.

"내가 좀 밀어볼까요?"

"괜찮아. 밀지 마!"

그가 다시 휠체어 시동을 걸어보았지만 여전히 꼼짝도 하지 않았다. 힘이 부족했던 것이다.

"내가 밀어볼게요. 어서 경적을 울려 사냥터지기를 부르세요."

"제기랄, 밀지 마! 좀 얌전히 있어!"

코니는 입을 다물었다. 그는 다시 한번 시도해 보았다. 하지만 엔진에 무리가 갔는지 휠체어는 이상한 소리를 내면서 꼼짝도 하지 않았다.

클리퍼드는 신경질이나 부리듯 요란하게 경적을 울렸다. 그러자 사냥터지기가 곧바로 나타났다. 그가 공손하게 인사를 했다.

"자네 전동차 모터에 대해 아는 게 좀 있는가?" 클리퍼드가 날카롭게 물었다.

"모릅니다. 어디 고장 났습니까?"

"그런 모양이야. 암튼 좀 들여다보게. 어디 망가진 데나 없는지 살펴봐. 제길, 내가 내려가서 살펴볼 수 있으면 좋으련만!"

멜러즈는 윗도리를 벗어 나뭇가지에 걸쳐 놓은 다음 몸을 구부리고 살펴보았다.

"부러진 데는 안 보이는 뎁쇼. 제가 보기에는 이상이 없는 것 같습니다."

"하긴 자네가 할 수 있는 게 뭐 있겠나." 클리퍼드가 말했다.

"그렇긴 하지요. 하지만 부러진 데는 없는 게 분명합니다."

클리퍼드는 다시 시동을 걸고 기어를 넣었다. 하지만 휠체어는 꼼짝도 하지 않았다.

"좀 더 세게 해보시지요." 사냥터지기가 말했다.

휠체어가 쿨럭쿨럭 소리를 내는 것 같더니 힘없이 비틀거리며 조금씩 앞으로 나아가기 시작했다.

"좀 밀어주면 될 것 같습니다." 사냥터지기가 휠체어 뒤쪽으로 가며 말했다.

"저리 가지 못해!" 클리퍼드가 버럭 소리를 질렀다. "전동차가 알아서 하게 놔둬!"

"하지만 여보," 코니가 끼어들었다. "이 휠체어가 너무 힘이 없어요. 왜 그렇게 고집을 부려요."

클리퍼드는 얼굴이 새파랗게 되어 화를 냈다. 하지만 휠체어는 질주하듯 몇 미터를 나아가더니 딱 멈춰 섰다.

"이제 정말 더 안 되겠습니다." 사냥터지기가 말했다.

클리퍼드는 대답하지 않았다. 그는 마치 엔진을 조율하듯 빨리 돌려보기도 하고 천천히 돌려보기도 했다. 불길한 소리가 숲에 울려 퍼졌다. 그는 갑자기 기어를 넣으며 브레이크를 풀었다.

"그러다가 아예 엔진을 부수고 말겠습니다." 사냥터지기가 중얼거렸다.

휠체어가 갑자기 병이라도 난 듯 비틀거리더니 길 옆 도랑쪽으로 기우뚱거렸다.

"여보!" 코니가 고함치며 달려갔다. 사냥터지기는 휠체어 손잡이를 붙잡았다. 클리퍼드는 안간 힘을 써서 가까스로 휠체어를 도로 위로 다시 올려놓는 데 성공했다. 휠체어는 이상한 소리를 내며 언덕을 올라가가 시작했다. 멜러즈가 뒤에서 휠체어를 밀고 있었고 휠체어는 마치 원기라도 회복한 듯 천천히 언덕을 올라갔다.

"봐, 제대로 움직이잖아!" 클리퍼드가 의기양양하게 말하면서 어깨 너머로 뒤를 돌아다보았다. 사냥터지기의 얼굴이 보였다.

"자네가 밀고 있는가?"

"안 그러면 안 움직일 겁니다."

"손 떼지 못해. 밀지 말라고 했잖아."

"그러면 움직이지 않을 겁니다."

"내버려 두라니까!" 그가 버럭 고함을 질렀다.

사냥터지기가 뒤로 물러섰다. 그는 뒤돌아서서 옷과 총을 가지러 갔다. 클리퍼드가 온갖 용을 다 써보았지만 휠체어는 꼼짝도 하지 않았다. 사냥터지기가 돌아왔다. 클리퍼드는 멜러즈에게 휠체어 밑을 살펴보라고 했다. 사냥터지기는 배를 깔고 엎드려 휠체어 밑을 살펴보았다. 지배 계급과 피지배 계급!

멜러즈는 몸을 일으키며 참을성 있게 말했다.

"어디, 다시 한번 시동을 걸어보시지요."

마치 어린아이에게 말하듯 조용한 목소리였다. 그런 후 그는 재빨리 휠체어 뒤로 가더니 밀기 시작했다. 휠체어가 반은 기계의 힘으로, 반은 사람의 힘으로 움직이기 시작했다. 그러자 클리퍼드가 노여움에 가득 찬 목소리로 외쳤다.

"저리 비키지 못해!"

멜러즈는 얼른 손을 놓았다. 사냥터지기는 옷을 주워 입고 총을 주워 들었다. 자기가 할 일은 다 한 셈이었다. 그때였다. 휠체어가 천천히 뒤로 미끄러지기 시작했다.

"여보, 브레이크를 잡아요!" 코니가 외쳤다. 코니와 멜러즈가 재빨리 행동에 나서서 휠체어를 멈춰 세웠다. 코니와 멜러즈의 몸이 가볍게 스쳤다. 얼마 동안 침묵이 흘렀다.

"제길, 도움을 받는 수밖에 없겠군!" 노여움에 새파랗게 질린 클리퍼드가 중얼거렸다. "아무래도 밀어야 하겠어."

사냥터지기는 다시 옷과 총을 벗었다. 그가 휠체어에 다가갔다. 하지만 밀어도 꼼짝하지 않았다. 브레이크가 풀리지 않는 것이었다. 클리퍼드는 한 마디도 하지 않았다. 멜러즈는 힘이 들어 숨을 헐떡였다. 한참을 애쓴 끝에 브레이크가 풀렸다. 사냥터지기는 휠체어 바퀴에 돌을 괸 다음 숨을 헐떡이며 둑 위에 앉았다. 무리를 했는지 얼굴에 핏기가 가셨으며 가슴이 벌렁거리고 있었다. 반쯤 정신이 나가 있는 것 같았다.

그의 얼굴을 보고 코니는 클리퍼드를 향한 노여움에 고함이라도 치고 싶은 기분이었다. 잠시 죽은 듯한 침묵이 흘렀다. 허벅지 위에 올려놓은 그의 손이 떨리는 것이 보였다.

그녀는 그의 곁으로 가서 물었다.

"어디 다쳤어요?"

"아니, 아닙니다." 그가 화난 듯 얼굴을 돌렸다.

다시 침묵이 흘렀다. 클리퍼드의 후두부가 꼼짝도 않고 있었고 개도 가만히 서 있었다. 하늘에는 구름이 잔뜩 끼어 있었다.

이윽고 멜러즈가 한숨을 내쉬며 붉은 손수건으로 코를 풀었다.

제13장

233

"폐렴을 앓은 뒤로 기운이 많이 약해졌습니다." 그가 말했다.

그녀는 아무 말도 하지 않았다. 그녀는 그 덩치 큰 클리퍼드와 휠체어를 끌어올리는 데 든 힘의 양을 생각해보았다. 너무 심했다! 정말 너무 심한 일이었다!

그는 몸을 일으켜 다시 코트를 입고 휠체어의 핸들을 잡았다.

"클리퍼드 경, 준비되셨습니까?"

"언제든지!"

그는 허리를 굽혀 바퀴에 괸 돌을 들어낸 다음 온 힘을 다해 휠체어를 밀기 시작했다. 그의 얼굴이 무섭게 창백해졌다. 클리퍼드는 무거웠고 언덕은 가파랐다. 코니는 곁에서 함께 걷고 있었다.

"나도 밀겠어요." 그녀가 말했다. 그녀는 분노를 담아 함께 휠체어를 밀었다. 휠체어가 좀 더 빨리 앞으로 나아가기 시작했다. 클리퍼드가 뒤를 돌아보았다.

"당신도 밀어야 해?" 그가 말했다.

"그럼요! 당신, 이 사람을 죽일 작정이에요? 진즉 엔진이 작동했을 때 밀라고 했으면 됐을 것을!"

코니는 곧 말을 멈추었다. 숨이 찼기 때문이었다. 그녀 눈앞에 햇볕에 탄 자그마한 그의 손이 보였다. 코니는 재빨리 그 손에 입을 맞추었다. 바로 코앞에 클리퍼드의 뒤통수가 미동도 않은 채 있었다.

두 사람은 겨우 휠체어를 언덕 위까지 밀어 올릴 수 있었다. 힘든 일에서 겨우 해방된 코니는 안도의 한숨을 내쉬었다. 언덕 위에 앉아 쉬면서 그녀는 자신이 이 두 남자 사이에 우정이 생기길 꿈꾸었던 적이 있음을 상기했다. 한 명은 그녀의 남편이었고 한 명은 아이의 아버지였다. 하지만 그 꿈은 덧없는 꿈이었다. 두 사람은 마치 물과 불처럼 서로 적대감을 품고 있다. 그들은 서로 상대방을 죽이고 있었다. 그녀는 생전 처음으로 증오감이라는 것이 얼마나 기이할 정도로 미묘한 것인가를 깨달았다. 그리고 그녀는 생전처음 진정으로, 결정적으로 클리퍼드를 증오했다. 너무나 생생한 증오였다. 이 지상에서 그를 말살해버리고 싶을 정도였다. 그리고 그를 증오하자, 그를 증오한다는 것을 분명히 인식하자 이상하게 자유로워졌다. '나는 이제 그를 증오한다. 더 이상 그와 함께 살아갈 수 없다'라는 생각이 그녀의 머리에 떠올랐던 것이다.

저택 입구까지 오자 클리퍼드가 말했다.

"멜러즈, 고맙네. 모터를 갈아야 하겠어. 부엌으로 가서 식사를 하고 가게. 식사 때가 되었을 거야."

제13장

235

"감사합니다, 클리퍼드 경. 하지만 일요일에는 어머니 댁에서 식사를 합니다."

"좋을 대로 하게나."

그날 점심 식사 때 코니는 도저히 자신의 감정을 억제할 수 없었다.

그녀가 클리퍼드에게 말했다.

"당신에게는 왜 남을 배려하는 마음이 조금도 없어요?"

"누구에게 말이요?"

"사냥터지기 말이에요. 그런 게 지배 계급이라면 유감일 수밖에 없어요. 만일 그 사람이 다리가 아파서 당신처럼 휠체어에 앉아 있었다면 당신은 어떻게 했겠어요?"

"이 귀여운 복음주의자! 사람과 인격을 혼동하는 건 좋지 않아."

"당신들이 말하는 '노블리스 오블리주' 같은 건 정말 신물이나요! 치사하고 메마른 그 동정심!"

"아니, 그렇다면 어떻게 하라는 거지? 사냥터지기에게 필요 이상의 감정을 가지라는 건가? 나는 그런 건 거절하겠어. 그런 건 복음 전도사에게나 맡기겠어."

"마치 그 사람은 당신 같은 사람이 아닌 것처럼 말하는군요."

"맞아. 그는 장화를 신은 사냥터지기이고 내가 일주일에 2파운드의 돈과 살 집을 마련해주고 있으니까."

"돈을 준다고요! 무슨 대가로 일주일에 2파운드의 돈과 집을 제공하는 거지요?"

"그가 해주는 일에 대해서이지."

"나라면 그런 건 사양하겠어요."

"그 자도 그러고 싶을 거요. 하지만 그럴 수 없을 뿐이지."

"그런 게 당신의 지배라는 거예요? 당신은 지배하고 있지 않아요. 허풍 떨지 말아요. 당신은 당신 몫 이상의 돈을 갖고 있을 뿐이고 당신을 위해 일하고 있는 사람들에게 일주일에 2파운드씩 주면서 굶어 죽기 싫으면 일을 하라고 협박하고 있는 거예요. 지배한다고요? 그래, 지배하면서 무엇을 주고 있는 거지요? 당신은 피도 눈물도 없는 사람이에요! 당신은 유대인이나 악덕 고리대금업자처럼 당신 돈으로 횡포를 부리는 거예요."

"채털리 부인, 아주 말씀을 잘하시는군!"

클리퍼드는 노여움에 질려 벨을 눌러 볼턴 부인을 불렀다. 코니도 화가 나서 자기 방으로 올라와버렸다.

제13장

'돈으로 사람을 사는 인간들! 좋아, 하지만 나는 살 수 없을 걸! 이제 더 이상 저 사람 곁에 있을 필요가 없어. 셀룰로이드 영혼에 몸은 죽은 생선 같은 신사! 그러면서도 매너니 지혜니 운운하면서 사람들을 기만하고 있는 신사라는 인간들!'

하지만 그녀는 그를 미워하고 싶지 않았다. 그 어떤 감정으로건 그와 엮이기 싫었다.

저녁때가 되자 그녀는 시치미를 떼고 아래층으로 내려갔다. 클리퍼드는 프랑스어 책을 읽고 있었다. 프루스트의 『잃어버린 시간을 찾아서』였다. 둘은 그 작품을 놓고 또다시 논쟁을 벌였다. 코니는 지겨워서 위층 자기 방으로 올라갔다.

침대에 누워 있던 코니는 9시 반이 되자 자리에서 일어났다. 그녀는 밖으로 나가 귀를 기울였다. 아무 소리도 들리지 않았다. 그녀는 실내복을 입은 채 아래층으로 내려갔다. 클리퍼드는 볼턴 부인과 카드놀이를 하고 있었다. 늦은 밤까지 내내 카드놀이를 할 것이 분명했다.

코니는 다시 방으로 들어갔다. 그녀는 헝클어진 침대에 잠옷을 벗어던지고 얇은 테니스복을 입은 뒤 그 위에 털옷을 걸쳤다. 이어서 그녀는 테니스화를 신고 가벼운 코트를 걸쳤다. 이로써 준비는 다 된 셈이었다. 누군가 만난다면 산책한다고 하

자. 그리고 새벽에 누구를 만난다면 이른 아침 산책을 했다고 말하자. 전에도 아침 식사 전에 자주 산책을 했으니 이상하게 생각할 사람은 없을 것이다. 한 가지 위험이 있다면 한밤중에 누군가 그녀의 방으로 찾아오는 것이다. 하지만 그런 일은 절대로 없을 것이다.

베츠는 아직 문을 잠가 놓지 않았다. 그는 밤 10시에 문단속을 하고 아침 7시면 문을 열어놓는다. 코니는 그 누구의 눈에도 띄지 않고 조용히 집에서 빠져나왔다. 반달이 어슴푸레하게 주변을 밝히고 있었다. 하지만 어두운 회색 옷으로 감싼 그녀의 모습을 비출 만큼 밝지는 않았다. 그녀는 빠른 걸음걸이로 장원을 지났다. 하지만 밀회의 짜릿함에 젖어 있다기보다는 일종의 분노와 반항의 정신이 그녀 마음속에서 불타오르고 있었다. 그것은 애인과 밀회를 앞두고 있는 정겨운 마음이 아니었다. 그것은 '전시(戰時)에는 전시답게'의 마음가짐이었다.

제13장

제14장

그녀가 장원 문 가까이 갔을 때 찰각하는 빗장 소리가 들렸
다. 그가 그곳에 있었다. 어두운 숲속에서 그녀를 지켜보고 있
었던 것이다.

"아주 일찍 오셨군요." 그가 어둠 속에서 말했다. "별 일 없
었습니까?"

"아무 일 없었어요."

둘은 떨어진 채 잠시 아무 말 없이 걸었다.

"오늘 아침에 휠체어를 밀다가 다치지 않았어요?" 그녀가
물었다.

"아뇨, 괜찮아요!"

"클리퍼드가 미웠지요?"

"미워하다니요! 절대로! 그런 사람들을 하도 많이 만나서 미워하고 뭐고 없습니다. 그런 종류의 사람들이 어떤 인간인지 잘 알고 있어서 그냥 하는 대로 내버려 둡니다."

"그런 종류의 사람들이라니요?"

"아니, 나보다 당신이 더 잘 알고 있을 텐데. 여자처럼 어린 신사, 공이 없는 신사를 말합니다."

"공이요? 무슨 공이요?"

"공 말입니다! 남자의 공!"

그녀는 잠시 생각했다.

"하지만 그게 무슨 상관이 있어요?" 그녀는 약간 불쾌해하며 물었다.

"바보 같은 사람은 머리가 없다고들 하지요. 비열한 사람은 심장이 없다고 하고. 겁쟁이에게는 배짱이 없다고 합니다. 마찬가지로 남자로서 지녀야 할 씩씩한 야성이 없는 사람은 공이 없다고 하는 겁니다. 말하자면 길이 든 사람이지요."

이윽고 두 사람은 오두막에 다다랐고 멜러즈는 자물쇠를 열고 안으로 들어갔다. 그녀도 안으로 들어가자 그는 빗장을 질렀다. 코니는 난롯가 걸상에 앉았다.

그는 스패니얼 개에게 먹이를 준 다음 각반을 풀고 구두를

제14장

241

벗었다. 난롯가에 앉은 코니는 눈길을 돌려 방을 둘러보았다. 아무런 장식도 없는 쓸쓸한 방이었다. 그런데 머리 위 벽에 꽤 크게 확대한 사진이 걸려 있었다. 젊은 신혼부부 사진이었다. 남자는 분명히 사냥터지기였으며 약간 뻔뻔스러운 여자는 분명 그의 아내였다.

"당신이에요?" 코니가 물었다.

그는 고개를 들어 사진을 바라보았다.

"네, 결혼 직전에 찍은 겁니다. 내가 스물한 살 때였습니다."

"저 사진이 좋은가보지요?"

"좋아하느냐고요? 아뇨! 절대로!"

"그렇다면 왜 걸어놓은 거지요? 아마 부인이 걸어놓으라고 한 모양이지요?"

그는 갑자기 씩 웃으며 그녀를 바라보았다,

"그 여자가 갖고 갈만한 건 다 가지고 갔습니다. 그리고 저것만 남겨놓았지요."

"그렇다면 왜 갖고 있어요? 아직 애틋한 마음이 남아서?"

"아니, 생전 쳐다보지도 않습니다. 저기 있는지도 몰랐습니다. 이 집으로 온 이래 그냥 죽 걸려 있었으니까요."

"그럼 왜 불태워버리지 않아요?"

"그거 괜찮은 생각이로군요."

그는 부엌으로 가서 망치와 펜치를 가지고 돌아왔다. 이어서 그는 못을 뽑아내고 뒤판을 뜯어낸 다음 사진을 끄집어냈다. 그런 후 그는 재미있다는 듯 사진을 들여다보았다. 이어서 그는 사진을 갈기갈기 찢더니 난롯불에 던져 버렸다.

"부인을 사랑했나요?" 코니가 그에게 물었다.

"사랑이요? 당신은 클리퍼드 경을 사랑합니까?"

코니는 화제를 다른 곳으로 바꾸고 싶지 않았다.

"어쨌든 그녀를 좋아하긴 했지요?"

"좋아했냐고요?"

"아마 지금도 좋아하는 것 같아요."

"내가요!" 그는 눈을 크게 뜨고 말했다. "아니, 절대 아닙니다. 생각조차 하고 싶지 않습니다."

"왜요?"

그는 대답 대신 고개를 가로저었다.

"그렇다면 왜 이혼을 안 하는 거예요? 언젠가는 돌아올 거 아니에요?" 코니가 여전히 집요하게 물었다.

그가 날카로운 눈빛으로 그녀를 바라보았다.

"1킬로미터 이내로도 오지 않을 겁니다. 내가 싫어하는 것보

제14장

243

다 더 나를 싫어하니까요. 관청 같은 데 드나드는 게 싫어서 이혼도 못한 겁니다. 이혼할 겁니다."

그 말을 듣고 코니는 내심 기뻤다. 그녀가 다시 말했다.

"그렇다면 왜 그녀와 결혼했어요? 당신보다 훨씬 평범한 여자 같던데……. 볼턴 부인이 그녀 이야기를 해주었어요. 당신 같은 사람이 왜 그녀와 결혼했는지 도통 모르겠다더군요."

그가 그녀를 뚫어져라 바라보았다.

"말해드리지요. 나는 열여섯 살 때 처음으로 여자를 만났습니다. 학교 교사 딸이었지요. 정말 예쁜 여자였습니다. 내가 셰필드 중학교를 나오고 영어에 프랑스어도 할 줄 아니까 다들 제법 똑똑하다고들 했지요. 우리는 인근에서 제일 교양 있는 연인이었습니다. 하지만 그녀에게는 도무지 섹스라는 게 없었습니다. 간신히 타일러서 관계를 가졌지만 내가 흥분했는데도 그녀는 조금도 그런 건 바라는 것 같지 않았습니다. 나를 존경하고 이야기를 나누고 키스를 하는 건 좋아했지만 다른 욕망은 조금도 없었습니다. 나는 냉정하게 그 소녀를 버렸습니다. 그런 후 다른 여자와 가까이 했습니다. 나보다 나이가 많은 여자였지요. 그 여자는 결혼한 남자와 연애를 해서 그 남자를 반쯤은 미치게 만들었다는 여교사였습니다. 바이올린을 켜는 여자였지요. 하지만 그녀는 연애에 대해서는 미친 듯 몰두하면서도 섹스에 대해서는 아무 흥미가 없던 여자였습니다. 내가 섹스를 강요하면 내게 화를 냈고 나를 미워했습니다. 당연히 실패했습니다. 나는 나를 원하는 여자, 그것을 원하는 여자를 원하게 되었습니다. 그리고 그럴 때 만난 것이 바로 버서 쿠츠였습니다.

어렸을 때 이웃이었기에 그녀 집에 대해서는 잘 알고 있었습니다. 평범한 집안이었지요. 그녀는 호텔 급사나 그 비슷한 일을 하고 있었을 겁니다. 아무튼 남자들을 호리기 위해 요란한 복장을 하고 다니던 여자였습니다. 그때까지 관청 서기 노릇을 하고 있던 나는 그 일을 때려치우고 테버셜의 제철공이 되었습니다. 아버지 직업이었습니다. 그 후로 이른바 훌륭한 영어를 집어치우고 사투리를 쓰게 되었습니다. 부친이 돌아가시고 300파운드의 유산을 남겨주었을 때 나는 그녀와 가까이 했습니다. 나는 그녀가 교양 없는 평범한 여자인 것이 마음에 들었습니다. 나도 평범해지고 싶었습니다. 나는 그녀와 결혼했고 나쁘지 않았습니다. 그녀는 나를 원했고 그것을 숨기지도 않았습니다. 나는 너무 기뻤습니다. 바로 내가 원하던 것이었습니다. 섹스를 하는 나를 원하는 여자를 만난 겁니다. 그런데 묘한 일이 벌어지기 시작했습니다. 내가 그 짓을 너무 즐긴다고 나를 깔보기 시작한 겁니다. 집안일을 되는 대로 내팽개치는가 하면 내가 일터에서 돌아와도 저녁을 챙겨주지 않는 겁니다. 그리고 내가 뭐라고 잔소리라도 하면 내게 마구 달려들었습니다. 그뿐이 아니었습니다. 정말 오만무례하게 나를 대했습니다. 내가 그녀를 원할 때면 결코 나를 받아들이지 않았습니다. 언제나 사납게 나를 몰아냈습니다. 그녀가 나를 하도 밀어내는 통에 더이상 그녀를 원치 않게 되면 이번에는 그녀가 온갖 아양을 떨면서 나를 소유했습니다. 언제나 질 수밖에 없었지요. 하지만 그 일을 할 때 그녀는 결코 나와 함께 끝을 내지 않았습니다. 내가 반시간 이상 시간을 끌면 그 여자는 더 시간을 끌었습니다. 내가 절정에 도달해서 끝내고 나면 그녀는 그제야 자기를 위해 움직이기 시작했습니다. 그 여자는 내가 아무리 움직여도 감흥이 없었고 자기 스스로 움직여야만 감흥을 느낄 수 있었던 겁니다. 그리고 그렇게 스스로 움직일 때는 정말 미친 여자 같았습니다. 정말 견디기 어려웠습니다. 결국 잠자리를 따로 하게 되었고 그녀를 절대로 내 방에 들어오지 못하게 했습니다.

나는 지긋지긋했고 그 여자는 나를 증오했습니다. 아이를 낳기 전에 정말이지 무섭게 나를 증오했습니다. 나는 그녀가 나를 증오해서 아이를 갖게 된 거라고 가끔 생각하곤 합니다. 어쨌든 아이를 낳고 나서 나는 그녀를 내버려두었습니다. 그런 후 전쟁이 터졌고 나는 입대했습니다. 내가 돌아왔을 때는 이미 그녀가 스택스게이트에서 어느 남자와 살고 있었습니다."

그는 얼굴이 창백해진 채 말을 끊었다.

"스택스게이트의 남자란 어떤 사람이에요?" 코니가 물었다.

"상소리만 지껄이는 몸집 큰 어린애 같은 친구입니다. 그녀에게 숨도 못 쉬고 살고 있지요. 둘 다 술주정뱅이입니다."

"어머나, 돌아오면 큰일이네요."

"맙소사! 만일 그런다면 내가 다시 사라질 겁니다."

"당신이 원하던 여자를 만나긴 만났는데 너무 지나쳤다는 건가요?"

"그런 것 같습니다. 하지만 어찌 보면 그게 낫습니다. 나는 젊었을 때 만났던 순진한 여자나 백합꽃처럼 독 있는 향기를 내뿜는 여자는 질색입니다. 그래서 그 어떤 여자와도 관계를 맺고 싶지 않았던 겁니다. 나 자신을 지키고 싶었고 사생활과 체면을 지키고 싶었던 겁니다."

그의 얼굴빛이 어두웠다.

"그렇다면 내가 끼어 든 것도 마음에 들지 않았겠네요." 그녀가 물었다.

"그렇기도 했고 기쁘기도 했습니다."

"그럼, 지금은 어때요?"

"밖에서 벌어질 일을 생각하면 걱정이긴 합니다. 조만간 온갖 복잡하고 추한 일이 벌어질 겁니다. 고발이 있을지도 모르고요. 그 생각만 하면 기운이 빠지고 우울해집니다. 하지만 피가 끓어오를 때면 기뻐집니다. 의기양양해지기도 하고요. 나는 정말 씁쓸한 기분이었습니다. 진정한 섹스란 것은 존재하지 않는다고 생각하고 있었으니까요. 자연스럽게 남자와 궁합을 맞추는 여자는 없다, 라고 생각했었습니다."

"그런데 나를 만나 기쁘다는 건가요?"

"그렇습니다."

코니는 아무 말이 없었다. 밤이 깊어가고 있었다.

"당신은 남자와 여자의 관계가 중요하다고 생각하나요?"

"내게는 그렇습니다. 내게는 그게 삶의 핵심입니다. 여성과 제대로 된 관계만 맺는다면 말입니다."

"그런 것을 얻지 못하면요?"

"그럭저럭 지낼 수밖에 없지요."

그런 후 그는 일어나서 개를 밖으로 데리고 나가서 장작을 갖고 돌아왔다. 그가 난롯가에서 불을 지폈고 그녀는 그에게 몸을 기댔다. 그는 난롯불을 바라보며 코니를 꼭 껴안았다.

"걱정하지 말아요." 그녀가 그의 손을 잡으며 말했다. "최선을 다 하면 되는 거예요."

"나는 내가 누구인지 모르겠어요. 앞날이 암담할 뿐입니다."

"아녜요!" 그녀가 그에게 매달리며 항변했다. "왜요? 왜요?"

"우리 모두에게 어두운 날이 다가오고 있어요." 그가 마치 예언자처럼 어두운 얼굴로 되풀이했다.

"아니에요! 그런 말은 하지 마세요!"

그는 말없이 있었다. 하지만 그녀는 그의 내부의 공허와 절망을 느낄 수 있었다. 그것은 욕망의 죽음, 사랑의 죽음에 대한 공허와 절망이었다. 그 절망은 마치 영혼이 사라져버린 남자 내부의 어두운 동굴과도 같았다.

"당신은 섹스에 대해 너무 냉정하게 말하고 있어요." 그녀가 말했다. "당신은 오로지 당신만의 기쁨과 만족만을 원하고 있어요."

"아닙니다. 나는 여인의 즐거움과 만족을 얻기를 원하고 있습니다. 그런데 그것을 얻지 못한 겁니다. 나는 여자가 동시에 내게서 만족을 얻지 못하면 나 스스로도 만족을 얻지 못하기

제14장

때문입니다. 그런데 그런 일은 한 번도 없었습니다."

"하지만 당신은 여자를 믿지 않는 것일 뿐이에요. 나조차도 진정으로 믿고 있지 않잖아요." 그녀가 말했다.

"여자를 믿는다는 게 무슨 의미인지 모르겠소."

"바로 그거예요! 그게 문제라고요! 당신이 진정으로 믿는 게 뭐가 있어요?"

"모르겠소."

"당신은 내가 알고 있는 모든 남자들처럼 아무것도 믿지 않고 있어요."

"아니오. 나는 뭔가를 믿고 있습니다. 나는 마음이 따뜻해지는 것을 믿어요. 특히 사랑을 나눌 때 마음이 따뜻해지는 것을 믿어요. 따뜻한 마음으로 성교하는 것을 믿어요. 나는 남자들이 따뜻한 마음으로 성교를 할 수 있고 여자들이 따뜻한 마음으로 그것을 받아들여주면 모든 게 다 잘될 거라고 믿고 있습니다. 차가운 마음으로 성교하는 것이야말로 죽음이고 어리석음입니다."

"하지만 당신은 차가운 마음으로 나와 그것을 하지는 않잖아요." 그녀가 항변했다.

"지금 당신과 그것을 하고 싶지 않아요. 지금 내 마음이 감자처럼 차갑게 식었어요."

그러자 그녀가 그에게 마치 조롱하듯 입을 맞추며 말했다.

"그러면 지금 그 감자를 튀겨먹어요."

코니는 그를 쳐다보았다. 마치 그가 차디찬 북극 같은 곳으로 물러나 있는 것 같았다. 그가 일어나 그녀를 껴안았다. 코니는 꼼짝 않고 가만히 안겨 있었다.

"자, 우리 싸움은 그만합시다. 나는 당신을 사랑하고 있어요. 나는 당신을 만지는 게 좋아요. 말다툼하지 맙시다! 그러면 안 돼! 당신과 함께 있고 싶어요!"

그녀가 고개를 들어 그를 바라보았다.

"걱정 말아요. 걱정할 것 하나도 없어요. 정말로 나와 함께 있고 싶어요?"

그도 그녀의 눈을 바라보았다.

"제발 우리 함께 있어요." 그가 말했다.

"정말이에요?" 그녀가 눈물이 그렁한 눈으로 말했다.

"정말입니다. 마음도, 몸도 모두!"

그가 그녀를 내려다보며 희미한 미소를 흘렸다. 그녀는 소리 없이 울고 있었다. 그는 그녀와 나란히 누웠다. 그리고 난롯가 탁자 위에서 그녀의 속으로 들어갔다. 그런 후 둘은 재빨리 침대로 옮겨갔다. 그녀는 다시 한번 그에게 조그맣게 감싸인 것처럼 느꼈다. 둘은 이내 동시에 깊은 잠에 빠져들었다.

이윽고 해가 숲 위에 떠오르고 날이 밝기 시작했다.

그는 눈을 뜨고 빛을 바라보았다. 숲에서 큰 소리로 우짖는 찌르레기와 개똥지빠귀 울음소리가 들렸다. 그가 매일 아침 일어나는 시각인 5시 반이었다. 맑은 아침이 틀림없었다. 여자는 아직 몸을 옹크린 채 잠들어 있었다. 그는 손으로 그녀를 어루만졌다. 그녀는 놀란 듯 눈을 뜨고는 그의 얼굴을 향해 미소를 보냈다.

"벌써 일어났어요?" 그녀가 그에게 물었다.

그가 그녀의 눈을 바라보았다. 그가 미소 지으며 그녀에게 입을 맞추었다. 그러자 그녀가 갑자기 몸을 일으키며 침대에 앉았다.

"내가 여기에 있다니! 오, 내가 여기에 있었어요!"

그는 다시 그녀 곁에 누우며 얇은 잠옷 속 그녀의 젖가슴을 어루만졌다. 그녀는 한 송이 꽃처럼 싱싱하고 젊었으며 그도 젊은 미남자로 보였다.

"오, 커튼을 걷어요! 새들이 저렇게 지저귀고 있는데! 햇빛이 들어오게 해요!" 그녀가 말했다.

그가 벗은 뒷모습을 그녀에게 보이며 창가로 가서 커튼을 걷고 밖을 내다보았다.

"오, 당신 참 아름다워요!" 그녀가 말했다. "순수하고 멋져요! 자, 이리 오세요."

코니가 두 팔을 벌렸다. 그가 몸을 돌리고 그녀 앞에 섰다. 창문을 통해 들어온 햇살이 그의 허벅지를 비롯해 그의 몸 전체를 훤하게 비췄다. 그녀는 남자의 남근을 바라보며 이상해하고, 신기해하고, 자랑스러워했다. 그가 말했다.

"이건 내 것이 아니요. 존 토마스의 것이지. 당신도 이제 레이디 제인이요. 자, 레이디 제인, 이걸 가져요. 당신 것이니까."

그가 침대로 왔고, 그날 아침 햇빛을 받으며 둘은 말 그대로 한 몸이 되었다.

멀리서 스택스게이트의 경적이 7시를 알렸다. 월요일 아침이었다. 그는 약간 몸서리를 쳤다. 그는 자신의 얼굴을 귀까지 여자의 가슴에 묻은 채 그 소리를 듣지 않으려 했다.

그녀는 경적 소리를 듣지 못했다. 그녀는 그야말로 꼼짝 않고 누워 있었다. 마치 영혼이 투명하게 씻긴 것 같았다.

"일어나야 하지 않아요?" 그가 중얼거렸다.

"몇 시예요?" 그녀가 멍한 목소리로 물었다.

"7시 경적이 울렸소."

"일어나야겠네요."

그녀는 몸을 일으키더니 그에게 속삭이듯 말했다.

"나를 사랑하지요?"

그가 그녀를 내려다보았다.

"다 알고 있음시롱 뭣땀시 묻능가?"

"나를 붙잡아줘요. 나를 보내지 말아요."

"언제? 지금이요?"

"지금 당신 마음속에. 그러면 언제고 곧 다시 와서 당신과 영원히 함께 살겠어요."

그는 벗은 몸인 채 침대에 앉아 고개를 떨구었다. 더 이상 아무 생각도 나지 않는 것 같았다.

"그걸 원치 않아요?" 그녀가 물었다.

그러자 그의 눈빛이 다시 어두워졌다. 그가 그녀를 내려다보며 말했다.

"지금은 그걸 요구하지 말아요. 이대로 내버려둬요. 나는 저기 누워 있을 때의 당신을 사랑하오. 당신을, 당신의 몸을…… 당신의 다리를, 당신 속의 여성다움을…… 당신의 여성다움을 진심으로 사랑하오. 하지만 지금은 아무것도 요구하지 말아요. 지금은 그냥 가만히 있게 해주시오. 나중에는 무슨 말을 해도 좋소. 하지만 지금은 아니오! 지금은 이대로 내버려 둬주오!"

그가 일어나 옷을 입을 때까지 코니는 꼼짝 않고 있었다. 그의 품에서 떠나기가 정말로 싫었다.

"7시 반이오!" 그가 말했고 코니는 한숨을 내쉬며 자리에서 일어났다.

밝은 햇살이 그녀의 벗은 몸 위에 떨어졌다. 바깥에서는 플로시가 돌아다니는 모습이 보였다. 새들이 지저귀며 날아다니는 맑고 상쾌한 아침이었다. 오, 이대로 이 집에 머물 수만 있다면! 저 연기와 철로 이루어진 저 소름끼치는 다른 세계가 없다면! 오로지 그가 자신에게 만들어주는 세계뿐이라면!

코니는 아래층으로 내려가 밖으로 나갔다. 세수를 한 그의 모습은 상쾌해 보였다. 코니는 앞마당에 서서 이슬에 젖을 꽃을 바라보았다.

"이 세상 모든 것들이 사라진다면!" 그녀가 말했다. "그러면 당신과 여기 살 수 있을 텐데!"

"사라지지 않을 거요." 그가 말했다.

둘은 말없이 이슬에 젖은 아름다운 숲을 빠져 나왔다. 하지만 그들은 그들만의 세계에 함께 있었다.

그녀는 이대로 래그비 저택으로 돌아간다는 것이 괴로웠다.

제14장

"언젠가 당신에게 와서 우리 둘이 함께 살길 원해요." 그의 곁을 떠나며 그녀가 말했다.

그가 대답 없이 미소를 지었다.

그녀는 아무도 모르게 소리 없이 집으로 들어가서 자기 방으로 올라갔다.

제15장

아침 밥상에 힐더에게서 온 편지가 얹혀 있었다.

아버지께서 이번 주에 런던으로 가셔. 이번 주 목요일, 그
러니까 6월 17일에 네게 찾아갈게. 곧바로 떠날 수 있도
록 준비해 놔. 래그비에서 시간을 보내고 싶지 않아. 기
분 나쁜 곳이야. 나는 렛포드의 콜먼 댁에서 묵겠어. 목요
일 점심은 함께 하자꾸나. 차를 마시고 곧장 출발해서 그
랜섬에게서 하루 묵기로 하자. 네 남편과 하룻밤 함께 지
내봤자 무슨 소용 있겠어? 네가 떠나는 걸 싫어하고 있을
테니 그 사람에게도 별로 유쾌한 일이 아닐 거야.

클리퍼드는 코니가 베니스로 가는 것을 못마땅해 했다. 그녀
가 없으면 안도감을 느낄 수 없다는 그 이유 하나 때문이었다.
그는 탄광 일에 거의 미친 듯 몰두해 있었으며 코니가 옆에 있
음으로 해서 그 일을 해나갈 수 있었다. 그는 모든 진지한 계획
에 대해 그녀에게 말해주었다. 그녀는 약간 멍한 상태에서 그
의 이야기에 귀를 기울였다. 하지만 말을 끝내고 나면 그는 라
디오를 켰고 속이 텅 빈 것 같은 상태에서 자신이 말한 계획들
이 마치 일종의 꿈처럼 안으로 접혀 들어가는 것만 같은 기분
을 느꼈다.

마침내 그녀가 그에게 17일에 떠날 예정이라고 말해주었다.

"17일! 그렇다면 언제 돌아올 거요?"

"늦어도 7월 20일까지는 돌아올 거예요."

그는 멍하니 코니를 바라보았다. 어린아이처럼 모호한 눈길
이었지만 그 눈길에는 이상하게도 노인 같은 공허한 교활함이
들어 있었다.

"나를 실망시키지는 않겠지?"

"어떻게요?"

"틀림없이 돌아오겠느냐는 거요."

"무슨 일이 있어도 반드시 돌아와요."

"좋소. 7월 20일이라!"

그는 이상한 눈길로 그녀를 바라보았다.

그는 실제로 그녀가 떠나기를 원하고 있었다. 정말 이상한 일이었다. 그는 그녀가 적극적으로 떠나기를 원하고 있었다. 그녀가 연애라도 해서 임신한 채 돌아오기를 바라고 있었다. 그런데 동시에 그는 그녀가 떠나는 것을 두려워하고 있었다.

하지만 그녀는 그를 완전히 떠날 기회를 떨리는 마음으로 노리고 있었다. 그녀는 자신에게도, 그리고 클리퍼드에게도 헤어질 시기가 무르익기를 기다리고 있었다.

코니는 사냥터지기와 마주 앉아서 자신의 해외여행에 대해 이야기했다.

"돌아오면," 그녀가 말했다. "클리퍼드에게 헤어지자고 말할 수 있어요. 그러면 당신과 함께 멀리 가는 거예요. 아무도 당신이 당사자라는 걸 모를 거예요. 어디 외국으로도 갈 수 있잖아요. 아프리카나 호주 같은 데요."

그녀는 자신의 계획에 짜릿한 흥분을 느꼈다.

"당신, 식민지에 가본 적이 없지요?" 그가 물었다.

"아뇨! 당신은요?"

"인도와 남아프리카, 그리고 이집트에 가보았지."

"그럼 남아프리카로 가면 되겠네요. 내 수입이 일 년에 600파운드는 된대요. 편지로 알아보았어요. 많은 돈은 아니지만 그 정도면 충분하잖아요."

"내겐 큰 재산이요."

"아, 그러면 얼마나 행복할까!"

"하지만 나는 이혼을 해야 하고 당신도 그래야 하오. 그러지 않으면 복잡한 문제가 생길 거요."

정말로 생각해야 할 문제가 많았다.

밖에는 비바람이 치고 있었다. 코니는 그의 과거가 궁금했다.

"당신 장교이고 신사였을 때는 행복하지 않았어요?"

"행복? 맞아. 대령님을 좋아했으니까."

"그분을 사랑했어요?"

"그럼, 사랑했지. 그분도 나를 사랑했고."

"그분 이야기를 해주세요."

"해줄 이야기가 뭐 있겠소? 나보다 스무 살이 위였고 미혼이었소. 정열적이고 머리가 좋은 분이었지. 그분은 군대를 사랑했지만 고독했소. 그는 늘 영국 중산층을 경멸했소. 불알이 한쪽밖에 없는 주제에 잘난 체만 한다고 늘 말하곤 했소."

"사람들을 증오하셨나 봐요."

"아니, 그렇지 않아요. 괴로워하지도 않았소. 그냥 마음에 안 들어 했을 뿐이오. 그건 차이가 있소. 그렇게 불알이 반쪽이 되고 창자가 오그라드는 게 인간의 운명이니까, 어차피 그렇게 될 수밖에 없으니까 괴로워할 필요도 없었던 거요."

"평민들도요? 노동자들도요? 그들도 그런가요?"

"다 마찬가지 운명이오. 용기(勇氣)란 건 어디에서도 찾을 수 없어요. 자동차, 영화, 비행기가 그들의 마지막 한 방울의 용기까지 빨아먹고 있으니까. 모든 세대들이 점점 더 토끼 같은 세대들을 낳고 있소. 창자 대신 고무 튜브를 달고 양철로 된 다리와 양철로 된 얼굴을 가진 인간을 낳고 있소. 오로지 돈, 돈, 돈! 하고 외칠 뿐, 인간다운 것은 모두 말살하고 있소. 세상의 남근을 모두 잘라내면서 거기다가 돈, 돈, 돈을 지불하고 인간을 기계로 만들고 있소. 마지막 진정한 인간이 죽고 모두 길이 들게 될 거요. 백인이건 흑인이건 황색인이건 모두 마찬가지요. 모두 비정상적인 인간이 되는 거지. 건강함의 근원은 바로 불알에 있으니 말이오."

저 멀리서 우레 소리가 울렸다. 코니는 멜러즈의 과격한 말을 듣고 웃었지만 별로 기분 좋은 표정은 아니었다.

"하지만 당신 자신이 아이를 갖는다면?" 그녀가 물었다.

그는 고개를 떨구었다. 이윽고 그가 고개를 들면서 말했다.

"글쎄, 그 짓을 한다는 건, 그러니까 아이를 이 세상에 내보내는 것은 나쁜 일이고 괴로운 일이라고 생각하오."

"아녜요! 그런 말 말아요! 제발 그런 말 말아요!" 그녀가 항변했다. "나는 아이를 하나 가질 것 같아요. 기쁠 거라고 말해 줘요." 그녀가 그의 손을 잡았다.

"당신이 기뻐하면 나도 기쁘지. 하지만 아직 태어나지 않은 아이에게 무슨 반역 행위를 하는 것 같소."

코니는 자기가 베니스로 떠난다는 것 때문에 그의 기분이 우울한 것이라고 생각했다. 그 생각을 하니 약간은 기분이 좋았다. 그녀는 그의 옷을 풀어헤쳐 복부를 드러내고 그의 배꼽에 입을 맞추었다. 그리고 자신의 뺨을 부드럽게 그의 배에 비비면서 그의 공을 손으로 쥐었다. 페니스는 이상한 생명력으로 부드럽게 꿈틀거렸지만 아직 일어서지는 않았다. 바깥에서는 비가 무섭게 퍼붓고 있었다.

완전한 침묵이 흐르고 있었다. 코니는 마음이 편치 않았다. 그녀는 몸을 일으켜 문을 열고 무섭게 쏟아지는 비를 바라보았다. 그녀는 천천히 양말을 벗었다. 이어서 겉옷과 속옷을 벗기 시작했다. 멜러즈는 숨을 죽이고 있었다. 그녀의 동작에 따라 그녀의 뾰족하고 날카로운, 동물 같은 유방이 출렁였다. 녹색 불빛을 받은 그녀의 몸은 상아 빛깔을 띠고 있었다. 그녀는 고무신을 신고 웃음을 흘리며 밖으로 뛰쳐나갔다. 그녀는 저 옛날 드레스덴에서 배웠던 율동적인 춤 동작을 하며 빗속을 달렸다. 몸을 올렸다 내렸다, 굽혔다 폈다 하며 온 허리에 비를 맞았으며 다시 몸을 세우고 빗속에 배를 불쑥 내밀기도 했다. 이어서 허리를 앞으로 구부려 풍만한 허리와 둔부를 마치 그에게 보내는 찬사인 양, 혹은 복종인 양 보여주기도 했다.

그는 일그러진 웃음을 지으며 옷을 벗어던졌다. 그가 밖으로 뛰쳐나가자 개가 미친 듯 짖으며 그에 앞서서 뛰어나갔다. 비를 맞아 머리칼이 찰싹 달라붙은 그녀가 열띤 얼굴로 뒤돌아보았다. 그녀의 눈은 흥분으로 불타오르고 있었다. 그녀는 앞으로 무작정 달려가기 시작했다.

그녀가 넓은 차도에 거의 이르렀을 때 그가 그녀를 따라잡고 젖은 팔로 비에 젖은 그녀의 부드러운 허리를 껴안았다. 그녀는 비명을 지르며 몸을 곧추 세웠다. 그가 그녀의 풍만한 몸을 끌어안자 여자의 살이 마치 불꽃처럼 금세 달아올랐다. 그들 몸에 김이 피어날 정도로 빗줄기가 거세게 그들 몸을 때렸다.

제15장

263

그는 그녀의 사랑스럽고 묵직한 엉덩이를 양 손에 하나씩 움켜쥐고 빗속에서 격렬하게 미친 듯 끌어당겼다. 그는 갑자기 그녀와 함께 길 위로 쓰러졌다. 빗소리만이 요란한 고요 속에서 그는 짧고 날카롭게 그녀를 취했고 마치 동물처럼 짧고 날카롭게 일을 끝냈다.

그는 눈가의 빗물을 닦으면서 몸을 일으켰다.

"들어갑시다." 그가 말했고 둘은 오두막을 향해 달리기 시작했다. 비를 좋아하지 않는 그는 곧바로 오두막으로 돌아갔으나 그녀는 물망초, 패랭이 꽃, 히아신스 꽃을 꺾으며 천천히 걸어갔다.

그녀가 꽃을 들고 오두막으로 돌아오니 그는 이미 불을 피워놓고 있었다. 그는 낡은 담요 시트로 그녀의 몸을 닦아 주었고 그녀는 어린 아이처럼 얌전히 서 있었다. 이어서 그는 오두막 문을 닫고 자기 몸의 물기를 닦았다. 난롯불은 힘차게 타오르고 있었다. 그녀는 진흙으로 만든 난롯가에 무릎을 굽히고 앉아 얼굴을 불쪽으로 향한 채 머리칼을 말리기 위해 머리를 흔들었다. 그는 아름다운 곡선을 이루고 있는 그녀의 엉덩이를 바라보고 있었다. 오늘 그를 매혹시킨 것은 바로 그 엉덩이였다. 얼마나 풍성하게 둥근 곡선을 그리며 흘러내리고 있단 말인가! 그리고 그 사이, 따뜻한 비밀 속에 감싸여 있는 그 은밀한 입구!

그는 그의 손으로 길고 섬세한 곡선을 이루고 있는 그 풍만한 구체를 손으로 쓰다듬었다. 그리고 손가락 끝으로 비밀스런 입구를 어루만졌다.

"당신은 진짜요! 이건 예술이요! 당신을 사랑하오! 바로 이 때문에 당신을 사랑하오! 당신은 이것을 자랑해도 되오. 조금도 부끄러울 것 없소."

그는 마치 친근한 인사라도 건네듯 그녀의 비밀스러운 곳에 힘 있게 손을 얹었다.

"난 이게 좋아." 그가 말했다. "이게 좋아! 단 10분을 살더라도 당신 엉덩이를 쓰다듬고 그것에 대해 알게 된다면 나는 평생을 산 것으로 여길 거요. 바로 여기에 내 생애가 있소!"

그녀는 몸을 돌려 그의 무릎 위로 올라가 그에게 매달렸다.

"키스해 줘요!" 그녀가 속삭였다.

그는 뒤쪽 탁자로 손을 뻗어 그녀가 꺾어 온 꽃다발을 집어 들었다. 그는 차분한 동작으로 물망초 몇 다발을 그녀의 비너스 둔덕의 섬세한 갈색 털에 매달아 주었다.

"자," 그가 말했다. "물망초가 아주 제자리에 꽂혔네."

이어서 그는 히아신스 꽃을 자신의 머리에 꽂았다.

"자, 이제 나를 잊을 수 없을 거요. 나는 파피루스 사이의 모세니까."

"당신이 가지 말라면 가지 않겠어요." 그녀가 그에게 매달리며 말했다.

그는 말이 없었다. 그가 난로에 장작을 하나 집어넣었다. 코니는 기다렸다. 하지만 그는 여전히 말이 없었다.

"단지 클리퍼드와 갈라지기 좋은 방법이라고 생각했을 뿐이에요. 나는 아이를 갖고 싶어요. 그러니까 이게 내게 좋은 기회라고……."

"무슨 기회? 사람들을 속일 기회란 말이오? 어쨌든 돌아올 거요?"

"네, 돌아와야 해요. 약속을 해서이기도 하지만 무엇보다 당신에게 돌아와야 하니까요. 저를 믿을 수 있지요?"

"물론이오."

하지만 그의 어조에 어딘가 비아냥거림이 들어 있는 것을 그녀는 알 수 있었다.

"그렇다면 말해줘요. 내가 베니스에 가지 않는 게 낫겠어요?"

"가는 게 나을 거요." 그가 쌀쌀하게 조롱하는 투로 말했다.

코니는 잠시 생각에 잠겼다.

"내가 돌아오면 우리 처지가 어떤 건지, 어떻게 해야 할지 더 잘 알 수 있을 거예요. 그렇지 않아요?"

"맞소."

기묘한 침묵이 둘 사이에 흐르고 있었다.

"이혼 문제로 변호사를 만나고 왔소." 그가 약간 어색한 듯 말했다.

그녀는 가볍게 몸을 떨었다.

"정말이요! 그래서, 뭐라고 하던가요?"

"진즉 처리했어야 한다고 말합디다. 조금 어려울 수도 있을 거라고. 하지만 내가 입대 중이었으니 잘될 거라고 하더군."

"그녀도 알고 있나요?"

"물론! 이미 통보를 받았소. 함께 살고 있는 남자도 받았고……."

"어휴, 그런 절차 같은 건 정말 지겨워요! 나도 클리퍼드하고 같은 일을 겪어야겠지요."

"물론이오. 앞으로 6개월 내지 8개월을 조신하게 생활해야 겠소. 당신이 베니스로 가면 최소한 몇 주일은 유혹이 없겠군."

제15장

267

"내가 유혹했다고요!" 그녀가 그의 얼굴을 쓰다듬으며 말했다. "내가 당신에게 유혹이 된다니 정말 기쁘군요! 자, 이제 생각은 그만 해요! 당신이 무슨 생각에 잠기기만 하면 나는 무서워져요. 내 마음을 납작하게 짓누른다니까요. 그러니 그 생각은 더 이상 하지 말아요. 우리가 떨어져 있을 때 얼마든지 생각할 수 있잖아요. 나는 떠나기 전에 하룻밤 당신에게 더 올 수 있을까 하는 생각만 하고 있어요. 한 번 더 와야 해요. 목요일 밤에 괜찮겠어요?"

"그날 언니가 와 있을 때 아니오?"

"맞아요. 하지만 차(茶) 시간이 끝나면 곧바로 떠나겠다고 했어요. 언니는 다른 곳에서 자고 나는 당신과 잘 수 있어요."

"언니가 눈치 챌 거 아니오?"

"아니, 언니에게 말할 거예요. 이미 약간 비쳤어요. 이번에는 다 이야기할 거예요. 언니는 맨스필드에서 잘 거니까 이곳에 데려다 달라고 할 거예요."

그녀는 두 송이의 핑크색 히아신스를 그의 페니스 위 붉은 숲 속에 꽂고 작은 물망초를 그의 가슴팍 검은 털에 밀어 넣었다.

"당신 나를 잊지 않겠지요?" 그녀는 그의 가슴에 입을 맞추며 두 송이의 물망초를 그의 젖꼭지에 꽂은 후 말했다.

"나를 달력으로 만드는군!" 그가 웃으며 말했다. 가슴에 꽂힌 꽃들이 흔들렸다.

"잠깐!" 그가 말했다.

그는 일어나 문을 열고 오두막 밖으로 나갔다. 문간에 앉아 있던 플로시가 몸을 일으키고 그를 바라보았다.

비는 멎어 있었고 축축하고 무거우면서도 향기로운 정적이 흐르고 있었다. 저녁이 다가오고 있었다. 그녀는 마치 유령이 사라지는 것 같은 그의 뒷모습을 바라보고 있었다.

잠시 후 그가 빠른 걸음으로 꽃들을 한 아름 안고 돌아왔다. 코니는 마치 그가 인간이 아닌 것처럼 보여 약간은 두려웠다. 그는 그녀 가까이 와서 그녀의 눈을 들여다보았다. 하지만 그녀는 그 뜻을 알 수 없었다.

그는 매발톱꽃과 히아신스, 갓 베어낸 풀들, 참나무 덤불, 조그만 봉오리가 달린 인동덩굴들을 한 아름 안고 돌아왔다. 그는 그녀 젖가슴 주위를 어린 참나무 덤불들로 장식하고 패랭이꽃과 히아신스 덤불 속에 고정시켰다. 그는 그녀의 배꼽에 핑크 빛 히아신스를 꽂고 그녀의 은밀한 곳의 털을 물망초와 선갈퀴로 장식했다.

"온갖 영광에 싸인 그대여!" 그가 말했다. "레이디 제인, 존 토마스와의 결혼을 축하하며!"

그는 자신의 몸의 털에도 꽃을 꽂았고 페니스 주위에 덩굴풀을 감았으며 배꼽에 히아신스 꽃을 꽂았다.

"존 토마스가 레이디 제인에게 장가를 드는 의식이오." 그가 말했다. "우리는 콘스탄스와 올리버를 제 갈 길로 보내야 하오. 아마도."

순간 그는 재채기를 했고 그 바람에 코밑과 배꼽의 꽃이 떨어졌다.

"'아마도'라니요?" 그녀가 물었다.

그는 약간 당황한 듯 그녀를 바라보았다.

"응?"

"마저 말해 봐요."

그는 멍한 표정이었다. 무슨 말을 하려 했었는지 잊은 것 같았다.

노란 햇살이 나무 위를 비추고 있었다.

"저 햇살 좀 봐!" 그가 말했다. "이제 가봐야 할 시간이오. 나의 레이디 제인, 가야 할 시간이란 말이오! 날개가 없이도 날아가는 건 뭘까요, 마님? 시간이요, 시간!"

그는 팔을 뻗어 셔츠를 집어 들었다.

"자, 존 토마스에게 안녕이라고 인사하시오." 그가 자신의 페니스를 내려다보며 말했다. "이놈은 제인의 품속에서는 안전하지! 지금은 불타는 절굿공이가 아니야."

그는 바지를 입고 단추를 채웠다. 그녀는 그를 바라보고만 있었다.

"제인을 보시라!" 그가 말했다. "이렇게 꽃에 둘러싸인 제인을! 다음에는 누가 제인에게 꽃을 꽂아줄까? 나, 혹은 다른 누구? '나의 히아신스여, 안녕히!' 나는 그 노래가 싫어."

그는 앉은 채 양말을 신기 시작했다. 그녀는 그때까지 꼼짝도 하지 않았다. 그는 그녀의 엉덩이 굴곡에 손을 얹었다.

"오, 아름다운 작은 레이디 제인! 아마 베니스에서 당신의 그곳에 재스민 꽃을, 배꼽에 석류꽃을 장식해줄 남자를 만나리니! 오 불쌍한 작은 레이디 제인!"

"그런 말 하지 말아요!" 그녀가 말했다. "내 가슴을 아프게 할 뿐이에요."

"그런지도 모르지. 하지만 그렇게 되어도 아무 말도 않겠소. 이제 집으로 돌아가시오. 존 토마스와 레이디 제인을 위한 시간은 끝났소."

그는 그녀의 몸에 장식해 주었던 덩굴과 꽃들을 떼어 냈다.

제15장

271

"자, 당신은 이제 다시 알몸이 됐소. 벌거벗은 레이디 제인이 되었소. 자, 옷을 입어요. 채털리 부인의 저녁 시간에 늦을지도 모르니까."

그녀는 대답할 말을 찾지 못했다. 그녀는 옷을 입고 래그비의 그 집, 늘 수치만을 느끼는 그 집으로 갈 채비를 했다. 그는 차도까지 동행해주겠다고 말했다.

그들이 차도로 나섰을 때 비틀거리며 다가오고 있는 볼턴 부인의 모습이 보였다. 얼굴이 창백했다.

"어머, 부인, 무슨 일이라도 생겼는지 걱정했어요." 코니를 본 부인이 말했다.

"아니, 아무 일도 없어요."

볼턴 부인은 남자 얼굴을 바라보았다. 사랑의 힘으로 윤기가 흐르고 있었고 성성해 보였다. 그의 두 눈은 반은 웃고 있었고 반은 조롱기를 띠고 있었다. 그는 당황할 때면 늘 웃음을 지었다. 어쨌든 그는 그녀를 친근하게 바라보며 말했다.

"안녕하세요, 볼턴 부인! 마님을 잘 모실 테니 저는 이제 가 봐도 되겠네요. 마님, 안녕히 가십시오! 볼턴 부인도 안녕히!"

그는 인사를 한 후 몸을 돌려 가버렸다.

제16장

클리퍼드는 차를 마신 후 외출했다가 비바람이 몰아치기 직전에 돌아와 있었다. 그런데 코니가 집에 없었다. 비바람이 몰아치는 데도 코니는 돌아오지 않았다. 그는 안절부절못했다. 더욱이 비가 그치고 해가 저물 때가 되었는데도 그녀가 돌아오지 않자 그는 필드와 베츠를 시켜 숲을 뒤져보게 하려 했다. 볼턴 부인은 그런 그를 진정시키느라 애를 써야만 했고 겨우 그를 달래서 자기가 직접 찾아보겠다고 나선 것이었다. 그녀가 멜러즈와 코니를 만났을 때 얼굴이 창백하고 비틀거렸던 것은 그를 말리느라 힘이 들었던 때문이었다.

볼턴 부인과 집으로 돌아오면서 코니는 볼턴 부인이 자신의 비밀을 눈치 채고 있었다는 사실에 화가 났다. 하지만 볼턴 부인은 시치미를 뗐다. 둘은 클리퍼드의 방으로 들어갔다. 클리퍼드는 흥분해 있었고 튀어나온 그의 두 눈에는 미친 듯한 분노가 드러나 있었다. 클리퍼드를 보자 코니는 그의 얼굴을 향한, 화가 나 있는 그의 모습을 향한 분노가 치밀었다.

"분명히 말하는데, 왜 하인을 시켜 내 뒤를 밟는 거죠?" 그녀가 따지듯이 물었다.

"맙소사!" 그도 폭발하고 말았다.

"도대체 어디 갔던 거야! 이런 폭풍우 속에서 몇 시간씩이나! 아니, 그 망할 놈의 숲에는 왜 갔던 거야! 뭣 땜에 간 거야! 비가 그친 지도 벌써 몇 시간이 지났잖아! 도대체 몇 시인지나 알아? 정말 사람 미치게 만드는 데 재주가 있군! 어디 갔던 거야? 대체 뭘 한 거야?"

"그래, 얘기 안 해 주면 어떡할 거예요?" 그녀가 모자를 벗고 머리칼을 흔들었다.

그는 튀어나온 눈의 흰자위가 노랗게 될 정도로 화가 나서 그녀를 노려보았다. 그가 이토록 화를 내는 것은 좋은 징조가 아니었다. 코니는 갑자기 불안해졌다. 그녀가 약간 부드러워진 음성으로 말했다.

"정말이지, 어디 갔었는지 빤하잖아요! 폭풍우가 이는 동안 꿩 사육장 오두막에 있었어요. 불을 피우고 앉아 있었어요."

그녀는 이제 좀 차분하게 말을 할 수 있었다. 어쨌든 더 이상 그를 흥분시킬 필요는 없었다.

그는 의심스러운 눈초리로 그녀를 바라보았다.

"미쳤군." 그가 말했다.

"왜요? 옷을 홀랑 벗고 빗물에 샤워를 해서요?"

"뭐야? 옷을 홀랑 벗고? 그래, 몸은 어떻게 말렸어?"

"낡은 수건과 난롯불로 말렸지요."

그는 어이없다는 표정으로 그녀를 바라보았다.

"그러다가 누가 온다면?"

"누가 온다는 거예요?"

"누구? 누구라도! 이를 테면 멜러즈 말이야! 그가 오지 않았소? 매일 저녁 그곳에 들를 텐데."

"그래요, 나중에 비가 갰을 때 꿩들에게 모이를 주려고 왔어요."

그녀는 놀랄 만큼 태연하게 말했다. 옆방에서 대화를 엿듣고 있던 볼턴 부인은 정말로 감탄할 수밖에 없었다. 저렇게 자연스럽게 넘겨버릴 수 있는 여자가 또 있을까!

"아니, 미친 여자처럼 아무것도 걸치지 않고 빗속을 뛰어다닐 때 왔다면 어쩔 뻔했소?"

"그렇다면 깜짝 놀라서 뒤도 안 돌아보고 도망갔겠지요."

클리퍼드는 멍한 표정으로 그녀를 바라보았다. 그는 너무 놀라 그저 허탈한 마음으로 그녀를 받아들이고 있을 뿐이었다. 그가 마음을 가라앉히고 말했다.

"최소한 감기라도 안 걸렸으면 다행이겠소."

"아니, 감기에 걸리지 않았어요." 그녀가 대답했다.

그녀는 대답을 하면서 다른 사내가 해준 말을 떠올리고 있었다. '당신의 엉덩이는 그 어떤 여자의 엉덩이보다 멋지오!'

그녀는 그 빗속에서 누군가 자신에게 그렇게 말해주었다고 클리퍼드에게 말해주고 싶어 견딜 수 없을 지경이었다. 오, 하지만! 그녀는 마치 모욕을 당한 여왕처럼 꾹 참고 옷을 갈아입기 위해 2층으로 올라갔다.

그날 저녁 클리퍼드는 왠지 코니에게 잘 대해주고 싶었다. 그는 신간 과학-종교 서적들을 읽고 있었다. 그는 책들 중 한 권을 집어들으며 코니에게 말했다.

"이 책에 대해 어떻게 생각하오? 만일 우리가 무한히 진화하게 된다면 당신처럼 달궈진 몸을 식히려고 빗속을 달릴 필요가 없게 될 거요. 그래, 여기 있군. '우주는 우리에게 두 가지 면을 보여준다. 한 면은 물질적인 면으로서 소모되는 것이고 다른 한 면은 정신적인 것으로서 상승하는 것이다.'"

코니는 클리퍼드의 말이 이어지기를 기다리며 잠자코 있었다. 그런데 클리퍼드는 코니의 말을 기다리고 있었다. 그녀는 놀라서 그를 바라보았다.

그녀가 말했다.

"그런데 만일 정신적으로 상승한다면 저 밑바닥, 그러니까 꼬리가 있던 곳에는 뭐가 남겠어요?"

"아니, 저자(著者)가 말하고자 하는 뜻을 정확히 파악해야지. 상승한다는 것은 소모된다는 것의 정반대 개념인 거요. 깊은 의미가 있는 것 같지 않소?"

그녀는 그를 빤히 쳐다보며 말했다.

"물질적으로 소모된다고요? 당신 몸은 점점 더 불어나고 있고, 내 몸도 소모되고 있지 않은데요. 아니, 해가 어디 전보다 더 작아졌어요? 내게는 그렇게 보이지 않는데요. 아담이 이브에게 준 사과도 우리가 먹는 오렌지보다 큰 것 같지는 않은데요. 안 그래요?"

"아니, 그다음 이야기를 들어봐요. '이리하여 아주 천천히, 우리의 시간 개념으로는 상상하지도 못할 만큼 천천히 새로운 창조 상황으로 옮겨갈 것이다. 그 상황 하에서 우리가 지금 알고 있는 물질세계는 비(非)실재와 겨우 구별할 수 있을까 말까 한, 잔물결 같은 것으로 나타날 것이다.'"

코니는 재미있다는 듯 눈을 반짝이며 듣고 있었다. 온갖 불온한 생각들이 스쳐지나갔지만 그녀는 다만 이렇게만 말했을 뿐이었다.

"참 얼토당토않은 속임수예요! 아니, 그렇게 느리게 일어나는 일을 어떻게 알 수 있다는 거예요? 육체적으로 실패한 사람이 우주 전체를 물질적으로 실패한 것으로 만들려는 수작이지요. 원, 주제넘게 건방지기는!"

"아니, 위대한 사람의 장엄한 말을 그런 식으로 훼방 놓으면 안 돼. 아직 인류에게 미지의 영역으로 남아 있는 추상의 영역의 탄생에 대해 말한 거야."

"그 사람은 정신적으로도 파탄한 사람이에요. 상상할 수 없다느니, 추상적이니, 헛소리만 잔뜩 늘어놓고! 당신이나 그 사람이나 정신적으로 상승하라고 하세요. 나는 저 아래에서 굳건하게 물질적으로 남아 있을 테니."

"당신은 당신 육체를 좋아하오?" 그가 물었다.

"사랑해요!" 그녀의 마음속으로 '당신의 엉덩이는 그 어떤 여자의 엉덩이보다 멋지오!'라는 멜러즈의 말이 스치고 지나갔다.

"그건 정말 좀 이상하군. 육체가 방해물이라는 것은 부정할 수 없는 사실이거든. 그렇다면 여자란 정신생활에서 지상(至上)의 기쁨을 느끼지 않는 모양이로군."

"지상의 기쁨이라고요?" 그녀가 그를 올려다보며 말했다. "그런 멍청한 소리를 하는 게 바로 정신생활의 지상의 기쁨이라고요? 나는 사절할게요! 내게 육체를 줘요. 나는 육체적 삶이 정신적 삶보다 더 위대한 실재(實在)라고 믿어요. 육체가 진정으로 깨어나서 살아난다면 말이에요. 많은 사람들은 당신의 그 유명한 '바람 소리 내는 기계'처럼 죽어버린 송장이나 다름없는 몸에 정신을 덧씌워 놓았을 뿐이에요."

그가 놀라서 그녀를 바라보았다.

"하지만 육체적 삶이란 동물적인 삶일 뿐이야."

"그래도 그게 학자연하는 시체 같은 삶보다는 낫지요. 그건 진정한 삶이 아니에요. 인간의 육체는 이제 겨우 진짜 살아나고 있어요. 그리스 사람들에게 육체는 사랑스럽게 한번 반짝였어요. 그런데 플라톤과 아리스토텔레스가 그걸 꺼버렸고 예수 그리스도가 끝장을 내버렸어요. 육체적인 삶만이 이 사랑스런 우주 속에서 사랑스러운 삶으로 피어날 수 있어요."

제16장

279

"여보, 당신 아예 육체 안내인 역을 맡은 것처럼 말하는군! 좋아, 당신은 휴가를 떠날 테니까. 하지만 너무 외설스럽게 의기양양해 하지는 말아. 너무 노골적으로 보이는 건 싫어."

"그렇다면 감추지요, 뭐."

드디어 힐더가 도착할 날이 왔다. 힐더는 목요일 아침에 경쾌한 2인승 차를 타고 도착했다. 그녀는 늘 그렇듯 새침 떠는 처녀처럼 보였다. 하지만 그녀는 자기만의 굳센 의지를 지닌 여자였다. 그녀는 이혼 중이었다. 하지만 애인은 없었다. 그녀는 두 자녀의 어머니로서, 주부로서 지내는 데 만족하고 있었다. 그녀는 두 자녀를 어떤 의미에서건 올바르게 키우고 싶었다.

코니는 기차로 여행하는 아버지 편에 트렁크를 미리 보냈기에 슈트케이스 하나만 갖고 갔다. 아버지는 자동차로 베니스까지 여행할 수는 없다고 했다. 게다가 7월의 이탈리아는 더웠다. 그는 편안하게 기차로 가고 싶다고 했다. 그는 얼마 전에 스코틀랜드를 떠났다.

힐다는 코니의 방에서 코니가 짐 꾸리는 것을 도와주었다.

코니가 힐더에게 말했다.

"그런데 언니, 오늘 밤 이 근처에서 지내고 싶어. 이 집이 아니라 이 근처!"

힐더가 동생을 이상한 표정으로 쏘아보았다. 겉으로는 평온해 보였다. 하지만 그녀는 화를 잘 내는 성격이었다.

"어디? 여기서 가까워?" 그녀가 부드럽게 물었다.

"언니, 내가 누군가 사랑하고 있다는 거 알고 있지?"

"뭔가 낌새는 느꼈어."

"그 사람이 이 근처에 살고 있어. 마지막 밤을 그 사람하고 지내고 싶어. 꼭 그래야 해! 약속했거든."

힐더가 머리를 빗으며 코니를 돌아보고 물었다.

"누군지 말해줄 수 있겠니?"

"이 집의 사냥터지기야." 코니가 떠듬떠듬 말했다. 마치 수줍어하는 어린아이처럼 얼굴이 새빨개져 있었다.

"코니! 너 정말!" 힐더가 혐오감을 드러내며 코를 약간 쳐들고 말했다. 어머니로부터 배운 버릇이었다.

"알아. 하지만 정말 사랑스러운 사람이야. 부드러움이 뭔지 정말로 이해하고 있어." 코니는 애써 그를 변호하려 애쓰면서 말했다.

힐더는 아무 말 없이 생각에 잠겨 있는 듯 했지만 실은 무섭게 노해 있었다. 하지만 자제했다. 아버지의 성격을 물려받은

제16장

281

코니가 한 번 날뛰게 되면 걷잡을 수 없다는 것을 알고 있던 때문이었다. 그녀는 클리퍼드를 싫어했고 내심 동생이 그와 헤어지기를 바라고 있었다. 하지만 스코틀랜드 중산층으로서의 가족의 명예가 실추되는 것은 싫었다.

이윽고 그녀가 얼굴을 쳐들고 말했다.

"너, 후회할 거다."

"아니야!" 코니가 붉게 달아오른 얼굴로 말했다. "그 사람은 예외야. 나는 정말로 그 사람을 사랑해."

힐더가 다시 생각에 잠겼다.

"곧 싫어질걸." 그녀가 말했다. "그리고 그 사람 때문에 수치 속에서 살게 될걸."

"그럴 리 없어. 그 사람 아기를 갖고 싶어."

힐더는 망치로 머리를 맞은 듯 멍한 표정을 지었으며 분노로 얼굴이 창백해졌다.

"아니, 코니! 너, 제정신이니?"

"될 수만 있다면 그럴 거야. 그의 아이를 갖게 되면 자랑스러울 거야."

힐더는 아무리 말해 봐야 소용없다는 것을 깨달았다.

"그래, 어디 살고 있는데?"

"숲가에 있는 오두막에 살고 있어."

"총각이야?"

"아니, 아내가 곁을 떠났어."

"몇 살이야?"

"몰라. 나보다는 많아."

들으면 들을수록 화가 났지만 힐더는 참았다. 어머니로부터 배운 외교술 덕분이었다. 둘은 맨스필드까지 함께 간 다음 그 곳에서 저녁을 먹고 힐더가 자동차로 코니를 오두막에 데려다 주기로 약속했다. 그리고 다음날 아침 힐더가 코니를 데리러 숲 근처로 가기로 했다.

준비를 끝낸 자매는 아래층으로 내려갔다. 코니는 클리퍼드에게 부드러운 목소리를 지어 "여보, 잘 지내요. 곧 돌아올게요"라고 작별 인사를 했고 볼턴 부인에게도 작별 인사를 했다.

모두들 손을 흔드는 가운데 차는 출발했다. 코니는 고개를 돌려 클리퍼드를 바라보았다. 그는 전동 휠체어에 앉은 채로 계단 위까지 나와 바라보고 있었다. 어쨌든 그는 그녀의 남편이었고 래그비는 그녀의 집이었다. 상황이 그렇게 만든 것이다.

얼마 후 자동차는 맨스필드에 닿았다. 한때는 낭만적인 마을 이었으나 최근에는 극도로 실망스러운 탄광촌으로 변해 있었

제16장

다. 둘은 예약해 놓은 호텔에 짐을 풀었다. 모든 것이 재미가 없었다. 힐더는 너무 화가 나서 말도 할 수 없었다. 하지만 코니는 어쨌든 그의 신상에 대해 얼마간 이야기를 해줄 수밖에 없었다.

코니의 이야기를 듣고 힐더가 입을 열었다.

"그 사람! 그 사람! 도대체 그 사람 이름이 뭐니? 너는 그저 '그 사람'이라고만 하고 있으니!"

"그 사람 이름은 불러본 적이 없어. 그 사람도 내 이름을 불러본 적이 없고. 언니가 그 생각을 하다니 재미있네. 우리는 그냥 레이디 제인과 존 토마스라고 불러. 어쨌든 그 사람 이름은 올리버 멜러즈야."

"그런데 어째서 채털리 부인 대신 올리버 멜러즈 부인이 되는 게 좋아지셨나요?" 힐더가 비꼬듯 말했다.

"그 사람을 사랑하니까."

이제 코니에 대해서는 더 이상 어찌할 도리가 없었다. 어쨌든 그가 군대에서 4, 5년 간 중위로 지냈다니 어느 정도 교양은 있을 것 같았다. 그리고 개성도 있을 것이었다. 힐더는 약간 마음이 누그러졌다.

저녁을 먹은 후 자매는 온 길을 되돌아갔다. 가는 도중 힐더는 자동차 전조등을 켰다. 차가 도로를 벗어나 오른쪽으로 꺾어지자 풀이 우거진 좁은 길이 나타났다. 코니는 바깥을 내다보았다. 그러자 검은 그림자가 보였다.

"다 왔어, 언니!" 그녀가 나지막하게 말했다.

힐더는 전조등을 껐다. 코니는 차에서 내렸다. 사나이는 나무 밑에 서 있었다.

"오래 기다렸어요?"

"아니, 별로."

둘은 힐더가 차에서 내리길 기다렸다. 하지만 힐더는 차창을 닫은 채 기다리고 있었다.

"힐더 언니예요. 가서 인사해요. 언니! 여기 멜러즈 씨야!"

사냥터지기는 모자를 들어 올렸지만 차로 가까이 가지는 않았다.

"언니, 오두막까지 함께 가지 않을래?" 코니가 간청했다. "별로 멀지 않아."

"차는 어떻게 하고?"

"이런 좁은 길에 있으면 안전해."

힐더는 차에서 내린 후 문을 잠갔다. 셋은 천천히 오두막을 향하여 어두운 밤길을 걸었다.

제16장

285

이윽고 오두막의 노란 불빛이 보였다. 코니는 가슴이 두근거렸다. 약간 무서웠던 것이다. 그들은 일렬종대로 걸어갔다.

그가 문을 열고 아무런 장식도 없는 방으로 자매를 안내했다. 식탁에는 두 벌의 식기 세트가 놓여 있었다. 힐더는 잠시 실내를 두리번거리며 둘러보다가 용기를 내서 사내를 바라보았다.

적당한 키에 호리호리한 체격이었다. 힐더는 인상이 괜찮다고 생각했다. 그는 조용히 거리를 지키듯 아무 말도 하고 싶어 하지 않는 것 같았다.

"언니, 앉아." 코니가 말했다.

"그러십시오." 그가 말했다. "차를 드릴까요, 아니면 맥주를 드시겠습니까? 적당하게 시원합니다."

"맥주요!" 코니가 말했다.

"저도 맥주 좀 주세요." 힐더가 짐짓 부끄러운 듯 말했다.

멜러즈는 부엌으로 가더니 맥주 외에 햄과 치즈와 빵도 함께 가져왔다.

셋은 아무 말 없이 맥주를 마시며 그가 가져온 음식들을 먹었다. 힐더는 그의 테이블 매너가 어떤지 살펴보았다. 그녀는 그가 자신보다 본능적으로 더 섬세하며 교양이 있음을 인정하지 않을 수 없었다. 그녀에게는 어딘가 세련되지 않은 스코틀랜드 풍의 어색함이 있었던 것이다. 그날 그녀는 그와 몇 마디 의례적인 말만 나누었을 뿐이었다. 하지만 그 짧은 대화를 통해 그녀는 그를 향한 경멸감을 은근히 드러냈으며 생색을 내기도 했다. 멜러즈는 그녀에게 극심한 더비서 사투리를 씀으로써 불편한 마음을 드러냈다. 그는 사투리를 통해 자신이 평범한 대지의 사람이라는 것을 드러냈으며 동시에 힐더의 성적 불감증을 비난한 셈이기도 했다.

얼마 후 셋은 다시 자동차 있는 곳으로 되돌아갔고 힐더는 자동차에 오르면서 마지막으로 말했다.

"정말, 위험을 무릅쓰고 이런 일을 저지를 만한 가치가 있었는지 묻고 싶어요. 두 사람 모두에게 말이에요."

"한 사람에게는 고기인 것이 다른 사람에게는 독이 되는 법이지요." 그가 어둠 속에서 말했다. "하지만 내게는 고기이자 음료입니다." 그의 목소리에는 분노가 담겨져 있었다.

전조등이 켜졌다.

"아침에 기다리게 하지 마, 코니" 힐더가 말했다.

"걱정 마, 언니. 안녕!"

차는 천천히 차도로 나아가더니 밤의 침묵만을 뒤로 남긴 채 경쾌하게 속도를 냈다.

제16장

287

코니가 수줍게 그의 팔짱을 꼈고 둘은 오솔길을 내려가기 시작했다. 코니는 그와 단둘이 있게 된 것이 기뻤다. 언니가 자신을 억지로 끌고 갔을지도 몰랐으리라는 생각에 그녀는 몸을 부르르 떨었다. 이상하게도 그는 아무 말이 없었다.

이윽고 오두막으로 돌아오자 그녀는 언니로부터 풀려났다는 기쁨에 거의 폴짝 뛰어오를 정도였다. 하지만 그는 말없이 저녁에 해야 할 일들만 처리할 뿐이었다. 그는 어딘가 노한 듯 했지만 결코 코니를 향한 노여움은 아님을 그녀는 잘 알고 있었다. 그가 노한 모습을 보이자 그는 이상하게 멋져 보였으며 내면의 아름다움을 드러내고 있는 것 같았다. 그녀는 흥분되었고 사지가 나른해졌다.

하지만 그는 그녀를 거의 무시했다.

볼 일을 마친 그는 주저앉아 구두끈을 풀기 시작했다. 그런 후 그는 아직 노여움이 가시지 않은 눈길로 그녀를 바라보았다.

"올라가겠소?" 그가 말했다. "저기 촛불이 있소."

그는 머리를 가볍게 끄덕여 탁자 위에서 타오르고 있는 촛불을 가리켰다. 코니는 얌전히 시키는 대로 했다. 그는 2층으로 올라가는 그녀 엉덩이의 풍만한 곡선을 지켜보고 있었다.

관능적 정념의 밤이었다. 그녀는 그 밤 내내 약간 놀라 있었고 거의 수동적이었다. 하지만 그녀는 여전히 날카로운 관능적 전율에 휩싸였다. 그것은 부드러움에 의한 관능적 전율과는 다른 보다 날카롭고 보다 강렬한 전율이었다. 그것은 매순간 그녀를 더 강하게 사로잡았다. 그녀는 조금 놀라긴 했지만 그에게 완전히 몸을 내맡겼다. 그러자 거의 무분별하고 부끄러움 없는 관능이 그녀를 뿌리째 흔들어 놓았으며 그녀를 송두리째 발가벗겨 놓았고, 그녀를 완전히 다른 여성으로 만들었다. 그것은 진정한 사랑이 아니었다. 그것은 순수한 관능적 쾌락도 아니었다. 그것은 불처럼 타오르는 날카로운 관능이었으며 영혼을 불태워버리는 관능이었다.

그녀는 모든 부끄러움들, 저 깊은 곳, 가장 은밀한 곳에 오래 숨어 있던 부끄러움들을 태워버렸다. 그에게 모든 것을 내맡기려면, 그의 의지대로 하게 내버려 두려면, 노력이 필요했다. 그녀는 마치 노예처럼 모든 것을 순순히 받아들이면서 수동적이 되어야 했고 육체의 노예가 되어야 했다. 그럼에도 불구하고 정념이 그녀를 온통 소모시키며 그녀의 온몸을 훑고 지나갔다. 그리고 관능의 불꽃이 그녀의 내장과 가슴을 짓누르며 지나가자 그녀는 정말로 자신이 죽어간다고 생각했다. 하지만 그것은 통렬하고 경이로운 죽음이었다.

제16장

오, 정념의 순화! 관능의 과시! 그릇된 수치심을 불태워 없애버리고 우리의 몸이라는 이 무겁기만 한 광석을 녹여 순수한 관능의 불길로 정화할 필요가 영원히 있으리니!

그 짧은 여름밤에 코니는 많은 것을 배웠다. 그녀는 여성이 수치심으로 죽을 수도 있으리라고 생각했으리라. 그런데 그 대신 수치심이 죽었다. 두려움이라는 수치심! 우리의 몸 깊숙한 곳에 뿌리를 박고 웅크리고 있는 저 오래된 육체적 공포, 저 깊은 기관 속의 수치심! 관능의 불길에 의해서만 몰아낼 수 있는 수치심! 남성의 남근에 의해서만 뿌리가 뽑히고 제거될 수 있는 그 수치심! 순간 그녀는 그녀라는 정글의 심장 바로 그곳에 도달했다. 이제 그녀는 자신이 그녀의 본성의 근본에 도달했음을 느꼈고 완벽하게 수치심에서 해방되었다. 그녀는 벌거벗은, 그리고 아무런 수치심도 없는 관능적 자아였다. 그녀는 승리감을, 거의 자만심을 느꼈다. 그렇다! 이것이야 말로 '그런 거지, 뭐!'였다. 이것이 바로 삶이었다! 이것이 바로 진정한 자신이었다. 이제 감추어야 할 그 무엇도, 부끄러워해야 할 그 무엇도 없었다. 그녀는 자신의 궁극적 적나라함을 한 사내, 역시 적나라하게 자신을 드러내고 있는 다른 존재와 함께 나누었다.

오, 남자란 그 얼마나 무분별한 악마인가! 정말 악마와 같았다! 그 악마를 품기 위해서는 강해야 한다. 그녀는 두려움에 그 것을 그 얼마나 증오했는가! 그리고 실제로는 그것을 그 얼마나 원했는가! 이제 그녀는 그것을 알았다. 그녀의 영혼 깊은 곳에서 그녀는 이 남근의 사냥을 필요로 했고 원하고 있었던 것이며, 결코 그것을 얻을 수 없으리라고 믿고 있었던 것이다. 그런데 갑자기 그것이 이루어졌다. 이제 한 남자가 그녀의 마지막 최종적인 적나라함을 함께 나누고 있으며 그녀에게서 수치심이 사라진 것이다. 오, 아무것도 두려워하지 않고, 아무것도 부끄러워하지 않는 남자를 발견하다니!

그녀는 야생동물처럼 잠들어 저 머나먼 곳으로 멀리 가 있는 듯한 그를 바라보았다. 그녀는 그에게서 떨어지지 않으려고 그의 가슴으로 파고들었다.

그가 몸을 일으키자 코니도 잠에서 완전히 깨어났다. 그가 침대에서 일어나 앉아 그녀를 내려다보았다.

"일어날 때가 되었어요?" 그녀가 말했다.

"6시 반이요."

8시까지는 오솔길에 가 있어야 했다. 오, 언제나, 언제나, 이렇게 강요를 당해야만 하다니!

그는 일어나서 아래층으로 내려가더니 부지런히 아침을 준

제16장
291

비했다. 이윽고 그가 커다란 쟁반에 음식을 들고 올라왔다. 코니는 찢어진 잠옷을 입은 채 침대에 앉아 아침을 먹었다. 그는 걸상에 앉아 접시를 무릎에 올려놓고 식사를 했다.

"정말 맛있어요!" 그녀가 말했다. "이렇게 함께 아침을 먹으니 정말 좋아요."

그는 말없이 먹기만 했다. 덧없이 지나가는 시간이 그의 마음을 무겁게 했다.

그녀가 다시 말했다.

"오, 여기서 계속 당신과 함께 살 수만 있다면! 래그비가 수백만 킬로미터 떨어진 곳에 있다면! 나는 정말로 래그비로부터 멀어지고 싶어요. 당신, 그거 알고 있지요?"

"응."

"우리 함께 살겠다고 약속해요. 약속할 수 있지요?"

"응, 그렇게 할 수 있을 때."

"그래요, 꼭 그렇게 해야 해요." 그녀는 몸을 기울여 그의 손목을 잡으며 말했다. 그 바람에 차가 쏟아졌다.

"그래." 그가 차를 닦으며 말했다.

"이제 우리는 함께 살 수밖에 없어요. 그렇지 않아요?" 그녀가 애원하듯 말했다.

그가 씩 웃으며 그녀를 바라보았다.

"그렇긴 해. 다만 25분 후에는 당신이 떠나야 한다는 게 문제지."

그때였다. 갑자기 그가 경계 표시로 손가락을 쳐들며 벌떡 일어났다.

플로시가 짧게 짖더니 이어서 경고하듯 세 번 크게 컹컹 짖었다. 그는 조용히 접시를 쟁반에 올려놓더니 아래로 내려갔다. 코니는 그가 마당길을 내려가는 발소리를 들을 수 있었다. 이어서 밖에서 자전거 벨 소리가 들렸다.

"안녕하세요, 멜러즈 씨! 등기 우편이 왔습니다!"

"아, 그래요? 펜 갖고 있소?"

"예, 있습니다."

잠시 아무 소리도 들리지 않았다.

"캐나다에서 온 겁니다." 낯선 목소리가 말했다.

"아, 브리티시컬럼비아에 있는 친구로부터 온 거로군. 뭣 때문에 등기로 보냈는지 모르겠군."

잠시 말이 없었다.

"날이 참 좋군요."

"그래요."

이어서 둘이 작별 인사를 나누는 소리가 들렸다. 잠시 후 멜러즈가 다시 코니에게 왔다.

"저놈의 자전거는 쥐도 새도 모르게 달려온단 말이야. 무슨 눈치라도 채지 않았으면 좋겠군."

"무슨 눈치를 챘겠어요!"

"자, 일어나서 준비해요. 난 잠깐 밖에 나갔다 오겠소."

그가 총을 든 채 개를 데리고 밖으로 나갔고 코니는 아래층으로 내려가 세수를 했다. 그가 돌아왔을 때는 그녀는 떠날 준비를 마치고 있었다.

둘은 초록이 우거진 길을 터벅터벅 내려갔다. 코니는 마음이 무거웠다. 이제 언제까지나 이 사람과 함께 할 수 있는 것 같은데 베니스로 떠나야만 한다니! 둘은 묵묵히 길을 걸었다.

드디어 그가 걸음을 멈추고 오른쪽을 가리키며 말했다.

"내가 곧바로 길을 건너갔다 오겠소."

그녀는 그의 목에 팔을 두르고 매달리며 속삭였다.

"어젯밤에 당신을 정말 사랑했어요. 저에 대한 애정을 계속 간직할 거지요?"

그는 그녀에게 입을 맞추며 잠시 껴안았다. 이어서 그는 한숨을 내쉬며 그녀에게 다시 한번 키스를 했다.

"자, 가서 차가 왔는지 보고 오겠소."

그는 숲을 헤치고 길가까지 갔다가 이내 되돌아왔다.

"아직 안 왔소."

그는 불안하고 난처한 모습이었다. 그때 자동차 경적 소리가 가까운 곳에서 들렸다. 코니는 비통에 잠겼다.

"자, 이 고사리 숲을 헤치고 나가요." 그가 말했다. "나는 가지 않겠소."

그녀는 절망적으로 그를 바라보았다. 그는 코니에게 키스를 해준 다음 그녀를 보냈다. 그녀는 비틀거리며 겨우 오솔길을 걸어갔다. 힐더가 초조한 듯 차에서 막 내리고 있었다.

"왜 거기 있니?" 힐더가 물었다. "그 사람은 어디 있어?"

"오지 않았어."

작은 가방을 들고 차에 올라탔을 때 코니의 얼굴에는 눈물이 흐르고 있었다. 힐더는 볼품없는 안경이 달린 운전 모자를 코니에게 건넸다.

"이걸 써. 알아보는 사람이 있으면 곤란하잖아."

코니는 변장을 하기 위해 모자를 쓰고 긴 운전복을 걸치고 의자에 앉았다. 안경까지 쓰고 있는 것이 사람이라기보다는 정체불명의 생물 같았다. 차는 곧 큰길로 나섰다. 코니는 두리번거리며 살펴보았지만 그의 모습은 보이지 않았다. 오, 점점 멀어져 가는구나! 그녀는 비통한 눈물을 흘렸다. 이별이 이토록 갑자기, 예기치 않게 찾아오다니. 그것은 죽음과 같은 것이었다.

"당분간 그 사람과 떨어져 있게 되었으니 정말 다행이지 뭐니!" 힐더가 크로스힐 마을을 피해 차를 돌리면서 말했다.

제17장

런던에서 만난 아버지는 여전히 풍채가 좋았고 건강했다. 코니는 오랜만에 아버지와 함께 있게 된 것이 기뻤다. 그는 스코틀랜드에서 두 번째 부인과 살고 있었다. 하지만 런던에서 코니는 별로 행복하지 않았다. 사람들은 완벽할 정도로 아름다운 모습이었지만 코니에게는 그들이 모두 유령처럼 보였고 텅 빈 존재처럼 보였다.

기차로 출발한 아버지와 헤어지고 들른 파리에서도 마찬가지였다. 그곳에는 관능이 좀 남아 있는 것 같았다. 하지만 그 얼마나 지치고 닳아버린 관능이란 말인가! 부드러움이 사라진 관능! 오, 파리는 슬펐다. 가장 슬픈 도시 중의 하나였다. 기계화된 관능에 지치고 돈, 돈, 돈을 향한 긴장에 지친, 원한과 자만에 지친, 그리고 죽음에 지친 도시! 게다가 그 지친 모습을 기계의 소음 속에 감출 만큼 충분히 영국화되거나 미국화되지도 못한 도시!

하지만 자동차 드라이브를 하는 동안은 즐거웠다. 갑자기 날이 더워졌다. 스위스를 지나 브레너 산맥을 넘고 있었던 것이다. 이어서 자동차는 돌로미티 산맥을 넘어 베니스로 향했다. 여행 자체는 만족스러워야 했다. 하지만 코니는 마음속으로 중얼거리고 있었다.

'왜 이렇게 심드렁하지? 왜 하나도 짜릿하지 않지? 경치를 보아도 아무런 감흥이 없으니 어쩐 일이지? 정말 경치 따위는 보고 싶지도 않아.'

그녀는 프랑스와 스위스, 티롤과 이탈리아를 지나오면서 자신이 그냥 물건처럼 운반되고 있다고 느꼈다. 그 끔찍스런 래그비에 있을 때보다 더 비실재적이었다. 무엇보다 인간들이 모두 다 똑같았다. 겉으로는 조금씩 다른지 몰라도 모두들 돈에 중독되어 있는 것 같았다. 그들에 비하면 래그비가 차라리 현실적이었다.

그들은 메스트레에서 차를 주차장에 맡긴 다음 베니스행 정기 여객선을 타고 베니스로 향했다. 상쾌한 여름 오후였다. 베니스에 도착한 그들은 곤돌라를 타고 에스메랄다 별장으로 향했다. 항구에서 상당히 멀리 떨어진 곳에 있는 에스메랄다 별장은 테라스에서 바다를 내려다볼 수 있는 매우 쾌적한 건물이었다. 자매는 그곳에서 이미 도착해 있던 아버지를 만났다.

별장 주인은 육중한 몸집을 자랑하는 스코틀랜드인으로서 그가 그들 가족을 초청한 것이었다. 별장에는 손님이 많았다. 멀컴 경과 두 자매 외에도 일곱 명의 손님이 더 있었다. 역시 두 딸을 데리고 온 스코틀랜드인 부부와 젊은 이탈리아 백작 미망인, 젊은 공작과 젊은 영국 목사가 그들이었다. 힐더와 코니는 그들과 의례적인 인사만 나누었을 뿐 조금도 관심을 두지 않았다.

멀컴 경은 대부분의 시간을 그림을 그리며 보냈고 힐더와 코니는 밝은 프록코트를 입고 밖으로 돌아다녔다. 저택에서 열리는 파티도 지루하기만 할 뿐이어서 밖으로만 나돈 것이다. 그곳에는 수많은 사람들이 있었고 그녀들은 수많은 사람들을 만났다. 어떤 의미로는 유쾌했다. 거의 향락에 가까웠다. 칵테일을 마시고, 따뜻한 물속에 몸을 담그고, 뜨거운 태양 아래 일광욕을 하고, 무더운 밤 누군가와 몸을 비비며 재즈 춤을 추고, 차가운 물로 몸을 식히는 그 모든 향락들은 완벽한 마취제 바로

제17장

299

그것이었다. 사람들은 바로 그 마취제, 그 약물을 원하고 있었다. 느릿느릿 흐르는 물도 약물이었고 태양도 약물이었으며 재즈도 약물이었다. 담배도, 칵테일도, 얼음도, 베르무트 술도 약물이었다. 약물에 취하라! 향락이여! 향락이여!

힐더는 그 약물에 취하는 것을 좋아했다. 그녀는 사람들을 만나고 여기저기 둘러보고 사람들에 대해 이러쿵저러쿵 이야기하는 것을 좋아했으며 재즈도 좋아했고 곤돌라를 타고 석호(潟湖)로 가서 해수욕 하는 것도 좋아했다. 코니도 힐더와 해수욕을 즐겼다. 하지만 아름다운 베니스 하늘을 바라보며 그녀는 여전히 이 모든 것이 돈으로 피어나고 돈으로 죽어가고 있다고 생각했다. 그녀에게는 이 모든 인위적 향락뿐 아니라 풍경조차도 돈에 의해 죽은 것처럼 여겨졌다.

그녀가 석호의 따뜻한 햇볕에 취해 있다가 별장으로 돌아간 어느 날 별장에 편지가 한 통 와 있었다. 클리퍼드에게서 온 편지였다. 그는 정기적으로 편지를 보내오고 있었다. 한 권의 책으로 묶어도 좋을 만한 멋진 편지들이었다. 하지만 코니에게는 아무 흥미도 없는 내용들이었다. 그녀는 차츰차츰 석호를 비추는 햇빛, 물결치는 바닷물의 소금기, 공간, 공허, 허무에 취해 가고 있었다. 그것은 건강함에 완벽하게 취한 것이기도 했다.

그것은 유쾌한 도취였고 그녀는 아무런 생각 없이 그 안에서 안온함을 만끽하고 있었다. 게다가 그녀는 임신 중이었고 그녀 자신도 그 사실을 알았다. 자신이 임신했다는 사실은 그녀가 태양, 소금기 머금은 석호와 해수욕, 일광욕, 조개 줍기 등에 취해서 느끼는 행복을 더욱 완벽하게 만들었다. 그것은 또 하나의 충만한 건강을 의미했으며 자신을 충족시키고 마비시키는 것이었다.

그녀가 베니스에 온 지 2주일이 지났고 앞으로 열흘 내지 2주일 정도 더 머물 작정이었다. 그런데 이번에 받아본 클리퍼드의 편지는 그녀를 그런 행복한 마비 상태에서 깨어나게 만들었다.

이곳에 가벼운 흥밋거리가 생겼소. 사냥터지기 멜러즈의 게으름뱅이 마누라가 그가 살고 있는 오두막에 불쑥 나타난 거요. 하지만 환영을 받지 못했지. 멜러즈가 그녀를 내쫓고 문을 걸어 잠가버린 거요. 그런데 들리는 말로는 그가 숲에서 돌아와 보니 이제는 정말 볼품없어진 그녀가 아주 '자연스러운 순수 상태'로 그의 침대에 누워 있었다는 거요. 혹은 '자연스러운 불순 상태'라고 해야 할지도 모르겠소. 창문을 깨고 들어온 거요. 멜러즈는 이 사나운 비너스를 오두막에서 쫓아낼 도리가 없어서 테버셜의 어머니 집으로 물러났다고 하오. 그사이 이 스택스게이트의 비너스는 그 오두막에 떡하니 버티고 있으면서 자기 집이라고 우기고 있다고 하더군. 아폴론은 테버셜에 그냥 머물러 있는 게 분명하오.

멜러즈가 내게 와서 자세히 말해주지 않았기에 풍문으로 들은 것만 전하오. 나는 이 허접한 이야기를 우리의 시체 쓰레기 청소 맹금이라고 할 수 있는 볼턴 부인에게서 들었소. 볼턴 부인이 '그 여자가 숲 근처에 어슬렁거리는 한 마님께서는 다시는 숲에 가시지 않으실 겁니다'라고 말하지 않았다면 당신에게 이 이야기를 되풀이하지는 않았을 거요.

그 외에도 의례적인 인사말과 정신 불멸 운운하는 클리퍼드 자신의 개똥철학이 덧붙여 있었지만 그녀의 눈에는 한 줄도 들어오지 않았다.

편지를 읽자 코니는 반쯤 취해 있던 행복감에서 벗어나 마음이 뒤흔들렸으며 분노에 사로잡혔다. 이제 그 짐승 같은 여자의 출현으로 괴로운 지경에 처할 수밖에 없게 된 것이다! 그녀는 놀랍고 초조해졌다. 멜러즈에게서는 아무런 소식도 없었다. 둘은 편지를 주고받지 않기로 약속한 터였지만 그녀는 그로부터 직접 소식을 듣고 싶었다. 어쨌든 그는 뱃속에서 자라고 있는 아이의 아버지가 아닌가! 그래, 그에게 편지를 쓰자!

하지만, 오, 얼마나 끔찍한 일인가! 이제 모든 것이 뒤죽박죽이 되고 말았다.

코니는 자신이 임신했다는 사실에 대해 그 누구에게도, 심지어 힐더에게도 입도 뻥끗하지 않았다. 코니는 볼턴 부인에게 정확한 정보를 알려달라는 편지를 써서 보냈다.

그사이 에스메랄다 별장에는 새로운 손님이 와 있었다. 로마에서 온 던컨 포브스라는 화가였다. 그는 스코틀랜드 출신으로서 어려서부터 두 자매와 친하게 지내던 사이였다. 셋은 함께 곤돌라를 타고 석호로 가서 해수욕을 즐기곤 했다. 말하자면 그는 두 사람의 호위 격이었다. 조용하고 과묵한 젊은이였으며 화가로서 상당한 성공을 거두고 있었다.

얼마 후 볼턴 부인에게서 편지가 왔다.

마님, 돌아오셔서 클리퍼드 경을 보신다면 기뻐하실 것

제17장

303

입니다. 아주 활발해지셨으며 일도 아주 열심이십니다. 그리고 희망에 넘치고 계십니다. 물론 마님이 돌아오실 날을 학수고대하고 계십니다. 마님이 안 계시니 온 집안에 활기가 없고 쓸쓸합니다. 우리 모두 마님이 돌아오시기를 손꼽아 기다리고 있습니다.

멜러즈에 대해서는 클리퍼드 경께서 어느 정도 알려주셨는지 모르겠습니다. 어느 날 오후 그의 아내가 갑자기 되돌아온 모양입니다. 그가 숲에서 돌아오니 그 여자가 입구 계단에 앉아 있었답니다. 자기가 본처이고 이혼할 생각이 없으니 함께 살자고 했다더군요. 하지만 멜러즈는 그녀를 집 안에 들이지 않고 다시 숲으로 가버렸답니다. 그런데 날이 어두워진 후 돌아와 보니 창문을 부수고 들어간 흔적이 있었답니다. 그가 2층에 올라가봤더니 그녀가 실오라기 하나 걸치지 않고 침대에 누워 있더랍니다. 이후 실제로 어떤 일이 벌어졌는지 자세히는 모릅니다. 다만 돈을 주어 달래는 등 온갖 애를 썼지만 여자는 막무가내로 꼼짝도 하지 않았답니다. 멜러즈의 어머니로부터 들은 이야기입니다. 그 여자와 다시 살 생각이 전혀 없는 그는 짐을 꾸려 테버셜 마을의 어머니 집으로 가버렸습니다.

그는 다음 날 숲으로 갔지만 오두막 근처에는 얼씬도 하지 않았답니다. 그날은 그 여자를 만나지 않은 것 같습니다. 그런데 그다음 날 그녀가 그녀의 오빠인 댄을 찾아가서—댄은 베갈리에 살고 있습니다—자기가 그 사람의 본처인데도 그 사람이 집에 다른 여자를 끌어들였다고 법석을 떨었답니다. 서랍 속에서 향수병을 발견했고 재떨이 속에서 금빛 물부리가 달린 담배꽁초를 발견했다는 겁니다. 게다가 우편배달부가 어느 날 아침 멜러즈 침실에서 사람 소리를 들었으며 길에 자동차가 세워져 있었다고 하는 말을 들었다는 겁니다.

멜러즈는 지금 모친과 함께 있습니다. 그리고 그 여자는 오두막에서 나와서 베갈리의 스웨인 부인 댁에 가 있습니다. 멜러즈가 오두막으로 가서 가구와 집기들을 다 집으로 가져가 버렸고 펌프의 손잡이도 빼버렸기 때문이지요. 그 여자는 결국 멜러즈가 자기와 살게 될 거라는 둥, 변호사로부터 위자료를 두둑이 받아내겠다는 둥 큰소리를 치고 다니고 있습니다. 게다가 결혼했을 때 멜러즈가 얼마나 짐승 같은 사람이었는지 떠벌리고 다닙니다. 그 여자가 제아무리 못되고 못난 여자라고 하더라도 세상

사람들은 이런 종류의 일에 대해서는 아무리 터무니없는
이야기라도 믿어버리는 법입니다.

그 뒤에도 그 여자에 대한 비방과 의례적인 인사말이 뒤따랐
지만 더 이상 코니의 눈에 들어오지 않았다. 이 모든 사실이 코
니에게는 너무나 큰 타격이었다. 자신이 그 야비함과 더러움을
함께 나누고 있음이 너무나도 분명했던 것이다. 그녀는 버서
쿠츠와의 관계를 깨끗이 청산해버리지 못한 멜러즈에 대해 분
노를 느꼈다. 아니, 그런 여자와 결혼했다는 사실 자체에 대해
분노가 치밀었다. 아마 그에게 야비한 것에 대한 취향이 있는
지도 모른다. 코니는 그와 함께 지낸 마지막 밤을 상기하고 몸
서리를 쳤다. 그는 버서 쿠츠와도 그 모든 관능을 나눌 수 있었
으리라! 정말 역겨운 일이었다. 그와의 관계를 깨끗이 청산하
는 것이 나으리라! 그는 정말로 평범하고 비천한 사람인지 모
른다.

그녀는 이 모든 일들이 역겨웠다. 그리고 누군가 자기와 이
사냥터지기와의 관계를 알고 있으리라는 생각에 공포에 질렸
다. 오, 만일 클리퍼드가 안다면 이 얼마나 이루 말할 수 없는
치욕이란 말인가! 그녀는 사회가 두려웠고 사회가 자신을 물어

뜯기 위해 드러낸 더러운 이빨이 무서웠다. 심지어 그녀는 아기를 지우고 다시 깨끗해졌으면 하고 바랄 정도였다. 한 마디로 그녀는 공포로 잔뜩 위축되어 있었다.

버서 쿠츠가 발견했다는 향수병은 순전히 그녀가 저지른 바보짓이었다. 그녀는 서랍 속에 들어있는 멜러즈의 손수건과 셔츠에 향수를 뿌려주고 싶다는 생각을 이기지 못하고 반쯤 남은 향수병을 옷장 안 옷 사이에 넣어 두었던 것이다. 그녀는 그가 그 향수 냄새에서 자신을 기억해주기를 바랐다. 담배꽁초는 힐더가 남긴 것이었다.

그녀는 너무 두려움에 사로잡힌 나머지 이제 제법 친해진 던컨 포브스에게 부분적으로나마 털어놓지 않을 수 없었다. 조언을 듣고 싶어서였다. 그녀는 자신이 사냥터지기의 연인이었다는 사실은 털어놓지 않고 다만 그 남자를 좋게 본다고 말한 다음, 그가 처한 상황을 그에게 말해주었다. 그러자 포브스가 말했다.

"사람들은 그 남자를 끌어내려서 완전히 파멸시킬 때까지 결코 멈추지 않을 것입니다. 그가 중간 계급으로 올라설 기회가 있는데도 마다했다든지, 혹은 오로지 자신의 섹스만으로 우뚝 서려고 한다면 세상은 그를 파멸시킬 것입니다. 세상 사람들은

제17장

섹스에 대해 솔직하게 공개하는 것을 결코 용납하지 않습니다. 세상은 추잡한 섹스에 대해서는 관대하고 추잡하면 추잡할수록 더 좋아합니다. 하지만 만일 누군가 자신의 섹스에 대해 신념을 갖고 있고 섹스를 결코 더럽히지 않겠다고 한다면 세상은 그 사람을 쓰러뜨릴 것입니다. 섹스를 자연스럽고 중요한 것으로 여기는 것, 그것은 절대적으로 금기시되어 있습니다. 그런 건강한 섹스는 하려 하지도 않으며 누군가 그런 건강한 섹스를 누리고 있으면 그를 죽여 버립니다. 분명히 세상은 사냥개처럼 그 사람을 쫓을 겁니다. 하지만 대체 그 사람이 뭘 어찌 했다는 겁니까? 만일 그가 자기 아내와 완벽한 사랑을 나눈다면 그에게 그런 권리가 있는 것 아닌가요? 아내는 그것을 자랑스러워할 것입니다. 하지만 사람들은 마치 하이에나처럼 잔인하게 그를 끌어내립니다. 그는 그저 자신의 섹스 앞에서 훌쩍거리거나 죄의식과 공포를 가질 수밖에 없습니다. 그리고 허용된 섹스만을 하게 됩니다. 그렇습니다, 세상은 분명히 그 불쌍한 사람을 추적해서 때려눕힐 겁니다."

그의 말을 듣고 코니의 역겨움의 대상이 변했다. 그래, 대체 그 사람이 뭘 어쨌다고? 자기에게 격렬한 쾌감을, 자유와 생명에 대한 감각을 준 것 외에 도대체 뭘 어쨌단 말인가? 그는 그녀의 따뜻하고 자연스러운 성의 물꼬를 터주었을 뿐이다. 그런데 바로 그 때문에 세상은 그를 뒤쫓아 때려눕히려 하고 있다. 그래, 절대로 그럴 수는 없어!

그녀는 경솔한 짓을 저지르고 말았다. 아이비 볼턴에게 편지를 보내면서 사냥터지기에게 보내는 편지를 동봉하고 그에게 전해달라고 부탁한 것이다. 그에게 보내는 편지 내용은 다음과 같았다.

당신의 부인이 당신을 괴롭힌다는 이야기를 전해 듣고 정말 가슴이 아파요. 하지만 신경 쓸 것 없어요. 그저 일종의 히스테리일 뿐이에요. 갑자기 찾아왔다가 금세 날아가 버리고 말 거예요. 하지만 정말 딱한 일인 건 사실이에요. 저는 당신이 너무 걱정하지 않기만 간절히 바라고 있어요. 그럴 가치조차 없는 일이니까요. 그 여자는 당신에게 상처를 입히려는 신경질적인 여자일 뿐이에요. 열흘 후면 돌아갈 거예요. 모든 일이 다 잘되길 빌어요.

며칠 후 클리퍼드에게서 편지가 왔다.

당신이 16일에 출발할 준비를 하고 있다니 반갑소. 하지만 즐겁게 지내고 있다면 너무 서두르지는 말아요. 일광욕은 당신 건강에 도움이 될 테니 말이오. 그러니 이곳의 음습한 겨울에 대비해서 좀 더 머물면서 한껏 즐기면 좋겠소. 이곳은 오늘도 비가 오고 있다오.

사냥터지기에 대한 추문은 계속 이어져 이제는 눈덩이처럼 불어나고 말았소. 볼턴 부인이 늘 정보를 제공하고 있지. 그녀는 그의 아내 이름이 버서 쿠츠라고 하더군. 나는 그 여자가 진흙투성이 세상 밑바닥까지 굴러 떨어진 여자 같소. 마치 해저에서 썩은 고기를 먹고 있는 생물 같소.

하긴 우리 눈에 보이는 이 세계에는 모두 보이지 않는 심연이 존재하고 있소. 다만 영혼만이 그 심연에서 저 대기를 향하여 솟구쳐 오르는 것이지. 그리고 그 어두운 심연에서 벗어나 밝게 빛나는 대기 속으로 되돌아가는 것이 우리들의 불멸의 운명이오. 그때라야 우리는 우리의 영원한 본성을 깨닫게 되는 거요.

볼턴 부인의 이야기를 듣고 있다 보면 나는 나 자신이 인간의 비밀이라는 물고기가 꿈틀거리며 헤엄치고 있는 저 심연으로 깊이깊이 가라앉는 것만 같아진다오. 육욕에 사로잡혀 고깃덩어리를 덥석 물어버린 것과 같은 기분이오. 나는 다시 그 빽빽한 곳으로부터 가뿐한 곳으로, 젖은 곳으로부터 마른 곳으로 천천히 올라가오. 당신에게라면 그 과정을 모두 설명해줄 수 있을 거요. 하지만 볼턴 부인과 있으면 해저의 해초 사이로, 창백한 괴물들 사이로 무섭게, 무섭게 하강하는 기분만 느낄 뿐이오.

나는 우리의 사냥터지기를 잃을 것 같아 걱정이오. 그 게으름뱅이 아내와의 추문이 가라앉기는커녕 점점 더 커지기 때문이오. 차마 내 손으로 그 여자가 저지른 온갖 악행들을 일일이 쓰고 싶지는 않소. 다만 그 여자가 결혼의 침묵이라는 가장 깊은 무덤 속에 묻혀 있어야만 하는 이야기들도 공공연히 떠들고 다닌다는 이야기만 해주겠소. 그런데 정말 괴로운 것은 이 끔찍한 여자가 자기가 겪은 일에 대해서만 떠벌리고 다니는 게 아니라는 거요. 그 여자는 목청을 높여 자기 남편이 오두막에 여자를 들여놓았다며 되는 대로 여자들 이름을 떠들고 다니고 있다 하오. 그 바람에 몇몇 점잖은 이름들이 진흙탕에 뒹구는 꼴이 되었고 그 여자는 고소를 당했소.

어쨌든 내가 직접 그 여자를 숲에서 쫓아낼 수는 없는 노롯이기에 나는 멜러즈를 만나서 이야기를 나눌 수밖에 없었소. 나는 그를 만나서 사냥터지기 일을 계속할 수 있겠느냐고 물었소. 그는 자기가 일을 소홀히 했다고는 생각하지 않는다고 대답하더군. 나는 그의 아내가 침입해 오는 것이 귀찮다고 말했소. 그러자 그는 자신에게는 그녀를 멈추게 할 힘이 없다고 말하더군. 나는 저 불쾌한 추문과 그 과정에 대해 그에게 넌지시 말했소. 그랬더니 "자기네들 섹스나 열심히 하라지요. 그래야 다른 남자에 대한 이상한 소리에 귀를 기울이지도 않을 겁니다"라고 대답하더군.

그의 태도가 불손해서 넌지시 지적했더니 이렇게 대답하더군. 양철 깡통이 울리는 것 같았소.

"클리퍼드 나리, 제가 두 다리 사이에 음낭을 가지고 있다고 해서, 나리 같은 분이 저를 꾸짖으실 건 없다고 봅니다."

나는 그에게 오두막에서 귀부인들을 맞아들인 게 사실이냐고 물었소. 그러자 "왜요? 그게 나리와 무슨 상관이 있지요?"라고 거꾸로 묻더군. 나는 내 영지에서 풍기문란한 일이 벌어지는 건 두고 볼 수 없다고 말했소. 그러자 그가 "그렇다면 여자들 입에 단추라도 채워두는 게 좋을 겁니다"라고 대답했소. 내가 계속 그의 오두막 안에서의 행동거지에 대해 추궁하자 그는 "내 암캐 플로시와 나 사이에 무슨 일이라도 있는지 의심하시는군요. 그렇다면 잘못 생각하신 겁니다"라고 답했소. 정말이지 이 세상에 그보다 무례한 언사는 없을 거요.

나는 그에게 다른 일자리를 찾는 게 쉽겠느냐고 물었소. 그는 "나리께서 저를 내치실 의향을 살짝만 비치셔도 됩니다"라고 말하더군. 결국 내주 말에 그는 다른 곳으로 가기로 했소.

자, 우선은 그런 식으로 결말이 났소. 그 여자는 멀리 가버린 모양이오. 나타나기만 하면 당장 체포될 것이 겁났던 거요. 멜러즈는 내주 토요일이면 이 고장을 떠날 거요. 그러면 평상시처럼 다시 조용해지겠지. 그러니 여보, 8월 초까지 베니스와 스위스에 머무는 게 어떻겠소? 그때가 되면 이 더러운 소문도 다 사라질 테니까.

클리퍼드의 편지에는 노여움과 초조함이 여실히 드러나 있었지만 조금의 동정심도 없었다. 그 때문에 코니는 상처를 받았다. 그런데 멜러즈로부터 다음과 같은 편지를 받고 코니는 사태를 더 잘 이해할 수 있었다.

고양이가 다른 여러 고양이들과 함께 자루에서 나왔소. 내 마누라 버서가 애정 없는 내 품으로 돌아오려고 오두막에 들어앉았다는 이야기는 들었을 거요. 실례되는 표현을 한다면 그 여자는 작은 코티 향수병에서 쥐 냄새를 맡았소. 다른 증거는 못 찾았지만 오두막 안에서 당신의 책을 발견했소. 여배우 주디스의 자서전이었는데 책 앞장에 콘스탄스 스튜어트 리드라는 당신 이름이 적혀 있었지. 그 여자는 나의 정부(情婦)가 다름 아닌 채털리 부인이라고 사방으로 떠들고 다녔소. 결국 그 소문이 교구 목사인 버러즈 씨에게 그리고 클리퍼드 경의 귀에까지 들어갔소. 그 양반들이 온갖 수단을 다해 나의 경애하는 아내를 고소했고 그 여자는 행방을 감췄소. 경찰을 죽는 것보다 무서워했으니까요.

클리퍼드 경이 나를 보자고 해서 갔었다오. 이런 저런 이야기를 에둘러 했지만 나한테 화가 나 있는 것 같았소. 마침내 자기 부인의 이름이 사람들 입에 오르내리고 있는 것을 아느냐고 내게 묻더군요. 나는 추문 따위에 귀를 기울이지 않는 사람이며, 클리퍼드 경의 입을 통해 그런 하찮은 이야기를 듣게 되다니 놀라운 일이라고 대답했소. 그분은 그건 정말 큰 모욕이라고 말하더군. 나는 싱크대 위에 걸려 있는 달력에 메리 여왕의 사진이 있는데, 그렇다면 여왕께서 내 소실 중의 한 명이 아니겠느냐고 말했소. 하지만 그는 그런 익살 같은 건 별로 좋아하지 않더군요. 그 양반이 내게 "자네는 바지 단추도 채우지 않고 돌아다니는 파렴치한 사람이야"라고 말했소. 나는 그 양반에게 "당신은 단추를 풀어서 보여줄 것이 아무것도 없는 분 아닙니까?"라고 말했고 나는 모가지가 잘렸다오. 나는 토요일에 이곳을 떠날 것이고 다시는 이곳에 나타나지 않을 것이오. 나는 런던으로 갈 것이고 옛 하숙집 주인이 내게 방을 내주든지 구해주든지 할 거요. 코버그가 17번지요.

네 죄가 결국 드러날 것이니, 특히 네가 결혼한 몸이고 그녀의 이름이 버서라면…….

코니에 대한 이야기는 한 마디 없었고, 코니를 향한 이야기도 한 마디 없었다. 코니는 그것이 원망스러웠다. 위로의 말이나 안심시키는 말이 한두 마디 있어야 하는 것 아닌가! 하지만 그녀는 그가 자신을 자유롭게 풀어주었다는 것, 그리고 자유롭게 래그비의 클리퍼드에게 돌아갈 수 있게 해주었다는 것을 알 수 있었다. 그리고 그것 또한 원망스러웠다. 그렇게까지 짐짓 기사인 척할 필요는 없지 않은가! 그녀는 그가 클리퍼드에게 "맞습니다. 그녀가 제 애인이고 정부입니다. 저는 그것이 자랑스럽습니다"라고 말해주었으면 하고 바랬다. 하지만 그에게 그런 용기까지는 없었다.

이제 테버셜에서는 그녀의 이름이 그와 엮여 있는 것이다! 정말 지저분하고 난처한 일이었다. 하지만 그런 건 곧 가라앉으리라.

어쨌든 코니는 화가 났다. 착잡하면서도 혼란스러운 분노였고 그 때문에 그녀는 온통 기운이 빠져버렸다. 그녀는 어떻게 해야 할지, 무슨 말을 해야 할지 알 수 없었다. 그녀는 전과 다름없이 던컨 포브스와 함께 곤돌라를 타고 가서 해수욕을 하면서 그냥 되는 대로 나날을 보냈다. 그런데 던컨이 그녀를 사랑하게 되었다. 하지만 그녀는 단호하게 그에게 말했다.

"제가 남자들에게 바라는 것은 딱 한 가지밖에 없어요. 제발 나를 내버려둬 달라는 것."

던컨은 그녀의 말대로 그녀를 내버려두었다. 그는 자신이 그렇게 할 수 있다는 것이 기쁘기도 했다. 그와 동시에 그는 정말 기묘하게 도착적인 사랑의 부드러운 물결을 그녀에게 보내고 있었다. 그는 오로지 그녀와 함께 있는 것을 원했을 뿐이었던 것이다.

제17장

제18장

어쨌든 코니는 어떻게 해야 할지 결정을 해야만 했다. 멜러즈가 래그비를 떠나는 토요일에 베니스를 떠나기로 하자. 앞으로 엿새 후다. 다음 주 월요일이면 런던에 닿을 수 있을 것이며 그를 만날 수 있을 것이다. 코니는 그의 런던 주소로 편지를 부쳤다. 답장을 하틀랜드 호텔로 보내달라고, 또한 월요일 밤 7시에 호텔로 찾아와 달라고 부탁했다.

멀컴 경은 코니와 함께 떠나기로 결정했고 던컨은 힐더와 함께 돌아가기로 했다. 사치를 즐기는 노인네는 오리엔트 특급 침대표를 샀다. 코니는 속된 냄새가 물씬 풍기는 호화 열차를 싫어했지만 어쨌든 파리에 빨리 도착할 수 있다는 건 다행이었다.

햇볕에 보기 좋게 그을린 코니는 열차 안에서 창밖을 내다보는 것도 잊은 채 말없이 앉아 있었다.

"래그비로 돌아가는 게 싫은 모양이구나." 시무룩해 있는 딸의 모습을 보고 그가 말했다.

"꼭 래그비로 돌아가야만 하는지 모르겠어요." 코니는 아버지를 똑바로 쳐다보며 당돌하게 말했다.

"파리에 잠시 머무르겠다는 거니?"

"아뇨, 아예 돌아가지 않겠다는 뜻이에요."

멀컴 경이 놀라서 물었다.

"갑자기 그게 무슨 소리냐?"

"저 아이를 가졌어요."

그녀가 누군가에게 그 이야기를 한 것은 이번이 처음이었다. 그것은 그녀의 삶에 하나의 균열을 만드는 행위와도 같았다.

"어떻게 아니?" 아버지가 물었다.

그녀가 미소 지었다.

"어떻게 알았겠어요?"

"물론 클리퍼드의 아이는 아니겠지?"

"그럼요! 다른 남자예요."

코니는 아버지를 괴롭히는 게 재미있었다.

"내가 아는 남자니?" 멀컴 경이 물었다.

제18장

319

"아뇨, 아버지는 한 번도 보신 적이 없어요."

잠시 침묵이 흘렀다.

"그래, 어떻게 할 작정이니?"

"모르겠어요. 바로 그게 문제예요."

"클리퍼드하고 이야기는 된 거냐?"

"클리퍼드와는 별 문제가 없을 거예요." 코니가 말했다. "전에 아버지 말씀을 듣고는 제가 아이를 가져도 상관없다고 말했어요. 제가 신중하게 처신하기만 한다면, 이라면서요."

"사정이 사정인 만큼 그렇게 말하는 게 옳지. 그렇다면 별 문제될 게 없지 않니? 네가 채털리 가문의 상속자를 가진 거고 래그비가에 준(準)남작을 선물한 거 아니니?"

멀컴 경은 기분이 좋았다. 코니는 그가 애지중지하는 딸이었으며 특히 딸의 여자다운 점이 좋았다.

하틀랜드 호텔에 도착하자 멜컴 경은 곧바로 클럽으로 나갔다. 코니에게 함께 가자고 했지만 코니는 호텔에서 쉬고 싶다고 했다.

멜러즈에게서 온 편지가 있었다. 그녀는 편지를 열어 보았다. 내용은 간단했다.

호텔에는 가지 않겠소. 대신 저녁 7시에 아담가(街)의 골
든 코크 밖에서 기다리고 있겠소.

그곳에 큰 키에 호리호리한 그가 서 있었다. 딴 사람 같았다.
그는 옅은 회색 정장을 입고 있었다. 그녀는 불안한 눈길로 그
의 눈을 바라보았다.

"그동안 무서웠지요?" 그녀는 탁자에 마주 앉은 그를 바라
보며 말했다. 그는 너무도 야위어 있었다.

"세상 사람들은 언제나 무서운 법이지요. 나는 그런 것에 신
경 쓰는 바보이고요. 앞으로도 계속 신경이 쓰일 겁니다."

"제가 보고 싶지 않았어요?"

"당신이 그 소동 한복판에서 벗어나 있어서 다행이었소."

다시 침묵이 흘렀다. 마침내 코니가 먼저 입을 열어 물었다.

"사람들이 당신과 제 관계를 정말 믿고 있을까요?"

"아니! 한시도 그렇다고 생각해본 적은 없소."

"클리퍼드는요?"

"그 사람도 믿지 않을 거요. 생각조차 않으려 할 거요. 아예
그 문제를 피하려 했소. 나를 쫓아낸 것도 그 때문이오."

"저, 아이를 가졌어요."

제18장

321

그의 얼굴에서, 아니 온몸 전체에서 표정이 사라진 것 같았다. 마치 얼이 빠진 것 같았다. 그는 어두운 눈빛으로 그녀를 바라보았다. 코니는 그 표정을 전혀 이해할 수 없었다. 어두운 불꽃같은 정령이 그녀를 바라보고 있는 것 같았다.

"기쁘다고 말해줘요!" 그녀가 그의 손을 잡으며 말했다. 순간적으로 그에게서 환희 같은 것이 용솟음치고 있음을 그녀는 느낄 수 있었다. 하지만 그 환희는 그 무언가에 의해 짓눌린 듯 곧바로 가라앉고 말았다. 그녀는 도무지 이해할 수 없었다.

"그건 미래의 일이요." 그가 말했다.

"하지만 기쁘지 않으세요?" 그녀가 재차 물었다.

"나는 미래에 대해서 철저히 불신하고 있소."

"하지만 미래의 책임 같은 것에 대해서는 걱정할 거 없어요. 클리퍼드는 기꺼이 자기 자식으로 받아들일 거예요."

그는 그 말에 얼굴이 해쓱해지며 움찔했다. 하지만 아무런 말도 하지 않았다.

"내가 클리퍼드에게 돌아가서 래그비가에 후계자를 제공할까요?" 그녀가 물었다.

그는 일그러진 미소를 지었다.

"아버지가 누구인지 말해야 하지 않겠소?"

"오! 그렇더라도 받아줄 거예요. 내가 원하기만 하면 말이에요."

그는 잠시 생각에 잠겼다.

"그래, 나도 그러리라고 짐작하고 있었어."

다시 침묵이 흘렀다. 둘 사이에 거대한 만(灣)이 가로놓여 있는 것 같았다.

"하지만 당신은 내가 클리퍼드에게로 돌아가는 걸 원치 않고 있지요?" 그녀가 물었다.

"당신은 어떻소?" 그가 되물었다.

"당신과 함께 살고 싶어요." 그녀가 간단하게 대답했다.

그녀의 말에 그는 자신도 모르게 하복부가 불끈 불길에 휩싸이는 것을 느꼈다. 그는 잠시 고개를 떨어뜨렸다가 무엇엔가 홀린 듯한 눈길로 그녀를 바라보았다.

"그럴 만한 가치가 있겠소?" 그가 말했다. "나는 아무것도 가진 게 없는데."

"아니, 당신은 다른 그 누구보다 더 많이 갖고 있어요. 당신도 알잖아요." 그녀가 말했다.

"어찌 보면 그럴 수도 있지. 나도 알고 있고."

그는 잠시 침묵에 잠겼다가 다시 말을 이었다.

"하지만 나는 돈을 벌고 출세하는 걸 싫어하는 사람이오. 군대에서도 사병들에게는 인기가 있었지만 고위급들은 혐오했소. 그들 때문에 군대 자체가 생명력을 잃는 것 같았기 때문이오. 이 세계를 지배하는 자들도 마찬가지요. 으스대면서 허튼소리나 늘어놓는 그 작자들은 도저히 참아낼 수가 없소. 내가 출세할 수 없는 건 그 때문이오. 나는 뻔뻔스러운 돈과 계급이 싫소. 그러니 이런 세상에서 내가 여자에게 줄 수 있는 게 뭐가 있겠소?"

"왜 뭔가를 줘야만 하는 거지요? 우리는 뭔가 사고파는 관계가 아니잖아요. 우리는 서로 사랑하고 있는 거예요."

"아니, 아니, 단순히 그것만이 아니오! 그 이상의 것이 있소! 산다는 것은 움직이는 것이고 전진하는 것이오. 나는 낙수홈통에 흘러내리는 물이 되고 싶지 않소. 내 삶에 여자를 끌어들인다는 건 그런 신세가 되는 것과 같소. 둘이 함께, 적어도 내면적으로 늘 신선함을 유지할 수 있는 그런 일을 할 수도 없소. 남자는 여자에게 뭔가 삶의 의미를 주어야 하오. 나는 당신의 첩이 될 수는 없소? 당신도 곧 나를 미워하게 될 거요."

"나를 믿을 수 없다는 말 같네요."

그는 쓴웃음을 지었다.

"돈도 당신 수중에 있고 지위도 당신에게 있으며 결정권도 당신에게 있소. 나는 귀부인의 기둥서방은 되기 싫소."

"나랑 살면 당신의 존재를 잃어버릴 것이라는 말이군요. 그렇다면 당신이라는 존재의 요체는 뭐예요?"

"그건 보이지 않는 거라고 말할 수밖에 없소. 나는 세상을 믿지 않고 돈도 믿지 않으며 진보도 믿지 않고 우리 문명의 미래도 믿지 않소. 만일 인류에게 미래가 있어야 한다면 지금 현재로부터 대변혁이 있어야만 한다고 믿고 있소."

"그렇다면 진정한 미래는 어떤 모습이어야 하지요?"

"아무도 모르지! 나는 수많은 분노와 함께 내 안에서 그것을 느낄 수는 있소. 하지만 그것이 어떤 것인지 나는 모르오."

"내가 말해줄까요?" 그녀가 그의 얼굴을 들여다보며 말했다. "다른 사람들에게는 없는 것, 당신만이 갖고 있는 게 뭔지 말해줄까요?"

"어디 말해 보시오." 그가 말했다.

"그건 당신의 부드러움이 지니고 있는 용기예요. 바로 그거라고요. 당신이 내 그곳에 손을 대고 정말 예쁘다고 할 때의 부드러움 같은 거."

"맞아요. 부드러움 바로 그것이오. 그건 성기를 인식하는 거지. 섹스란 정말이지 접촉 그 자체이며 모든 접촉 중에서 가장 가까운 접촉이오. 그런데 우리는 바로 그 접촉을 두려워하고 있소. 반만 의식하고 반만 살아 있는 셈이지. 우리는 온전히 인식하고 온전히 살아야만 하오."

그녀는 그를 바라보았다.

"그런데 왜 나를 두려워하고 있어요?" 그녀가 물었다.

그는 오랫동안 그녀를 바라보다가 말했다.

"그건 돈이고 지위 때문이오. 당신 안에 들어 있는 세계."

"하지만 내게는 부드러움도 있지 않아요?" 그녀가 현명하게 말했다.

잠시 동안 둘이 말이 없었다. 그녀가 다시 입을 열었다.

"저를 안아주세요. 그리고 우리들의 아이가 생겨서 기쁘다고 말해주세요."

그의 창자가 그녀에게로 움직였다.

"내 방으로 가겠소? 또 스캔들이 일지 모르겠지만."

둘은 길을 멀리 돌아 코브그 스퀘어까지 걸어갔다. 그는 하숙집 맨 윗방에서 지내고 있었다. 가스로 취사를 할 수 있는 다락방이었다. 작지만 깨끗하고 아담했다.

둘은 이내 옷을 벗었고 그녀는 그에게, 그의 야위고도 강인한 몸, 그녀가 알고 있는 유일한 안식처에 바짝 매달렸다. 그가 그녀를 꼭 껴안았다.

"아이가 생겨서 기쁘다고 말해주세요." 그녀가 되풀이 했다. "아이에게 키스해줘요. 내 자궁에 키스하고 아이가 거기 있어서 기쁘다고 말해줘요."

하지만 그것은 그에게는 너무 힘든 일이었다.

"나는 세상에 아그를 내논는 거시 두렵소." 그가 사투리로 말했다. "아그의 미래가 너무 두렵소."

"하지만 당신이 그 아이를 내 안에 넣어주었어요. 아이에게 다정하게 대해주세요. 그것이 곧 아이의 미래예요. 아이에게 키스해줘요!"

그는 전율했다. 그 말이 사실이었기 때문이었다. "아이에게 다정하게 대해주세요. 그것이 곧 아이의 미래예요." 순간 그는 여자를 향한 순수한 사랑을 느꼈다. 그는 그녀의 배와 비너스의 둔덕에 입을 맞추었다.

멜러즈는 한껏 부드럽게 그녀와 사랑을 나누면서 자신에게 다짐했다.

'이 인간 존재끼리의 접촉의 부드러움, 그것에 대한 육체적 자각을 지켜나가리라. 이 여자는 나의 반려이다. 이것은 돈과 기계를 향한, 이 세상이 지니고 있는 원숭이처럼 지각없는 이상을 향한 싸움이다. 이 여자는 그 싸움에서 내 뒤에서 나를 응원하리라. 오, 나와 함께 하는 여자, 부드럽고 나를 알고 있는 여자를 얻다니 이 얼마나 고마운 일인가! 그녀가 못되지도 않고 바보도 아니니 이 얼마나 고마운 일인가!'

이제 코니뿐 아니라 멜러즈도 둘이 헤어질 수 없다고 다짐하게 된 것이다. 하지만 그 수단과 방법은 이제부터 강구해야만 했다.

멜러즈가 말했다.

"어쨌든 먼저 그 여자에게서 벗어나야 하오. 그렇지 않으면 다시 덤벼들 거요. 실은 그 말을 하려고 당신을 보자고 한 거요. 나는 할 수만 있다면 이혼해야 하오. 그러니 우리, 조심해야 하오. 당신과 내가 함께 있는 게 남의 눈에 띄면 안 되오. 그 여자가 나와 당신에게 덤벼든다는 건 정말로, 도저히 참아낼 수 없소."

"그렇다면 우린 함께 있으면 안 되겠네요?" 코니가 말했다.

"최소한 6개월 정도는 그래야 하오. 내 이혼 문제가 9월이면 마무리 될 테니까, 내년 3월까지가 되겠군요."

"하지만 2월에는 출산하게 될 건데요." 그녀가 말했다.

그는 잠시 침묵에 잠겼다.

"클리퍼드니 버서 같은 인간들은 모두 죽어버렸으면!" 그가 말했다.

코니에게는 온갖 생각거리가 많았다. 그가 버서 쿠츠에게서 완전히 벗어나려는 것은 분명했다. 그리고 그의 말이 옳다고 느꼈다. 하지만 너무 했다. 반년이나 혼자 지내야 하다니! 그사이 클리퍼드와 이혼할 수도 있으리라. 하지만 어떻게? 만일 멜러즈의 이름이 거론된다면 멜러즈의 이혼은 파국을 맞게 될 것이다. 오, 지긋지긋해! 어디론가, 이 지상 끝까지 도망쳐서 이 모든 것으로부터 자유로워질 수 없을까!

그럴 수 없었다. 오늘날은 세상의 끝이라도 이곳으로부터 채 5분도 걸리지 않는다. 무선 전신이 있는 한 세상의 끝은 더 이상 존재하지 않는다. 아프리카의 오지의 국왕도 티베트 라마승도 런던과 뉴욕의 라디오 방송을 듣는다.

인내, 그리고 또 인내! 이 세계란 복잡하게 뒤얽힌 무시무시하고 거대한 기계 장치이다. 그 장치에 걸려 난도질당하지 않으려면 한 시도 경계를 늦춰서는 안 된다.

코니는 아버지에게 모든 걸 털어놓았다.

"아버지, 그 사람은 클리퍼드의 사냥터지기예요. 하지만 인도에서 군대에 있을 때는 장교였어요. 하지만 다시 사병이 되었으면 하고 바라던 사람이에요."

멀컴 경은 화가 나서 물었다.

"그래, 그 사냥터지기 출신이 어디냐?"

"테버셜 광부의 아들이에요. 하지만 정말로 버젓한 사람이에요."

노예술가 기사(騎士)는 점점 더 화가 났다.

"노다지 금광을 찾아 헤매는 놈 같군!" 그가 말했다. "너는 아주 쉽게 캘 수 있는 금광이고!"

"아니에요, 아버지. 절대로 그런 게 아니에요. 아버지도 그를 만나보면 아실 수 있을 거예요. 정말 남자다운 사람이에요. 클리퍼드도 그 사람이 겸손하지 않다고 늘 미워했어요."

"그 점에서는 클리퍼드에게도 뛰어난 직감이 있었군!"

멀컴 경이 참을 수 없었던 것은 그의 딸이 바람을 피웠기 때문이 아니었다. 일개 사냥터지기와 밀통했다는 스캔들 바로 그것을 참을 수 없었다. 그는 밀통 자체는 신경 쓰지 않았다. 다만 추문이 문제였다.

"나는 상대방이 누구건 상관이 없다. 분명히 너와 잘 지낼 수 있는 친구겠지. 하지만 사람들 입방아도 좀 염두에 두렴."

"저도 알고 있어요. 사람들 입방아는 정말 지긋지긋해요. 그 사람은 지금 이혼을 서두르고 있어요. 그러려면 제 아이를 다

른 사람의 아이처럼 하는 게 좋을 것 같아요. 멜러즈 이름은 절
대로 언급하지 않고요."

"다른 사람? 도대체 어떤 사람을 말하는 거냐?"

"던컨 포브스 같은 사람이요. 어릴 때부터 친구였잖아요. 저
를 좋아하고 있어요."

"맙소사! 불쌍한 던컨! 그래, 그렇게 해서 던컨이 얻을 게 뭐
가 있지?"

"모르겠어요. 하지만 그 사람은 그런 걸 좋아할지도 모른다
는 생각이 들어요."

"뭐야? 그런 걸 좋아할지도 모른다고? 그렇다면 정말 웃기
는 친구로군! 그래, 그 친구하고는 아무 일도 없었냐?"

"없었어요! 게다가 그가 그런 걸 정말로 원하지도 않았어요.
그는 그저 제 가까이 있는 걸 좋아할 뿐 저를 건드리지도 않았
어요."

"맙소사! 요즘 젊은 것들이란! 어쨌든 지독한 음모로구나!"

"알아요! 저도 정말 싫어요. 하지만 어쩌겠어요?"

"음모! 공모! 오, 공모, 음모! 오, 내가 너무 오래 살았나보다."

힐더도 도착했다. 그녀 역시 사태가 이렇게 진전된 것에 대
해 격노했다. 그녀도 자기 동생과 사냥터지기에 대한 추문을

제18장

331

참아낼 수 없었다. 오, 이 무슨 치욕이란 말인가!

하지만 그녀는 이런 추문에 시달리느니 차라리 코니와 멜러즈를 결혼시키도록 일을 추진하는 게 낫겠다고 생각했다. 그녀는 코니가 그 사람과 도망치는 것에 대해 반대였다. 제아무리 멀리 도망치더라도 추문은 여전히 남을 것이기 때문이었다.

힐더가 자신의 의견을 말하자 코니가 멀컴 경에게 말했다.

"아버지, 그 사람을 한번 만나보지 않으시겠어요?"

오, 불쌍한 멀컴 경! 그는 결코 그런 것을 좋아하지 않았다. 그리고 그것은 멜러즈도 마찬가지였다. 그럼에도 불구하고 두 사람은 만났다. 클럽 독방에서 두 사람은 점심을 하면서 서로를 살펴보았다.

둘은 얼큰해질 정도로 위스키를 마셨다. 술의 힘으로 그들은 솔직해졌고 진지해졌다. 결론부터 말하자. 둘은 의기투합했다. 하지만 진지하게 사태를 논의한 것이 아니었다. 둘 사이에 남자의 관능에 대한 일종의 비밀결사가 이루어진 것일 뿐이었다. 결국 노화가의 입에서 이런 말이 나오게 되었다.

"이보게, 내가 자네에게 뭔가 도움 줄 일이 있으면 말하게. 나를 믿어도 돼. 사냥터지기라! 제길, 그런 건 괜찮아. 아주 좋아! 정말 좋다니까! 여자가 용기를 낼 수 있게 만들었으니! 그래, 자네도 알겠지만 그 애는 수입이 있어. 대단하지는 않아. 하지만 굶지는 않을 정도야. 내 것도 좀 줄 생각이야. 맞아, 그럴 거야. 구식 여자들이 득실거리는 세상에서 그 애가 보여준 용기만으로도 그럴 자격이 있어. 난 70 평생 그런 구식 여자들에게서 벗어나려고 발버둥 쳤지만 그러지 못했어. 자네는 정말 사내야! 내가 훤히 알 수 있어."

"그렇게 생각해주신다니 감사합니다. 세상 사람들은 저를 원숭이라고 수군댑니다."

"뭐, 그러라지! 그래, 구식 여자들에게 자네가 원숭이가 아니고 뭐란 말인가!"

둘은 화기애애하게 헤어졌다. 그날 하루 종일 멜러즈는 속으로 웃음을 흘리고 있었다.

이번에는 힐더 차례였다. 그녀는 음모를 마무리 짓기 위해 다음 날 코니와 함께 은밀한 곳에서 멜러즈를 만나서 함께 점심 식사를 했다.

식사를 하면서 힐더가 단도직입적으로 말했다.

"내 생각에는 코니가 이 스캔들의 공동 피고인으로 다른 사람 이름을 내세우고 당신은 빠져버리는 게 나을 것 같아요."

"하지만 나는 좀 더 당당하고 싶은데요." 멜러즈의 말이었다.

제18장

333

"내 말은 이혼 수속에 관한 문제예요."

멜러즈가 의혹의 눈길로 그녀를 바라보았다. 코니는 자기 입으로 던컨을 이용하겠다는 계획을 말할 수 없었다.

"무슨 말인지 모르겠습니다." 그가 말했다.

"우리에게는 기꺼이 공동 피고인으로 이름을 빌려줄 사람이 있어요. 그러니까 당신 이름이 전면에 나설 필요가 없다는 거예요." 힐더가 설명했다.

"남자를 말하는 겁니까?"

"물론이지요."

"그렇다면 저 사람에게 다른 남자가 있다는 말입니까?"

그는 의혹의 눈길로 코니를 바라보았다.

"아니에요! 아니에요!" 코니가 황급히 말했다. "오래된 친구 사이일 뿐이에요. 연애와는 거리가 멀어요."

"그렇다면 그 사람이 왜 그런 비난을 감수하겠다는 겁니까? 아무것도 얻는 게 없으면서?"

"오로지 기사도 정신에 투철한 남자가 있는 법이에요. 여자에게서 무엇을 얻을 수 있는지는 염두에 두지도 않는 그런 사람 말이에요." 힐더가 말했다.

"허, 거 참! 그래, 그 친구가 누굽니까?"

"어릴 때부터 스코틀랜드에서 친구로 지내던 사람이에요. 화가예요."

"아, 던컨 포브스!" 그가 당장 말했다. 코니가 언젠가 말해준 적이 있었던 것이다.

"어디, 다른 방법이 있으면 말해 봐요. 당신 이름이 거론되면 당신은 이혼할 수 없잖아요. 그 여자는 정말 상대하기 어려운 여자잖아요." 힐더가 말했다.

"그렇긴 하지요." 멜러즈가 우울하게 대답했다. "하지만 지금 당장 둘이 도망갈 수 있습니다."

"하지만 코니는 그럴 수 없어요." 힐더가 말했다. "클리퍼드의 이름이 너무 유명하거든요."

또다시 침묵이 흘렀다. 좌절의 침묵이었다. 힐더가 그 침묵을 깼다.

"세상은 그런 거예요. 둘이 박해를 받지 않고 함께 살려면 결혼해야 해요. 결혼하려면 둘 다 이혼해야 하고요. 어디 다른 방법이 있으면 말해 봐요."

멜러즈는 오랫동안 침묵에 잠겨 있었다.

"그래, 어떻게 할 작정입니까?" 마침내 그가 말했다.

"우선 던컨을 만나서 공동 피고인이 될 수 있는지 동의를 얻

제18장

어야겠지요. 그런 후 클리퍼드에게 이혼 동의를 얻어낼 거예요.
그 사이 당신은 당신 이혼 문제를 정리하세요. 모두 해결되어
둘 다 자유로워질 때까지 두 사람은 만나면 안 돼요."

멜러즈는 치욕과 분노와 피로와 비참함이 뒤섞인 눈길로 코
니를 바라보았다.

"맙소사! 세상이 당신 엉덩이에 소금을 뿌리려 하고 있군."

"우리가 그러지 못하게 해야지요." 코니가 말했다.

자매가 던컨을 만나 이야기를 꺼내자 그는 그 비행(非行)을
저지른 사냥터지기를 만나고 싶어 했다. 할 수 없이 세 명이 그
의 아파트로 찾아가 식사를 해야만 했다. 작은 키에 통통한 몸
집을 한 던컨은 햄릿형 인간이었다. 그는 자신의 그림에 대단
한 자부심을 갖고 있었지만 멜러즈는 그의 그림들이 불쾌감만
불러일으킨다고 생각했다. 하지만 그런 말을 입 밖에 낼 수는
없었다. 하지만 화가는 그림을 쳐다보는 그의 눈길에서 멜러즈
의 생각을 읽을 수 있었다. 그에게 멜러즈를 향한 증오심이 치
솟았다.

식사를 마치고 커피를 마시면서 던컨이 말했다.

"내가 코니의 어린애 아버지 역할을 맡아도 좋습니다. 하지

만 한 가지 조건이 있습니다. 그녀가 내 그림의 모델 역을 해준다는 조건입니다. 내가 수년 동안 그녀에게 요구했지만 그녀가 늘 거절했었습니다." 그는 마치 이교도에게 화형을 선고하는 심문관처럼 어두운 어조로 딱 잘라 말했다.

"아니," 멜러즈가 말했다. "그 조건을 받아들여야만 한다는 겁니까?"

"그렇소! 그 조건하에서만 동의를 하겠소." 화가는 상대방에 대한 최대한의 경멸감을 실어서 말했다. 좀 심한 모습이었다. 그러자 멜러즈가 말했다.

"나도 함께 모델로 서고 싶군요. 불카누스(대장장이와 불의 신-옮긴이 주)와 비너스를 예술이라는 그물에 함께 엮는 게 좋지 않겠소? 나는 사냥터지기가 되기 전에는 대장장이였으니."

그러자 화가가 대답했다.

"고맙긴 하지만 불카누스의 모습에는 흥미가 없소이다."

우울한 만남이었다. 던컨은 멜러즈를 시종 무시했으며 여자들과만 짧은 대화를 나누었을 뿐이었다.

그와 작별하고 나오면서 코니가 멜러즈에게 말했다.

"그 사람이 마음에 들지 않은 모양이로군요. 하지만 실제로는 그보다는 좋은 사람이에요. 정말 친절해요."

제18장

337

"어쨌든 그 사람의 모델이 될 생각이요?"

"그래요, 아무려면 어때요? 그 사람이 절대로 내게 손대지 못하게 하겠어요. 당신과 내가 함께 살 수 있는 길이 열릴 수만 있다면 아무래도 좋아요."

"캔버스 위의 당신에게 똥칠을 해댈 뿐인데도?"

"상관없어요. 나에 대한 자신의 감정을 그림으로 그릴 뿐인데 아무려면 어때요? 어떤 일이 있어도 내 몸에는 손을 대지 못하게 할 거예요. 그가 부엉이 같은 눈으로 내 몸을 훑어보더라도 마음대로 하게 내버려두겠어요. 어디 자기 마음대로 그려 보라지요."

제19장

친애하는 클리퍼드, 당신이 예견하던 일이 벌어진 것 같아요. 제가 정말로 다른 사람을 사랑하게 되었어요. 그러니 이혼해 주었으면 해요. 저는 지금 던컨과 함께 그의 아파트에 머물고 있어요. 베니스에 함께 있다고 말한 적이 있지요? 당신 생각을 하면 정말 가슴이 아파요. 하지만 차분하게 받아들여줬으면 좋겠어요. 당신에게는 더 이상 제가 필요하지 않고 저는 도저히 래그비로 돌아갈 수 없어요. 저는 정말 당신에게 어울리는 여자가 아니에요. 지나치게 참을성이 없고 이기적이에요. 제 염려는 조금도 하지 마세요. 제발 저를 용서하시고 잊어주세요.

클리퍼드는 이 편지로 내심 놀라지는 않았다. 그는 내심 그녀가 자신을 떠나리라는 것을 오래전부터 알고 있었다. 하지만 그는 그 사실을 겉으로 받아들이는 것을 철저하게 거부하고 있었다. 따라서 이 편지는 겉으로는 그에게 큰 충격이었다. 그는 표면상으로는 극히 차분하게 그녀를 신뢰하고 있었던 것이다.

우리 인간이라는 존재는 그런 법이다. 우리는 우리가 본능적으로 알고 있는 것을 우리의 의지로 의식 밖으로 몰아낸다. 그 때문에 우리는 공포와 불안 상태에 빠지게 되는 것이며, 정작 일이 닥치게 되면 열 배 이상의 타격을 입게 되는 것이다.

클리퍼드는 신경질적인 어린 아이와 비슷했다. 침대에 멍하니 넋을 잃고 앉아 있는 그의 모습을 보고 볼턴 부인이 놀라서 물었다.

"왜 그러시나요, 클리퍼드 경! 무슨 일인가요?"

그는 아무 대답도 하지 않았다.

"어디 아프세요? 의사를 부를까요?"

"안 돼!"

"하지만 클리퍼드 경, 어딘가 편찮아 보이시는데요. 의사를 불러와야겠어요. 그게 제 의무예요."

잠시 침묵이 흘렀다. 이윽고 클리퍼드가 공허한 목소리로 말했다.

"난 아프지 않아. 그 사람이 돌아오지 않겠대."

마치 무슨 환영이 말을 하는 것 같았다.

"돌아오시지 않는다고요? 마님 말씀인가요?" 볼턴 부인이 침대 곁으로 가까이 오며 말했다. "그런 말 믿으실 필요 없어요. 마님은 꼭 돌아오십니다."

클리퍼드는 여전히 환영 같은 모습이었다. 그 환영이 이불 위에 편지를 내던졌다.

"읽어봐!" 유령 같은 목소리였다.

볼턴 부인은 편지를 읽었다.

"어머나! 마님께 정말 놀랐어요. 돌아오시겠다고 철석같이 약속하셨는데……."

침대 속의 얼굴은 사나운 모습이었으며 일종의 착란 상태에 빠져 있는 것 같았다. 볼턴 부인은 그 얼굴을 보고 걱정에 휩싸였다. 자신이 지금 무슨 사태와 직면해 있는지 잘 알고 있던 때문이었다. 그것은 남자의 히스테리 증세였다. 그녀는 병사들을 간호한 적이 있었기에 그런 불유쾌한 질병에 대해서는 어느 정도 알고 있었다.

그녀는 클리퍼드에 대해서 약간 짜증이 났다. 그가 조금이라도 분별력이 있는 남자였다면 자기 아내가 그 누군가와 사랑에 빠져 자신을 떠나리라는 것을 알고 있었어야만 했다. 볼턴 부인은 클리퍼드 경이 내심 그런 사실을 알고 있었으리라고 확신했다. 다만 스스로에게 인정하지 않고 있을 뿐이었다. 만일 스스로 인정하고 준비를 해 왔다면! 그 사실을 인정하고 아내와 적극적으로 싸웠더라면! 그게 남자다운 행동이었다. 그런데 아니었다. 그는 그 사실을 알고 있으면서도 늘 자기 자신에게 그럴 리 없다고 타일러 왔다. 그는 악마가 자신의 꼬리를 잡고 있음을 느끼면서도 천사가 자신에게 미소를 짓고 있는 척 해왔다. 바로 이 허위가 그에게 히스테리를 가져온 것이다.

그녀는 클리퍼드를 향한 일말의 적개심을 느꼈다.

'저 사람은 늘 자기 생각만 했기에 저렇게 된 거야. 요지부동의 자아 속에 푹 싸여 있었기에 충격을 받고 붕대에 둘둘 말린 미라처럼 된 거야. 어휴, 저 꼴을 봐.'

하지만 히스테리는 위험하다. 게다가 그녀는 간호사였다. 그를 그 상태에서 벗어나게 해주는 게 자신의 임무였다. 그의 남자다움과 자존심을 불러일으키려다가는 사태를 더 악화시킬 뿐이리라. 그의 남자다움은 영원히는 아니더라도 일시적으로 죽어 있다. 그는 마치 벌레처럼 천천히, 천천히 꿈틀거리고 있을 뿐이고 점점 더 착란에 빠져들고 있다.

방법은 딱 한 가지, 그를 자기 연민에 빠지게 맡겨버리는 것이다. 테니슨의 시에 나오는 귀부인처럼 울게 만들어야 한다. 그러지 않으면 그는 죽어버리리라.

볼턴 부인이 먼저 훌쩍이기 시작했다. 그녀는 두 손으로 얼굴을 감싸고 흐느끼면서 울먹이기 시작했다.

"마님이 그러실 줄은 정말 몰랐어요!"

그렇게 울기 시작하자 갑자기 자신의 오랜 슬픔과 고뇌가 치솟아 올랐다. 그녀는 자신만의 쓰디쓴 고통의 눈물을 흘렸다. 일단 한 번 울기 시작하자 그녀는 정말로 애절하게 울었다. 그녀가 울만한 이유는 얼마든지 있었던 것이다.

클리퍼드는 코니라는 여인에게 배신당한 과정을 곰곰 되씹으며 그녀의 슬픔에 감염이 되었다. 이윽고 그의 눈에 눈물이 고이더니 주르르 흘러내리기 시작했다. 그는 자기 자신을 위하여 울고 있었다. 볼턴 부인은 클리퍼드의 뺨에서 눈물이 흘러내리는 모습을 보자마자 손수건으로 자신의 젖은 뺨을 닦고 그에게 몸을 기대었다.

"이제 그만 괴로워하세요, 클리퍼드 경." 그녀가 감정을 담뿍 담아 말했다. "나리 몸에만 해로울 뿐이에요."

제19장

그녀는 그를 잡아당겨 어깨를 끌어안았다. 그는 그녀의 가슴에 얼굴을 묻고 하염없이 흐느꼈다.

"자, 이제 괜찮을 거예요. 자, 어서 눈물을 닦으세요."

그는 어린아이처럼 그녀에게 매달리며 그녀의 하얀 앞치마와 파란 무명옷을 눈물로 적셨다. 그녀는 환자에게 키스를 해주고 자기 가슴으로 그를 조용히 감싸주었다.

그 일이 있은 후 클리퍼드는 볼턴 부인에게 완전히 어린아이가 되고 말았다. 심지어 그녀의 가슴 속으로 손을 넣어 젖가슴을 만지면서 마치 갓난아이 시절로 돌아간 듯 정말로 아이처럼 도착적인 자세를 취하기도 했다.

볼턴 부인은 한편으로는 짜릿했고 한편으로는 부끄러웠다. 그녀는 그의 그런 행위가 사랑스럽기도 했고 싫기도 했다. 그는 말 그대로 점점 어린아이가 되어갔다. '네가 다시 한번 어린아이가 되지 않는다면……'이라는 종교적 기쁨을 그대로 연출한 것이다. 볼턴 부인은 힘과 권능을 지닌 위대한 어머니로서이 몸집이 큰 금발의 어른-아이를 그녀의 의지와 애무로써 완전히 지배하고 있었다.

하지만 일단 그의 관심이 밖으로 향하게 되면 그는 그 전 어느 때보다도 훨씬 날카로워졌고 예민해졌다. 이 도착적인 어른-아이는 진정한 사업가가 되어 있었다. '위대한 어머니'에게 수동적으로 몸과 마음을 파는 일이 그에게 물질적인 사업에 대한 통찰력을 주었으며 놀랄 만한 비인간적인 힘을 주었다. 마치 일을 위한 제2의 천성, 완전히 비인간적인 천성을 부여받은 것 같았다.

그 점에서 볼턴 부인은 승리를 거둔 것과 마찬가지였다. 그녀는 그의 그런 모습을 보며 혼자 중얼거리곤 했다.

'이건 내가 이룩한 거다. 맹세코, 채털리 부인과는 이렇게 될 수 없었을 것이다. 그녀는 남자를 앞으로 나아가게 할 수 있는 여자가 아니다. 그녀는 지나칠 정도로 자신만을 위한다.'

그와 동시에 그녀의 불가사의한 여성적 영혼 한구석에서 그녀는 그 얼마나 클리퍼드를 경멸하고 증오했던 것인가! 그녀에게 그는 넘어 자빠진 짐승이었고 기어 다니는 괴물이었다. 그녀는 한껏 그를 돕고 부추기면서도 마음 한편에서는 끝없는 야성적 경멸감을 품고 그를 멸시했다. 보잘것없는 부랑자라도 그보다는 나았다.

한편 코니를 향한 클리퍼드의 태도는 기묘했다. 그는 한사코 코니를 봐야겠다고 우겼다. 더 나아가 그녀가 래그비로 와주기를 고집했다. 돌아온다고 약속했으니 그 약속을 지켜야 한다는

제19장

345

것이었다. 그는 코니에게 편지를 보내서 코니를 직접 만나지 않고는 이혼이고 뭐고 아무런 행동도 취하지 않을 것이라고 말했다. 코니가 갈 수 없다고 답장을 보내자 클리퍼드는 언제고 코니가 돌아오리라는 믿음을 갖고 살아가겠다고, 설사 50년이 지나도 기다리겠다고 편지를 보냈다. 코니는 무서웠다. 그가 말대로 실행할 것처럼 여겨졌다. 코니는 할 수 없이 힐더와 함께 래그비로 올 수밖에 없었다.

래그비에 도착했을 때 클리퍼드는 집에 없었고 볼턴 부인이 그들을 맞았다.

"마님, 저희들이 바라던 행복한 귀향이 아니로군요." 그녀가 말했다.

"아니라고요?" 코니가 되물었다.

그렇다면 이 여자가 다 알고 있단 말인가! 다른 하인들도 모두 알고 있거나 의심하고 있단 말인가? 그녀는 집 안으로 들어서면서 온 몸의 신경 한 올 한 올마다 혐오감을 느꼈다. 이 거대한 저택이 마치 악마 같았고 그녀를 위협하고 있는 것 같았다. 그녀는 더 이상 이 집의 여주인이 아니라 희생자였다.

자매는 저녁 식사하러 아래층으로 내려갈 때까지 위층 각자의 방에서 꼼짝도 하지 않았다. 이윽고 저녁 식사 때가 되어 아래충으로 내려가니 정장 차림에 까만 타이를 맨 클리퍼드가 기다리고 있었다. 예의가 깍듯한 신사 차림에 행동과 말투도 나무랄 데 없는 것 같았지만 어딘가 광기가 느껴졌다.

커피를 마시고 힐더가 자기 방으로 올라가겠다고 자리에서 일어났다. 힐더가 자리를 뜨고 나서도 클리퍼드와 코니 사이에는 한참 동안 침묵이 흘렀다. 코니는 아무 말 없이 자신의 손만 내려다보고 있었다.

마침내 그가 입을 열었다.

"당신은 약속을 지키지 않고도 아무렇지도 않은 모양이지?"

"어쩔 수 없었어요." 그녀가 중얼거리듯 말했다.

그는 기묘한 분노의 눈길로 그녀를 똑바로 바라보았다. 평상시와 똑같은 모습이었다. 그녀는 말하자면 그의 의지 안에 묻혀 있었다. 그런데 어찌 감히 자신을 배반하고 그의 일상의 조직을 파괴할 수 있단 말인가? 어찌 자신의 인격을 교란할 수 있단 말인가?

"도대체 당신은 왜 만사를 뒤집어버리려는 거요?"

"사랑 때문이에요." 그녀가 대답했다. 진부하게 대답하는 것이 상책이었다.

"던컨 포브스에 대한 사랑? 나를 만났을 때는 변변치 않게 말하던 그 친구? 그런데 지금은 삶에서 그 무엇보다 그를 사랑한다고? 믿을 수 없어."

"누구나 변하는 법이에요. 당신이 믿고 안 믿고는 상관없어요. 이혼만 해주면 돼요."

"왜 내가 이혼해줘야 한다는 거지?"

"더 이상 여기서 살고 싶지 않으니까요. 당신도 저를 더 이상 원치 않으니까요."

"아니, 미안하지만 나는 변하지 않았어. 나는 당신이 내 아내로서 내 지붕 아래서 품위를 지키며 조용히 살기를 바라고 있어. 당신 때문에 래그비 저택의 질서가 깨지고 일상생활이 산산이 부서지고 마는 꼴을 보는 건 죽기보다 괴로운 일이야."

그녀는 잠시 침묵을 지키다가 말했다.

"그럴 수 없어요. 나는 가야 해요. 아이를 가졌어요."

그도 잠시 침묵을 지켰다.

"아이 때문에? 그래, 던컨 포브스가 자기 새끼에게 그토록 열중해 있다는 말인가?"

"그래요, 분명히 당신 이상으로 열중해 있어요."

"정말? 나는 내 아내를 원하고 내 아내를 보낼 만한 이유를 도무지 찾을 수가 없는데……. 내 집 지붕 아래서 아이를 낳는다면 기꺼이 받아들일 태세가 되어 있는데……. 아니, 던컨 포브스가 당신 마음을 나보다 더 사로잡고 있단 말이오? 도저히 믿을 수가 없군."

"하지만 나는 당신 곁을 떠나야 해요." 코니가 말했다. "사랑하는 사람과 살아야만 해요."

"아니, 그렇지 않아! 당신의 사랑이나 당신이 사랑하는 남자를 조금도 인정하고 싶지 않은데. 그런 식의 상투적인 말은 믿을 수 없어."

"하지만 제가 지금 그렇다고 하잖아요."

"그러세요? 오, 친애하는 부인, 부인이 던컨 포브스를 사랑한다고 믿기에는 부인은 너무 총명하거든요. 지금도 그 친구보다는 내게 더 신경을 쓰고 있을걸. 나보고 그런 말도 안 되는 소리를 어떻게 받아들이라는 거지?"

그녀는 그의 말이 옳다고 생각했다. 그녀는 더 이상 가만히 있을 수 없다고 느꼈다.

그녀는 그를 똑바로 바라보며 말했다.

"내가 사랑하는 사람은 던컨이 아니에요. 당신 감정을 상하게 하지 않으려고 그렇게 말한 것일 뿐이에요."

"내 감정을 상하게 하지 않으려고?"

"그래요! 내가 이름을 제대로 말하면 당신은 나를 증오할 거예요. 내가 사랑하는 사람은 이곳 사냥터지기였던 멜러즈예요."

만일 그가 휠체어에서 벌떡 일어날 수 있었다면 그렇게 했을 것이다. 그의 안색이 노랗게 변했다. 그는 마치 파멸을 맞은 사람처럼 튀어나온 눈으로 그녀를 바라보았다.

그는 휠체어에 몸을 묻은 채 천장을 올려다보았다. 잠시 후 그는 다시 몸을 바로 세웠다.

"지금 말한 게 사실이란 말이지?" 그는 무시무시한 눈길로 그녀를 바라보며 물었다.

"사실이에요."

"그렇다면 언제 시작된 거요?"

"봄에요."

그는 덫에 걸린 짐승처럼 입을 꽉 다물고 있었다. 사실 그는 그 전부터라는 사실을 이미 알고 있던 셈이었다.

"그렇다면 오두막 침실에 있었다는 여자가 당신이었소?"

"맞아요."

그는 다시 휠체어에 등을 기대고는 마치 궁지에 몰린 짐승처럼 그녀를 바라보았다.

"맙소사! 당신 같은 여자는 지구상에서 말살되어야 해!"

"왜요?" 그녀는 희미하게 속삭이듯 말했다.

그러나 그는 그녀의 말을 듣지 못한 것 같았다.

"그런 쓰레기 같은 놈이! 그런 건방진 촌놈이! 그 파렴치한 악당이! 아니 그놈과 내내 관계를 맺어왔단 말이야! 하인 놈하고! 오, 맙소사! 여자란 정말 얼마나 끝없이 타락할 수 있단 말인가!"

그는 분노로 제정신이 아니었다.

"그래, 너는 그런 악당 놈의 자식을 낳을 거라 이거야?"

"네, 그럴 거예요."

"그렇다고! 확실하단 말이지! 도대체 언제 알았어!"

"6월부터요."

그는 더 이상 따질 수 없었다. 어린 아이처럼 기묘하게 공허한 표정이 다시 그에게 찾아왔다.

그가 마침내 다시 입을 열었다. 이루 말할 수 없는 증오감이 담겨져 있었다.

"그래, 그놈과 결혼하겠다는 건가? 그 더러운 성을 갖겠다는 건가?"

"그래요. 그럴 거예요."

그는 다시 어안이 벙벙한 표정을 지었다.

제19장

"그래, 내 생각이 맞았어. 당신은 정상적이 아니야. 제정신이 아니라고. 타락하지 못해 몸부림치는 반쯤 정신 나간 여자야. nostalgie de la boue!(진흙탕을 향한 향수를 지닌 그런 여자야!)"

"그러니까 이혼해서 깨끗이 처리하는 게 낫지 않겠어요?" 그녀가 말했다.

"안 돼! 당신 가고 싶은 대로 가게 할 수는 없어. 절대로 이혼할 수 없어." 그는 백치처럼 중얼거렸다.

"왜 안 된다는 거지요?"

그는 바보처럼 입을 꽉 다문 채 가만히 있었다.

그녀가 다시 입을 열었다.

"그 애가 법적으로 당신 아들이 되고 상속자가 되면 좋겠어요?"

"나는 아이 따위는 상관없어!"

"하지만 상관있어요. 저는 법률상 그 아이가 당신의 상속인이 되지 않도록 하겠어요. 멜러즈의 자식이 될 수 없다면 차라리 사생아로 만들겠어요."

"마음대로 해. 나는 상관없으니까."

그는 요지부동이었다.

"정말 이혼하지 않겠어요?" 그녀가 말했다. "던컨을 핑계로 내세울 수 있잖아요. 진짜 이름을 댈 필요는 없어요. 던컨도 승낙했어요."

"절대로 이혼하지 않겠어." 그는 못 박듯이 잘라 말했다.

"왜요? 내가 원하니까요?"

"내 마음이 시키는 대로 하고 있을 뿐이야. 이혼하고 싶지 않아."

이제 정말 아무 소용이 없었다. 그녀는 위층으로 올라가서 힐더에게 결말을 이야기해주었다.

"내일 떠나는 게 낫겠다." 힐더가 말했다. "제정신이 들 때까지 기다려야지."

다음날 래그비를 떠나기 전에 코니는 볼턴 부인과 만나 이야기를 나누었다.

"볼턴 부인, 이제 작별 인사를 해야겠어요. 이유는 알고 있겠지요. 하지만 남들에게 아무 이야기도 하지 않겠지요."

"마님, 믿으셔도 돼요. 이곳에 남은 우리들에게는 정말 슬픈 일이지만요. 다른 신사분과 행복하게 지내시길 빌겠어요."

"다른 신사라니! 멜러즈예요. 나는 그이를 사랑하고 있어요. 클리퍼드도 알고 있어요. 하지만 다른 사람에게는 아무 말도 말아줘요. 그리고 클리퍼드에게 나와 이혼할 마음이 언제고 생기면 내게 연락해 줘요. 그렇게 해주겠지요? 사랑하는 사람과 결혼을 하고 싶어서예요."

"마님, 그러셔야지요. 저를 믿으세요. 클리퍼드 경을 충실히 모실게요. 마님께도 충실하겠어요. 두 분 다 옳은 길을 걷고 계시니까요."

코니는 그렇게 해서 다시 한번 래그비를 떠났고 힐더와 함께 스코틀랜드로 갔다.

한편 멜러즈는 시골로 가서 어느 농장에서 일자리를 얻었다. 그는 코니가 이혼에 성공하건 말건 어떤 일이 있어도 자신은 이혼을 하겠다고 마음먹고 있었다. 그는 여섯 달 동안 농장에서 일한 다음 코니와 함께 꾸려나갈 작은 농장을 구해 열심히 일을 하리라고 마음먹고 있었다. 그는 제아무리 힘든 일이라도 일을 해야 했고, 비록 코니에게서 나온 돈으로 출발을 한다 할지라도 자신의 힘으로 집안 살림을 꾸려나가고 싶었던 것이다.

그들은 봄이 와서 아기가 태어날 때까지, 그리고 다시 초여름이 시작될 때까지 기다려야만 했다. 그는 코니에게 장문의 편지를 보냈다.

9월 29일, 올드 히너 그레인지 농장에서

고심 끝에 이곳에 왔소. 이 회사 기사인 리차즈와 군대에서 알고 지낸 덕분이라오. 이 농장은 버틀러 & 스미섬 탄광회사 소속의 농장으로서 탄광의 망아지들을 먹일 건초와 귀리를 재배하고 있소. 또한 소와 돼지를 비롯해 여러 가축도 기르고 있으며 나는 일주일에 30실링을 받고 일하고 있다오. 농장 주인 라울리가 내게 가능한 한 여러 가지 일을 배우도록 독려하고 있어 부활절까지는 여러 일을 배울 수 있을 것 같소.

버서에게서는 아무 소식이 없소. 그 여자가 왜 이혼 법정에 출두하지 않았는지, 지금 어디서 무엇을 하고 있는지는 모르오. 하지만 3월까지는 차분히 기다릴 작정이오. 그때가 되면 만사가 해결되리라 믿소. 클리퍼드 경의 일도 너무 걱정하지 않기를 바라오. 언젠가 당신에게서 벗어나기를 원하게 될 거요. 그 사람이 당신을 가만히 내버려두고 있는 것만도 큰 다행이오.

나는 엔진가(街)에 있는, 낡았지만 아주 훌륭한 오두막에서 지내고 있소. 군대에 간 아들과 딸을 한 명 두고 있는 주인 내외는 내게 아주 친절하게 대해주고 있다오.

농장일은 마음에 드오. 말과 소에도 익숙해졌고 보리타

작도 이제 막 끝냈소. 손이 좀 아픈 데다 비가 와서 고생을 좀 했지만 즐거웠소. 사람들에겐 별 관심이 없지만 그럭저럭 잘 지내고 있소. 대부분의 일들은 그냥 서로 모른 체하면서 지낸다오.

탄광은 경기가 나쁜 모양이오. 나는 광부들을 좋아하지만 그들 모습이 그다지 유쾌하지는 않은 게 사실이오. 그들에게서 이전의 투지가 보이지 않기 때문이라오. 그들은 주로 국영화에 대해 이야기를 하고 있소. 광산 사용료나 광산 산업 전체의 국영화에 대한 이야기라오. 하지만 그들은 대체로 무신경하다오. 그들은 이 저주받은 산업이 파멸에 이를 것이라고 느끼고 있고 나도 그러리라고 믿고 있소. 그와 함께 그들도 파멸의 길을 걷게 되겠지요. 젊은이들 중에는 소련에 대해 목청을 높이는 자들도 있지만 별로 신념이 있는 것 같지는 않소. 궁핍과 곤경 외에는 확신할 수 있는 게 아무것도 없는 것 같소. 소련 치하에서도 여전히 석탄은 팔아야 할 것이고 어렵기는 마찬가지요.

우리는 막대한 산업 종사 인구를 갖게 되었고, 그 사람들을 먹여 살려야만 하는 형편이오. 그러니 이 저주 받은 산업이 어떻게든 지속되어야 하는 거겠지. 내가 보기에 요즘에는 남자들보다 여자들이 더 말도 많이 하고 확신도 더 많이 갖고 있는 것 같소. 남자들은 기운이 축 쳐진 채 마치 모든 게 숙명이라는 듯 하릴없이 어슬렁거리고만 있소. 그리고 젊은이들은 쓸 돈이 없어서 미쳐가고 있소. 삶 전체가 돈을 쓰는 데 달려 있는데 바로 그 쓸 돈이 없는 거요. 그것이 바로 우리의 문명이고 우리의 교육이요. 오로지 돈을 쓰는 데 의존할 수밖에 없는 대중을 길러내고 바로 그 때문에 돈이 고갈되어 버리는 것이오. 탄광은 고작해야 일주일에 이틀이나 이틀 반밖에는 돌아가지 않는다오. 그리고 겨울이 될 때까지 나아질 기미도 보이지 않소. 그 말은 일주일에 25실링이나 30실링으로 가족을 부양해야 한다는 것을 뜻하오.

그들에게 산다는 것과 소비하는 것이 다르다고 말해줄 수만 있다면! 하지만 소용없는 일일 거요. 돈을 벌고 소비하는 교육을 받는 대신 살아가는 교육을 받았다면 그들은 25실링만으로도 행복하게 지낼 수 있을 거요. 남자들이 주홍색 바지를 입고 다닌다면 돈에 대해서 별로 생각하지 않게 될 거요. 그들이 춤을 추고, 껑충껑충 뛰면서 노래하고, 폼 잡고 걸으면서 멋진 모습을 보일 수 있게만 된다면 적은 돈으로도 충분히 지낼 수 있을 거요. 그리고 여자들을 즐겁게 해주고 여자들에게서 즐거움을 받을 수 있다면……. 나체의 아름다움을 뽐내는 법, 옛날처럼 집단으로 어울려 춤을 추는 법을 배워야 하고 자기가 앉을 걸상을 만들 줄 알아야 하며 자신의 문장(紋章)을 스스로 수놓을 줄 알아야 하오. 그렇게 되면 돈이 별로 필요하지 않게 될 거요. 말하자면 인간에게 소비하지 않고도 멋지게 살아갈 수 있도록 가르치는 것, 그것이 산업사회가 안고 있는 문제를 해결할 수 있는 유일한 방법이오.

하지만 그건 불가능하오. 모든 현대인들은 단차원적인 인간이 되었기 때문이오. 그들은 살아 있는 존재가 되어야 하고 까불면서 장난치는 존재가 되어야 하오. 그리고 저 위대한 판신([神], 피리를 불며 다니는 목자의 신-옮긴이 주)을 인정해야 하오. 그 신이야말로 대중을 위한 영원한 신이기 때문이오. 몇몇 사람들이야 자기 좋을 대로 더 높은 신앙을 가져도 되겠지만 대중은 영원히 이교도라야 하오.

그런데 광부들은 그런 이교도와는 너무 거리가 먼 존재들이오. 그들은 슬픈 인간들이며 죽어버린 인간들이오.

여자에게도, 삶에 대해서도 죽은 인간들인 것이오. 그리고 그들을 그렇게 죽게 만든 것은 바로 돈이라오. 돈은 손에 쥐면 독이 되고 그것이 없으면 굶어 죽게 만드는 것이오.

당신이 이런 모든 이야기에 싫증이 나리라는 걸 나는 잘 알고 있소. 하지만 나 자신에 관한 이야기는 별로 하고 싶지 않으며 또 실제로 별다른 일도 일어나지 않고 있소. 또한 머릿속으로 당신 생각을 너무 많이 하고 싶지도 않소. 우리 둘 모두에게 공연한 문젯거리나 만드는 짓 같아서요. 물론 나는 지금 오로지 당신과 내가 함께 살기만을 바라며 지내고 있소.

사실 나는 두렵소. 대기 중에 악마가 떠다니며 우리를 잡으려 하고 있는 것처럼 느껴지기 때문이오. 혹은 악마가 아니라 탐욕의 신 맘먼 같소. 삶을 증오하고 돈을 원하는 사람들의 집단 의지가 바로 그 악마와 탐욕의 신인 것처럼만 느껴지오. 대기 중의 커다란 창백한 손이 그 누구든 살아 있는 삶을 살려 애쓰는 사람, 돈을 초월해서 살려는 사람의 목덜미를 움켜잡고 목숨을 끊어버리려 하고 있는 듯 느껴지오.

제19장

359

나쁜 시절이 오고 있소. 그렇소! 나쁜 시절이 오고 있단 말이오! 이런 식으로 계속 된다면 이들 산업 대중의 앞날에는 죽음과 파괴만이 있을 뿐이오. 나는 가끔 나의 내부가 온통 물로 변하고 있다는 느낌을 갖는다오. 그런데 당신은 나의 아이를 갖고 있소. 하지만 염려 말아요. 이제까지 존재했던 그 어떤 나쁜 시절도 크로커스가 꽃을 피우지 못하게 할 수 있었던 적은 없었으며 여성의 사랑을 시들게 할 수 있었던 적은 없었소. 그러니 아무리 나쁜 시절이 와도 내가 당신을 원하지 못하게 할 수 없을 것이며 당신과 나 사이의 작은 불꽃을 꺼버리지 못할 거요. 우리는 내년에는 함께 지낼 수 있을 거요. 비록 두렵기는 하지만 나는 나와 함께 하고 있는 당신의 존재를 믿고 있소. 누구나 할 수 있는 한 최선을 다해 준비하고 노력한 다음, 자신의 힘을 초월하는 그 무언가를 믿어야 하오. 진인사대천명(盡人事待天命) 외에는 더 이상 믿을 것이 없소. 그래서 나는 지금 우리들 사이의 작은 불꽃만을 믿고 있소. 지금으로서는 그것만이 내가 이 세상에서 유일하게 지니고 있는 거라오. 나에겐 친구가 없고 마음속 친구도 없소. 오로지 당신뿐이오. 그리고 내 삶에서 내가 가장 소중히 여겨야 하는 것, 소중히 돌보아야 하는 것이 바로 그 불꽃이오. 물론 아이도 있지만 아이는 부수적인 문제일 뿐이오. 그 아이는 당신과 나 사이의 불꽃의 한 갈래일 뿐이오. 하지만 당신과 나 사이의 불꽃의 그 한 갈래에 바로 당신이 있는 것이니! 나는 클리퍼드니 버서니, 탄광회사니 정부니, 돈에 사로잡힌 대중들이 뭐라고 하건 그 불꽃과 함께 살아 있으며 그 불꽃으로 살아갈 것이오.

바로 그 때문에 나는 당신에 대해 생각하고 싶지 않은 거라오. 나를 괴롭히기만 할 뿐이며 당신에게도 아무런 도움이 되지 않기 때문이오. 나는 물론 당신이 나와 멀리 떨어져 있는 것이 싫소. 하지만 그 때문에 내가 초조해하거나 안달하는 건 해롭기만 할 뿐이오. 인내, 언제나 인내요. 이번 겨울로 나는 마흔이 되오. 내가 지금까지 보낸 겨울들은 이제 어쩔 수 없지만 이번 겨울만은 나의 작은 불꽃에 매달려 평화롭게 지낼 것이오. 나는 사람들의 입김에 그 불꽃이 꺼지지 않도록 할 것이오. 나는 작은 크로커스 꽃을 보호해주는 드높은 신비를 믿고 있소. 당신이 스코틀랜드에 있고 내가 중부 잉글랜드에 있기에 나는 당신을 포옹할 수도 없고 내 다리로 당신을 감쌀 수도 없지만 나는 당신의 그 무언가를 지니고 있소. 내 영혼은 우리가 서로 몸을 나눌 때의 평화처럼 그 작은 불꽃 안에 당신과 함께 있소. 우리는 그 불꽃을 나누면서 하나의 존재를 만들었소. 꽃들도 태양과 지구의 결합으로 태어난 것이오. 하지만 우리의 그 존재는 섬세하기에 인내와 오랜 휴식이 필요한 것이라오.

그러니 나는 이제 순결을 사랑하오. 그것은 결합으로부터 오는 평화이기 때문이오. 나는 이제 순결을 지키는 것을 사랑하오. 나는 마치 눈송이가 눈을 사랑하듯 그 순결을 사랑하오. 나는 우리들의 결합의 평화로운 휴지 상태인 이 순결을 사랑하오. 그것은 우리들 사이의 불꽃의 한 갈래로서 마치 하얀 눈송이 같은 것이오. 정말로 봄이 와서 둘이 함께 지낼 수 있게 되면 우리는 빛나는 노란 불꽃을 다시 결합시킬 수 있을 것이오. 하지만 지금은 아직 아니오. 지금은 내 영혼에 흐르는 차디 찬 강물처럼 순결하게 있을 때요. 나는 지금 우리들 사이에 흐르고 있는 순결의 물결을 사랑하오. 그것은 신선한 물이나 비 같은 거요. 어떻게 남자들은 쉴 새 없이 여자들 꽁무니를 쫓을 수 있다는 것인지! 돈 주안처럼 된다는 것, 평화롭게 결합을 할 수 없다는 것은 그 얼마나 비참한 것인지! 작은 불꽃을 밝힌 후에 마치 강가에서 휴식하듯 간간이 시원하게 몸을 식히며 순결을 맛볼 수 없다면 그 얼마나 비참한 것인지!

그래요, 당신을 만질 수 없으니 너무 말이 많아졌소. 내가 당신을 내 팔로 안고 잠들 수 있다면 잉크는 병 속에 온전히 담겨 있겠지요. 우리는 우리 몸으로 함께 결합할 수 있듯이 우리 함께 순결할 수 있소. 하지만 우리는 당분간 떨어져 있어야만 하고, 그것이 더 현명하리라고 생각하오. 우리들이 확신만 하고 있다면.

클리퍼드 경에 대해서는 조금도 염려하지 말아요. 그에게서 아무 소식이 들리지 않더라도 염려하지 말아요. 당신에게 아무런 일도 할 수 없을 거요. 기다려요. 그는 결국 당신이 자기 주변에서 사라지기를 원할 것이고 당신을 버리고 싶어질 거요. 그가 직접 그러지 않는다면 우리가 그로부터 사라지면 될 거요. 하지만 그는 결국 그렇게 할 거요. 결국 그는 당신을 혐오스러운 물건처럼 뱉어내고 싶어질 거요.

편지를 끝맺기가 못내 아쉽소.

제19장

363

하지만 우리는 많은 것을 함께 하고 있고 지금은 단지 그
것만으로 만족하며 지내야 하오. 그리고 우리가 곧 만날
수 있도록 잘 이끌어나가도록 합시다. 존 토마스가 약간
힘없이 고개 숙여, 하지만 희망에 찬 마음으로, 레이디 제
인에게 잘 자라는 인사를 건네며.

『채털리 부인의 연인』을 찾아서

1959년 봄 미국 뉴욕의 그로브 출판사에서 『채털리 부인의 연인(*Lady Chatterley's Lover*)』을 무삭제 판으로 내놓았다. 작품이 세상에 나온 지 무려 31년이 지난 뒤였고 D. H. 로렌스(David Hervert Lawrence, 1885~1930)가 세상을 떠난 지도 이미 29년이 지난 뒤였다. 하지만 미국 연방정부의 우정(郵政)장관은 이 작품을 외설 문학이라고 규정하고 작품을 압수한 후 우송을 금지시켰다. 당시 서적 판매는 우편배달이 주를 이루고 있었다. 출판사 측에서는 즉각 소송을 제기했고 1959년 7월 21일 원고 측 승소 판결이 내려졌다. 이후 이 작품은 미국에서 곧바로 베스트셀러가 되었다.

이듬해인 1960년 영국의 펭귄 출판사에서 완본을 출간하자

검찰당국이 이 작품을 기소했고 세계 출판계가 주목하는 세기적 재판이 벌어졌다. 이 재판에서 저명한 남녀 문학가, 신학자, 교사와 교수, 출판업자, 편집자, 비평가들이 법정에 출두하여 일제히 『채털리 부인의 연인』을 옹호하는 발언을 했고 그해 말 이 작품에 대하여 무죄 판결이 내려졌다. 판결이 내려진 즉시 이 작품은 25만 부가 판매되었으며 이듬해까지 400만 부가 판매되는 공전의 기록을 남긴다. 1928년 로렌스가 자신이 머물고 있던 이탈리아 플로렌스의 한 서적상에 의뢰하여 자비로 이 작품을 출간한 지 실로 32년 만에 조국 영국에서 합법적으로 출판을 할 수 있게 된 것이다.

사실 이 작품은 플로렌스에서 출간되자마자 일대 센세이션을 불러일으켰고 즉각 영국과 미국에서 판금이 되어 무수한 해적판들이 비싼 값에 거래되고 있었다. 서양 서적의 번역 사업에 심혈을 기울이고 있던 일본에서 이 책의 번역을 둘러싸고 1950년부터 무려 7년 동안이나 법정 공방이 벌어졌다는 사실은 이 소설이 미국과 영국 법정에서 면죄부를 얻기 이전부터 세계적 관심을 받고 있었음을 입증한다. 또한 영국에서 면죄부를 받은 이후에도 여러 나라에서 이 책의 출간을 앞두고 여지없이 법정 공방이 벌어졌다. 호주가 그러했고 캐나다가 그러했으며 영연방 인도에서도 마찬가지였다.

　『아들과 연인』(1913), 『무지개』(1915), 『사랑에 빠진 연인들』 (1920) 등의 뛰어난 작품으로 이미 대작가의 명성을 얻고 있던 로렌스가 병마와 싸우는 힘든 상황에서 원고를 두 차례나 다시 쓰는 등 심혈을 기울인 작품, 게다가 그의 마지막 장편 소설인 이 작품에 대해 왜 그러한 논란이 벌어졌던 것일까? 한 마디로 이 작품이 과연 외설(猥褻)인지 예술(藝術)인지 판단하기 어려웠기 때문이다.

　사실 예술 작품에 대한 외설(猥褻)과 예술(藝術) 논쟁은 어제 오늘의 문제가 아니며 아직도 심심치 않게 논란이 일고 있다. 하지만 외설과 예술의 기준은 시대적 인식과 도덕적, 윤리적 잣대의 변화에 따라 지극히 가변적이며 오늘날에는 '표현의 자유'라는 큰 틀 안에서 대체로 거의 모든 표현이 허용되고 있다. 게다가 이미 세계 명작으로서 인정받고 있는 이 작품에 대해 외설적인 작품이 아니라 훌륭한 예술작품이라는 점을 되풀이해 강조하는 것은 별 의미가 없어 보인다. 그보다는 D. H. 로렌스라는 대소설가가 그런 논쟁이 벌어질 것을 빤히 알면서도 왜 이렇게 외설에 가까운 소설을 썼는가 하는 점에 우리는 더 관심이 간다. 단순히 센세이션을 불러일으키기 위해서? 책을 많이 팔기 위해서? 젊은 데뷔 시절 그랬다면 고개를 끄덕일 수도 있다. 하지만 병마에 시달리고 있는 황혼기의 작가에게 그런 이유는 별로 타당성이 없어 보인다. 우리는 그보다 절실한 이유를 찾아보고 싶어진다.

사실 이 소설이 제기하고 있는 문제는 지나칠 정도로 묵직하며 어찌 보면 진부하기까지 하다. 현대 산업사회의 탐욕과 부당한 계급 시스템에서 비롯된 비인간적인 사회에서 인간의 존엄성과 개성을 찾고 유지하는 방법을 모색하는 것! 현대 산업사회가 안고 있는 문제점에 대해 깊이 있게 고뇌하면서 바람직한 미래를 꿈꾸는 것! 그렇기에 이 작품은 얼핏 보기와는 달리 저자의 자기주장이 강한 소설이며 깊은 고뇌가 숨어 있는 소설이다. 때로는 소설 속 인물들이 살아 있는 인물로 형상화되지 못하고 저자의 사유를 대변하는 인물로 지나치게 스테레오타입화될 정도로 작가가 자신의 생각을, 사상을, 고뇌를 쏟아부은 소설이다. 따라서 이 소설에서 무엇보다 두드러지는 것은 현대와 현대인에 대한 부정적 인식이며 그 인식이 작품 전체를 지배하고 있다고 해도 과언이 아니다. 몇 문단만 인용해보자.

코니는 래그비 저택을 향하여 천천히 발걸음을 옮겼다.

집, 말하자면 '가정'으로 향하고 있는 셈이었다. 가정이
라! 그 단어는 그토록 거대하고 지친 곳에는 어울리지 않
는 너무나 따뜻한 말이었다. 코니에게 사랑, 기쁨, 행복,
가정, 어머니, 아버지, 남편과 같이 모든 위대하고 역동적
인 단어들이 이제는 빈사 상태에 빠져 소멸해 가고 있는
것 같았다. 가정은 그저 우리가 살고 있는 곳을, 사랑은
우리가 그 단어에 푹 빠져 즐길 수 없는 것을 뜻할 뿐이
었다. 기쁨은 선량한 찰스 메이 같은 사람에게나 어울리
고 행복은 다른 사람들에게 허세를 부리기 위해 사용하
는 위선적인 말일 뿐이었다. 아버지란 자기 자신의 삶만
을 즐기는 사람을, 남편이란 함께 살면서 정신적인 것이
나 나누는 사람일 뿐이었다. 그리고 마지막 위대한 말, 즉
섹스라는 것은 사람을 잠시 기운 나게 만든 뒤 다시 전보
다 더 비참한 지경에 빠지게 만드는 일시적 흥분을 가리
키는 칵테일 같은 말일 뿐이었다. 닳아서 너덜너덜해진
것들! 그것은 마치 사람이 싸구려 재료로 만들어져서 결
국 닳고 닳은 뒤 무(無)로 돌아가는 것과 같았다. (90~91쪽)

코니의 마음속에서 반발감이 끓어오르고 있었다. 그게

다 무슨 소용이 있는가? 그런 클리퍼드에게 자신의 삶을 온통 희생하고 헌신하는 것이 무슨 의미가 있는가? 결국 무엇을 위해 봉사하고 있는 거란 말인가? 일체의 인간적인 접촉이라곤 없이 성공이라는 암캐-신에게 봉사하는 것 외에 무엇이란 말인가? 아무리 자신이 지배 계급에 속한다고 자부심을 갖고 있더라도 클리퍼드는 결국 암캐-신을 향해 혀를 헐떡거리고 있는 것 아닌가? (106쪽)

그녀는 자신이 약하고 의지가지없다고 느꼈다. 그녀는 밖에서 그 어떤 도움이 오길 간절히 바라고 있었다. 하지만 이 세상 그 어디에서도 도움은 오지 않았다. 사회는 제정신이 아니었기에 무서울 뿐이었다. 문명화된 사회는 제정신이 아니었다. 돈과 이른바 사랑이 두 개의 커다란 광기였고 그중에서 돈이 으뜸이었다. 개인은 돈과 사랑이라는 이 두 가지 양태에 자신의 무분별한 광기를 쏟아붓고 있다. 마이클리스를 보라! 그의 삶과 활동은 광기 그 자체이다. 그의 사랑도 일종의 광기이다. (138쪽)

석탄 운반차가 빗속에서 덜커덩거리며 언덕을 내려오고

있었다. 필드는 언덕 위로 차를 몰았다. 오, 테버셜! 이것이 바로 테버셜 마을이다! 아름다운 잉글랜드! 셰익스피어의 잉글랜드! 아니다, 이것은 코니가 그 안에 살게 된 이래 알게 된 오늘날의 잉글랜드이다. 그 오늘날의 잉글랜드는 새로운 인종을 생산해 냈다. 오로지 돈과 사회적이고 정치적인 것만 과도하게 의식하고 있으며 자연스럽고 본능적인 면은 완전히 사멸해버린 그런 새로운 인종! 그들은 모두 반은 시체이다. 그리고 살아 있는 나머지 반쪽은 무섭도록 집요한 의식을 지니고 있다. 그 모습은 기괴하며 마치 지하의 인간을 연상시킨다. 그렇다, 이곳은 지하 세계이다. (195~196쪽)

"다 마찬가지 운명이오. 용기(勇氣)란 건 어디에서도 찾을 수 없어요. 자동차, 영화, 비행기가 그들의 마지막 한 방울의 용기까지 빨아먹고 있으니까. 모든 세대들이 점점 더 토끼 같은 세대들을 낳고 있소. 창자 대신 고무 튜브를 달고 양철로 된 다리와 양철로 된 얼굴을 가진 인간을 낳고 있소. 오로지 돈, 돈, 돈! 하고 외칠 뿐, 인간다운 것은 모두 말살하고 있소. 세상의 남근을 모두 잘라내면서 거기다가 돈, 돈, 돈을 지불하고 인간을 기계로 만들고 있소. 마지막 진정한 인간이 죽고 모두 길이 들게 될 거요. 백인인건 흑인이건 황색인이건 모두 마찬가지요. 모두 비정상적인 인간이 되는 거지. 건강함의 근원은 바로 불알에 있으니 말이오."(261쪽)

위의 마지막 문단에서 우리의 눈에 확 띄는 단어는 바로 '불알'이라는 단어이다. 여기서 '불알'이라는 단어는 단순히 성적 기관을 의미하는 것이 아니다. 그 단어는 용기와 기백을 지닌 건강한 인간을 상징한다. 현대는 기계화 되고 물신화됨으로써 (돈! 그리고 돈!), 또한 지나치게 사변화됨으로써 인간다운 건강성을 잃어버리고 있다. 그때의 인간다운 건강성이란 '불알'로 대표되는 몸의 건강성이다. 몸의 건강성을 회복하는 것 그것이 바로 정신을 포함하는 인간의 건강성을 회복하는 길이다. 인류가 그런 건강성을 회복하는 길이 올 수도 있으리라는 낙관적 전망은 사변적 지식인의 한 사람이 토미 듀크스를 통해 다음과 같이 설파된다. 일종의 몸 철학이다.

"역사의 다음 국면에서는 진짜 인류가 올 거야. 참되고 지적이고 건강한 남성과 건강하고 멋진 여성! 우리는 남자가 아니고 여자들도 진짜 여자가 아니야. 우리는 단지 두 뇌를 쓰는 임시변통들일 뿐이며 기계적이고 지적인 실험에 지나지 않아. 우리들은 일곱 살짜리 지능을 가진 꾀돌이에 불과해. 그런 우리들 대신 진정한 남자와 여자들의 문명이 올지도 모르지. 그게 연기와 같은 인간이나 병 속에 든 어린아이보다는 나을 거야. 말하자면 나는 육체의 부활을 바라고 있어. 그렇게 되면 우리들의 뇌를 묵직하게 지배하고 있는 돈이니, 그 밖의 무거운 짐들을 쓸어낼 수 있을 거야. 그렇게 된다면 우리는 '주머니'의 민주주의가 아니라 '접촉'의 민주주의를 갖게 되겠지." (110~111쪽)

코니는 '육체의 부활'이니 '접촉의 민주주의'라는 말이 무엇을 의미하는지도 모르면서 깊은 감동을 받고 적잖은 위로를 받는다. 그러나 실은 일시적인 위로가 됐을 뿐 아무런 의미가 없다.

끊임없이 지껄이기만 한다는 것, 그것이 대체 무슨 의미가 있단 말인가! (111쪽)

『채털리 부인의 연인』을 찾아서

바로 이것이 핵심이다! 몸이 깨어나는 게 중요하다고, 지능만 발달한 기형아가 되지 않는 게 중요하다고 말만 하는 게 아니라 몸이 깨어나는 과정을 생생하게 보여주는 것, 그 과정을 독자가 실감하는 소설을 쓰는 것, 그것이 아마 『채털리 부인의 연인』을 쓸 때의 D. H. 로렌스의 의도였을 것이다. 그리고 바로 그 이유 때문에 외설이라는 혐의에서 자유롭지 못하리라는 것을 알면서도 성행위에 대한 노골적인 묘사들이 등장하는 소설을 쓴 것이다.

이 책에는 모두 여덟 번의 성행위 장면이 나온다. 하지만 그 행위는 결코 반복적이지 않다. 한 번 맛본 육체적 쾌락을 반복해서 즐기는 향락적인 장면들이 아니다. 그것들은 단순한 관능적 쾌락이나 향락의 반복도 아니고, 일체의 관습과 권위를 부정하고 파괴하는 퇴폐적인 행위도 아니다. 그 과정은 마냥 움츠려 있던 몸이 깨어나 능동적 자발성을 획득하고 이윽고 이전의 내가 죽어버리고 새로운 나로 태어나는 과정이다.

그는 코니 자신 내부의 암컷에게 친절했던 것이다. 이제까지 아무도 그런 적이 없었다. 남자들은 그녀라는 인격에 대해서는 친절했지만 암컷으로서의 자신은 멸시하거나 무시하면서 잔인하게 대했다. 남자들은 콘스탄스 리드나 채털리 부인에게는 더없이 친절하다. 하지만 그녀의 자궁에 대해서는 친절하지 않다. 그런데 그는 콘스탄스니 채털리 부인이니 하는 것에 대해서는 조금도 신경 쓰지 않았다. 그는 오로지 부드럽게 그녀의 허리와 가슴을 애무했을 뿐이다. (165쪽)

남자! 그녀의 몸 위에 있는 남자의 이상한 힘! 그녀는 아직 약간 두려워하면서도 그의 몸을 더듬고 있었다. 신의 아들이 인간의 딸과 함께 있었다. 오, 얼마나 아름다우며 얼마나 순수한 조직인가! 그녀의 손이 그의 등을 쓰다듬으며 엉덩이까지 내려가 어루만졌다. 오, 얼마나 아름다운가! 아름다움! 오, 아름다움! 조금 전까지만 해도 그토록 반감을 느끼던 이 몸이 이토록 아름다울 수 있다니! 이 따스하고 생생한 엉덩이의 감촉! 이루 말로 표현할 수 없는 이 아름다움! 생명 속의 생명! 순수하고 따뜻한, 강한 힘을 지닌 사랑스러움! 그의 두 다리 사이에 있는 이 둥근 것의 이상한 힘! 오, 얼마나 신비한가! 두 손에 담긴 이 부드럽고 묵직한, 참으로 신비스러운 이 무게여! 모든

것의 뿌리, 사랑스러운 것의 뿌리, 완전한 아름다움을 뽑
내는 모든 것들의 원초적 뿌리! (216쪽)

관능적 정념의 밤이었다. 그녀는 그 밤 내내 약간 놀라
있었고 거의 수동적이었다. 하지만 그녀는 여전히 날카
로운 관능적 전율에 휩싸였다. 그것은 부드러움에 의한
관능적 전율과는 다른 보다 날카롭고 보다 강렬한 전율
이었다. 그것은 매순간 그녀를 더 강하게 사로잡았다. 그
녀는 조금 놀라긴 했지만 그에게 완전히 몸을 내맡겼다.
그러자 거의 무분별하고 부끄러움 없는 관능이 그녀를
뿌리째 흔들어 놓았으며 그녀를 송두리째 발가벗겨 놓
았고, 그녀를 완전히 다른 여성으로 만들었다. 그것은 진
정한 사랑이 아니었다. 그것은 순수한 관능적 쾌락도 아
니었다. 그것은 불처럼 타오르는 날카로운 관능이었으며
영혼을 불태워버리는 관능이었다. (……) 오, 정념의 순화!
관능의 과시! 그릇된 수치심을 불태워 없애버리고 우리
의 몸이라는 이 무겁기만 한 광석을 녹여 순수한 관능의
불길로 정화할 필요가 영원히 있으리니! (288~290쪽)

그 짧은 여름밤에 코니는 많은 것을 배웠다. 그녀는 여성이 수치심으로 죽을 수도 있으리라고 생각했으리라. 그런데 그 대신 수치심이 죽었다. 두려움이라는 수치심! 우리의 몸 깊숙한 곳에 뿌리를 박고 웅크리고 있는 저 오래된 육체적 공포, 저 깊은 기관 속의 수치심! 관능의 불길에 의해서만 몰아낼 수 있는 수치심! 남성의 남근에 의해서만 뿌리가 뽑히고 제거될 수 있는 그 수치심! 순간 그녀는 그녀라는 정글의 심장 바로 그곳에 도달했다. 이제 그녀는 자신이 그녀의 본성의 근본에 도달했음을 느꼈고 완벽하게 수치심에서 해방되었다. 그녀는 벌거벗은, 그리고 아무런 수치심도 없는 관능적 자아였다. 그녀는 승리감을, 거의 자만심을 느꼈다. 그렇다! 이것이야 말로 '그런 거지, 뭐!'였다. 이것이 바로 삶이었다! 이것이 바로 진정한 자신이었다. 이제 감추어야 할 그 무엇도, 부끄러워해야 할 그 무엇도 없었다. 그녀는 자신의 궁극적 적나라함을 한 사내, 역시 적나라하게 자신을 드러내고 있는 다른 존재와 함께 나누었다. (……) 오, 아무것도 두려워하지 않고, 아무것도 부끄러워하지 않는 남자를 발견하다니!

(290~291쪽)

나는 독자들에게 이 작품에 나오는 성행위 장면들을 찬찬히 살펴보면서 그 과정을 새로운 자아에 대해 눈을 뜨고 이전과 다른 존재로 태어나는 일종의 통과제의, 혹은 재탄생의 과정으로 음미하기를 권한다. 그 어떤 방법을 통해서건 새로운 존재로 태어나는 과정은 우리에게 감동을 주며 그 자체 아름답기 때문이다. 게다가 『채털리 부인의 연인』은 그 재탄생의 모습을 완전히 다른 모습으로 그려 보여주고 있다. 우리는 재탄생이라는 용어를 대개 영혼과 연관 지어 생각한다. 온갖 무거움을 벗어버린 한없이 가벼운 영혼을 통해서 새롭게 태어나는 것, 그것이 바로 통과제의이고 재탄생이다. 그런데 『채털리 부인의 연인』의 코니와 멜러즈의 재탄생은 한없이 무거운, 우리를 부끄럽게 만들고 속박하는 몸의 접촉을 통해 이루어진다. D. H. 로렌스는 현대 산업사회의 정신성이라는 것을 인간과 인간의 접촉, 다른 식으로 표현하면 '벌거벗은 만남'을 불가능하게 하는 기계적 정신성으로 보고 있기 때문이다. 오, 벌거벗은 몸! 그것은 바로 벌거벗은 마음이 아니런가! 그가 진정으로 벌거벗은 원초적 상태에서 인간이 만나기를 꿈꾼 것은, 벌거벗은 마음으로 인간들이 만나기를 간절히 원했기 때문이 아니겠는가!

그리고 그 간절한 바람 덕분에, 비록 보잘것없고 힘이 없더라도 이 메말라 가는 세상에서 하나의 희망을 가질 수 있는 것이 아니겠는가!

> 존 토마스가 약간 힘없이 고개 숙여, 하지만 희망에 찬 마음으로, 레이디 제인에게 잘 자라는 인사를 건네며. (364쪽)

사족 같지만 다시 덧붙이자. 이 소설은 원초적 건강함을 되찾아 다시 태어나기를 모색하는 소설이다. 이 소설은 결코 프리섹스와 자유연애를 옹호하기 위한 소설이 아니다. 그런 성적인 쾌락은 파괴적이다. 이 소설이 성을 주제로 삼은 것은 섹스와 몸에 대한 자각이 없으면 황폐화된 산업사회에서 인간은 정처 없이 헤매는 존재가 되리라고 보았기 때문이다. 정신과 육체를 조화시킬 능력을 상실한 기계가 된다고 보았기 때문이다. 작품에서 지적이고 정신적인 것이 비난의 대상이 되는 것은 그 정신이란 것이 육체가 결여된, 접촉이 결여된 공허한 정신이기 때문이다. 그런 의미에서 육체, 그리고 육체의 접촉은 정신을 거부하는 것이 아니라 정신을 건강하게 만드는 기본 질료이며 타락한 세상에서 구원을 찾아갈 수 있는 매개체이다. 성(性) 묘

사로 가득 차 있는 이 소설을 성(聖)을 찾아가는 소설로 읽을 수 있는 것은 그 때문이다.

이 작품은 여러 번 영화와 텔레비전 드라마로 각색되었지만 그중 가장 유명한 것은 저스트 잭킨이 감독하고 실비아 크리스텔과 니콜라스 클레이가 주연한 프랑스 영화『채털리 부인의 연인』이다. 이어서 1993년에 영국 BBC 방송국에서 텔레비전 시리즈로 제작 방송했으며 2006년에 프랑스의 파스칼 페랑 감독, 마리나 핸즈, 장 루이 쿨로크 주연의 영화가 제작되었다. 이 영화는 이듬해 세자르 상을 받았으며 마리나 핸즈는 같은 해 트리베카 필름 페스티벌에서 여우주연상을 받았다. 또한 영국 BBC 방송국은 2015년 다시 텔레비전 시리즈로 제작해 방영해서 큰 호평을 받았다.

한편 이 작품은 프랑스의 서점 체인인 프낙과 르몽드지가 선정한 '20세기 세계의 책 100권'중 한 권에 선정되기도 했다.

D. H. 로렌스는 1885년 9월 10일 잉글랜드 중부 지방 노팅엄 근교 탄광 지대에서 아버지 존 아서 로렌스와 어머니 리디어 비어즐 로렌스의 3남으로 태어났다. 그의 아버지는 탄광 광부로서 교육을 받지 못한 노동자였고 어머니는 중산층 출신의

교사였다. D. H. 로렌스는 문학을 좋아하고 교양이 있으며 엄격한 청교도였던 어머니 덕분에 학업을 계속할 수 있었고 고학으로 1908년 노팅엄 대학을 졸업하고 교사가 되었다.

　교사로 재직하면서 간간이 시를 발표하던 그는 26세가 되던 1911년 폐렴에 걸려 요양을 하게 된다. 이듬해 그는 교사직을 사임하고 그보다 네 살이 위였던 독일인 프리다 부인을 만나 사랑에 빠졌다(그녀는 노팅엄 대 은사의 부인이었다). 이미 세 자녀의 어머니였던 그녀는 로렌스의 사랑을 받아들이고 함께 독일과 이탈리아로 사랑의 도피 행각을 했으며 로렌스는 1913년 장편 『아들과 연인』을 발표한다.

　그는 1914년 프리다 부인과 함께 영국으로 돌아왔고 부인이 전 남편과의 이혼에 성공하자 정식으로 결혼했다. 제1차 세계 대전이 발발하자 그는 입대를 지원했으나 폐병 때문에 거부당했다. 그해 그는 최초의 단편집 『프러시아 장교들과 다른 사람들』을 발간한다. 이어서 그는 1915년에 장편 『무지개』를 발간했고, 1920년 이탈리아 피렌체로, 이어서 1922년 독일을 거쳐 미국으로 갔다. 그동안 그는 『사랑에 빠진 여인들』을 비롯해 다수의 작품들을 미국에서 발표해 호평을 받았으며 1925년 다시 이탈리아로 가서 『채털리 부인의 연인』 집필을 시작한다. 이 작품 발표 후 그는 병세가 악화되어 베니스 요양원에 입원했다가 1930년 3월 2일 사망했다.

채털리 부인의 연인

생각하는 힘: 진형준 교수의 세계문학컬렉션 87

펴낸날	**초판 1쇄 2023년 6월 14일**

지은이	**데이비드 허버트 로렌스**
옮긴이	**진형준**
펴낸이	**심만수**
펴낸곳	**(주)살림출판사**
출판등록	**1989년 11월 1일 제9-210호**

주소	**경기도 파주시 광인사길 30**
전화	**031-955-1350**　팩스 **031-624-1356**
홈페이지	**http://www.sallimbooks.com**
이메일	**book@sallimbooks.com**

ISBN	978-89-522-4726-1　04800
	978-89-522-3984-6　04800 (세트)

※ 값은 뒤표지에 있습니다.
※ 잘못 만들어진 책은 구입하신 서점에서 바꾸어 드립니다.